ひなた

ガン爺の雑記帳から

美山弘樹

七草書房

ひなた

ガン爺の雑記帳から

イナヤ・アツミ刑事に捧ぐ

目　次

1章　ある師走の朝の出来事 ………… 5

2章　滋賀医大316号室 ………… 19

3章　旅立ち ………… 39

4章　SpO$_2$　95 ………… 63

5章　ガン爺（じい）の雑記帳から ………… 79

6章　源遠ケレバ流レ長シ ………… 109

7章　自受法楽（じじゅほうらく） ………… 129

8章　花彫酒（はなほりざけ） ………… 139

9章　ひなた ………… 163

10章　患者道（後書き） ………… 191

参考資料「日蓮の言葉」………… 203

1章　ある師走の朝の出来事

　師走に入った金曜日の朝、シゲは台所で、悪い腰をかばうように少し前かがみの姿勢で食事の支度をしていた。彼女はちょうど1カ月前に七十四歳の誕生日を迎えたばかりである。夫の巌はまだ2階から下りてこない。久しぶりの休みなので、まだ寝ているのだろう。

　巌は、正式には「いわお」と読むが、彼はすこぶる人の好い反面、一度、自分で決めたことは最後まで貫き通す頑固者であり、また頑張り屋さんでもあった。そうした性格の意味合いも込め、みんなは彼のことを「ガンさん」と呼んでいた。六人の孫たちも、巌のことを「ガン爺（じい）」と呼んでいた。そこで、ここからは、彼のことを「ガン」と呼ぶことにする。

　こじんまりとした二階建ての家の庭先には2本の柿の木がある。すっかり葉を落として、裸の枝を空に突き出している。

　シゲが「猫の額ほど」とよく口にする小さな庭であるが、ボタンやシャクナゲ、バラ、アッツザクラ（ロードヒポキシス）など、様々な草花や木々が植えてあり、春になれば華やかになるのだろう。だが、今は冬枯れの庭である。玄関脇には、あざやかな朱色の実をつけたナンテンの木が、さわさわと寒そうに揺れている。

　庭の右手には、車2台がやっと置けるコンクリートのスペースがあり、そこは薄水色のプラスチックの屋根で覆われていて、その軒下には干し柿が整然と吊るされている。

　この柿は、庭先の木から採れたものではなく、家の裏手にあるもう1本の柿の木になったものである。大ぶりで、形も富士山に似ているところから、「富士柿」と名付けられた渋柿で、真っ赤に熟してから食べてもよいが、干し柿にしてもボリュームたっぷりで美味しい。

　庭先のほうの2本の木は、一つは次郎柿という品種の甘柿である。もう一つは、シゲはもう名前を忘れてしまったが、甘柿と渋柿の両方の実がなる木である。外見からは甘いか渋いか判別のつかない厄介な柿であるが、皮を剥いて外に吊るしておくと、富士柿よりさらに良質の絶品の干し柿に

なる。

　これら3本の柿の木は、以前住んでいた枚方市の牧野団地のベランダで鉢に入れて栽培していたものだが、20年ほど前（1998年）、ここに引っ越してきたとき、家財用具などと一緒に持ってきて、この庭に植え替えたのである。今では、いずれも大きな木に成長し、毎年、多くの実がなる。裏手の富士柿などは枝が伸びすぎ、葉っぱが太陽の光を遮るので、「洗濯物が乾かない」と、隣りの家から苦情が出るほどになっていた。

　車庫の奥には古ぼけた犬小屋がある。ここには、かつて、「ノビタ」という柴犬がいて、ガンは仕事から帰ると、よく一緒に散歩に出かけた。ノビタは10年ほど前に亡くなっていたが、犬小屋はそのままにしてある。

　ひと昔前までは、このあたり一帯は農地であったが、JRの瀬田駅や南草津駅から車で10分たらずの距離に位置していることから、住宅用に開発された地域である。ガン一家がここに家を建てたころは、まわりには、まだ数軒の住宅しかなかった。やがて近くにコンビニなども進出し、さらに立命館大学の校舎の一部が近くに移転してきて学生たちの姿も見られ、今ではかなり活気のある、住みやすい環境になっていた。

　車庫に近い庭の片隅には、1本のシキミの木が緑の葉を茂らせていた。そのすぐそばには、ブドウの木が、天に昇る龍のように、蔓状の幹を車庫の屋根まで延ばしている。

　このブドウは、ここに引っ越してきた年の5月3日に、シゲの一番下の弟のトシオと妻のヤスコが「母の日のプレゼント」として、自分たちの住む箕面（みのお）市から車でもってきてくれたものである。

　シゲの母トモエは、その数年前（1992年）、くも膜下出血で倒れたが、七度の開頭手術のあと奇跡的に回復した。しかし、すでに高齢で介護が必要な体になっていたので、ガンとシゲは、1998年の4月から、トモエを新築したばかりの家に引き取り、一緒に暮らすようになっていたのである。

　そのブドウは、もともと観賞用で鉢植えの状態で、かわいい2房の実をつけていた。品種は「巨峰」である。ガンは、それを庭の地に植え替え、大切に育てた。それから3年後、トモエの亡くなる1年前、ちょうどシゲの父ナオの七回忌に当たる年に、ブドウの木は大きな14房の実をつけた。

試食してみると、なかなかの味であった。

　ガンとシゲは、そのブドウを七回忌法要の会場まで持っていき、シゲを含め七人の兄弟姉妹の家族で、記念として2房ずつ分け合ったのである。

　それからさらに十数年が経った今年の秋には、ブドウの木は数えきれないほどの実をつけた。ガンは、近所の子どもたちが珍しそうに眺めていると、それらのブドウを気前よく分け与えた。

　家の裏手は金網の塀で敷地が区切られている。その金網や柿の木には、アケビの蔓が絡みついていた。このアケビは、ある日、ガンがノビタの散歩に出かけて近くの山から採ってきたアケビの種を柿の木の下に蒔いておいたら、やがて芽を出し、いつのまにか大きく成長して、秋になると10センチほどの細長い楕円形の実を付けるまでになったのである。

　アケビの実は、熟すると赤紫色の肉厚の表皮が縦に裂けて、無数の黒い種を包みこんだ白い半透明の甘い蜜のような味のする果肉が現れる。

　この数年間、ガンは、実が熟すると、もぎ取り、四国に住む前田タカオという元警察本部の同期生に、毎年、宅急便で送ってあげていた。タカオは、近くの山からアケビを採ってきて「アケビ酒」をつくるのが楽しみであったが、数年前からなぜか山にアケビがならなくなったのである。もちろん、アケビは市販もされているが、たった二つで500円ほどもして高価なので、困っていた。彼はガンからの贈り物を喜び、滋賀に来県するときは、お礼にと、自分で造ったアケビ酒を一瓶、いつも持参した。

　今年の秋も4キロほどの実がなった。ガンは、そのいくつかを宅配便で東京に住むシゲの弟ヒロキにも送ってあげた。彼は戦後の食糧難の子ども時代、奈良の田舎の山でアケビ採りに夢中になった経験があり、今ではなかなか見られない山の幸を、ことのほか懐かしがった。

　2階から、少し重そうな足取りで階段を下りてくる音が聞こえた。
「おはよう」
　ガンは、台所のシゲに声をかけながら、食卓の長椅子に腰をおろした。だが、なんとなく夫の様子がおかしい。
「あなた、どうしたの？」
「別に。なんで？」

「なんで、やないでしょう！　ハーハーと、肩で息をしているやないの。目もボーとして…。どこか悪いのちがう？　病院に行って、診てもらったら？」

「いや、きょうは孫たちに寿司、ご馳走してあげる約束やから、ユミとこへ行く！」

　彼らには二人の子どもがいて、二人とも、すでに家庭を持っていた。姉のユミは晩婚であったので、子どもたちは弟のトシアキの子どもたちよりも、かなり年下であった。

　ユミは大阪の生野区に住んでいて、二人の男の子がいる。上のヒデは小学2年生である。弟のマーは幼稚園の年長組で、来年春に小学校に上がることになっている。つい先月、兄の通っている私立小学校の面接試験を受けたばかりで、まもなく合否の結果が知らされることになっていた。

　「あなた、そんな状態で行ったら、ユミが心配するだけや。頼むから、病院に行って！」

　しかし、一度、決めたら絶対、考えを変えないガンである。どうしても孫たちのところへ行くと言い張った。

「ねー、頼むから…」と、シゲは半分、涙声で訴えた。

　それでも、ガンは心を決めかねていた。

　その時、シゲは、いきなり電話のところに駆け寄り、受話器を取って、番号を押した。

「近江草津（おうみくさつ）病院ですか？　夫の様子がおかしいので、至急、診ていただきたいのですが…」

　病院としては、正午を過ぎると時間外料金になるが、それでもよければ受けるとのことであった。

　「お願いします！」と言って、シゲは電話を切った。

　シゲの迫力に押されて、ガンはやっと腹が決まったようである。

「よし、病院に行くか…」と、準備のため、2階に上がっていった。

　しばらくすると、ガンは2階から下りてきて、玄関を出て、車庫に向かった。

　だが、ふらふらとして、なんとなく覚束ない足取りである。

　「ちょっと待って！　わたしも行くから」

シゲは急いで身支度をして、夫のあとを追った。
　車の助手席に座ったシゲが、心配そうに声をかけた。
「わたしが運転しようか？」
「お前に運転してもらったら、余計、心配や！」と、ガンは車のエンジンをかけた。
　彼は、若いころに警察官としてＡ級ライセンスを取得し、パトカーを乗り回していただけあって、こんなときでもハンドルさばきは見事である。水を得た魚のように、まわりくねった小道をスイスイと通り抜け、またたく間に近江草津病院に着いた。
　受付を済ませ、診察室に通されたが、担当の江神医師は、ガンのほうに目をやった瞬間、険しい表情になり、看護師に指示した。
「すぐ、胸のレントゲンを。移動は、必ず車椅子を使うように！」
　ガンは、用意された車椅子に乗るのを少しためらっていたが、看護師に促されて検査室に向かった。
　しばらくして、ガンは看護師が押す車椅子に乗って戻ってきたが、その姿を見て、シゲは唖然とした。夫の腕には点滴の管が着けられ、鼻には酸素吸入器の管が通っていたのだ。
　そのあと医師から、最低二十日間の入院が必要なので、その準備をするよう伝えられた。
　シゲは一旦、家に戻り、夫の下着類や洗面用具を持ってこようと思った。
　このところ腰の具合が芳しくなく、最近はほとんど自分で車を運転することがなかったので、不安はあったが、なんとか病院と自宅の間を無事に往復することができた。
　シゲが病院に着いて、ガンの病室に行くと、看護師が強い口調で注意していた。
「絶対、勝手にトイレなどに行かないでくださいね。先生から厳しく言われていますから。今の状態で体に負担をかけることは極めて危険です。お小水は、必ず、ベッドに寝たままで、オムツの中にしてください！」
　どうやら、ガンは、ベッドから起き上がり、自分で歩いてトイレに行こうとしていたようだ。
　看護師は、シゲの顔を見ると、すぐ医師のところに行くように伝えた。

江神医師は元の診察室で待っていた。だが、その口から出た言葉に、シゲは一瞬、自分の耳を疑った。
「ご主人は肺炎ですが、ただの肺炎ではなさそうです。当院としては最善を尽くしますが、悪くすると、３日ももたないかもしれません」

　夫を病院に残し、家に戻ったシゲは、椅子に座ったまま、しばらく呆然としていた。
　きのうまで元気だった夫が、なぜ急に、こんな状態になってしまったのか…。たしかに、１週間ほど前、少し体調を崩したことがあった。しかし、１日ゆっくりして、カゼによいといわれる温かな飲み物を飲んだだけで、次の日からは、また元気に仕事に出かけた。
　誕生月の健康診断は、毎年受けていた。夫は気が強くて、再検査が必要な項目があっても、なかなか病院に行かなかったが、今年は無理矢理に病院に行かせた。そして、いくつかの再検査を受けたが、前立腺を含め、すべて異常なしの診断が出ていた。
　ガンは、少々体調を崩しても、また大きなケガをしても、めったに弱音を吐くことはなかった。
　あれは１年ほど前のある朝の出来事であった。家の中でガンが、何かにつまづいて、倒れそうになった。とっさに居間と和室を仕切っている襖に手を掛けようとしたが、その襖がスライドしたため、手を滑らせ、固い木の座卓に倒れ込んでしまった。その拍子に、胸をしたたか座卓の角に打ちつけたのである。
　胸を押さえ、少し痛そうな表情を浮かべたが、ガンはそのまま仕事に出かけた。
　夕方、ガンは、帰宅したあとも、かなり胸を気にしているようなので、シゲは、近くの接骨院に行くように促した。そこで診てもらったら、なんと肋骨が折れていたのである。
　「どうして、すぐに診てもらわなかったの？　ほっておいたら、大変なことになるやないの！」
　すると、夫から、こんな答えが返ってきた。
「あばら骨の１本や２本、折れたからといって、いちいち病院になどに行っ

ておれんわ。若いころは剣道の練習で、手や胸の骨を折っても、病院へは行ったことはない。ほっておいても、骨などは、勝手にくっつくんやから」

　骨折のことで、プロ野球の好きなシゲは、衣笠祥雄（1947-2018）のことを思い出した。あの鉄人の異名をとった広島カープの三塁手である。ある時、彼は巨人の西本聖(たかし)投手からデッドボールを受けて肩甲骨を折った。しかし、翌日には自分から志願して代打で出場し、江川卓(すぐる)投手の投げる豪速球を3回、フルスイングしてファンを沸かせた。

　若いときは、そうだったかもしれないが、夫はもう七十になるのだ。体をいたわるべきであった。もっと自分が気づかってあげるべきであったのかもしれない、と彼女は自責の念に駆られた。

　少し気を取り直したシゲは、とりあえず、子どもたちや兄弟、親戚、また親しい友人や知人にも連絡を入れておこうと考えた。

　そして、まず東京に住む弟のヒロキに電話を入れた。
「あまり良い知らせやないんやけど、ガンさんが急に具合が悪くなって、きょう入院したの。肺炎らしいけど、お医者さんの話では、かなりキビシイらしい。キヨシゲ兄ちゃんやヒロツグ兄ちゃんにも知らせておこうかと思うけど、余計な心配かけてもいけないし、ちょっと迷ってるんや」

　シゲは、医師の言葉をそのままヒロキには伝えなかった。まだ体調が本格的でない弟に、あまり大きな精神的負担をかけてはいけないと思ったからだろう。

　ヒロキはガンと同じ年齢で、七十歳であった。1年半前、彼は悪性リンパ腫が発覚して、ステージ4と診断されたが、東大病院での化学療法が成功して、今ではほぼ通常の生活ができるまでに回復していた。

　これは、もちろん現代医学の発展の賜物であるが、彼の家族、シゲやガンをはじめとする兄弟姉妹の家族、さらに友人たちが我が事のように心配して、回復を祈り、様々な援助の手を差し伸べてくれたお陰であった、と彼は思っていた。

　「やっぱり、みんなに知ってもらって、回復を祈ってもらうほうがいいのではないかと、僕は思うけど…」と、彼は答えた。

　その日の午後、学校から帰ったヒデは、母のユミから、寿司をご馳走し

てくれると約束していたガン爺が急に体調が悪くなり、入院したと聞かされた。

　がっかりしたが、彼は心のやさしい、利発な子どもである。画用紙と色鉛筆を取り出し、大好きな祖父を励まそうと、弟のマーと一緒に絵を描いた。

　ヒデは、何かあれば、すぐ絵を描くことが習慣になっていた。励ましたいと思う人の似顔絵を描き、そこに何か言葉を添えるのである。弟のマーも、兄のすることはすべて自分もしないと気が済まないようで、必ず、兄の横で同じように絵を描く。

　1 年半前、東京に住む大叔父 (おおおじ) のヒロキが悪性リンパ腫で東大病院に入院したと聞いたときも、彼は弟のマーと一緒に絵を描いて、郵送した。

　ヒロキの似顔絵の下には、「ヒデが祈っとくから、安心して！」との言葉が添えられていた。小学 1 年生になったばかりの幼い子どもから、そんな激励を受けて、ヒロキは驚いたが、やはり、嬉しかった。

　翌日12月 2 日の土曜日、ヒデが学校から帰宅すると、ユミは子どもたちを連れて、滋賀の実家を訪ね、そこでシゲと合流し、四人でガンの入院している病院を訪ねた。

　孫たちから絵入りの見舞状を受け取り、ガンは嬉しそうであった。しかし、ベッドに横たわっているガンの腕には点滴の管が付けられ、鼻には酸素吸入器の管が通っていて、話をするのもつらそうであった。ヒデとマーは、こんな姿の祖父を見るのは初めてであった。

　特に、兄のヒデには、ショックが大きかったようだ。これは数日後、母親のユミがヒデの担任の教師から聞かされた話である。

　月曜日に学校に行ったヒデは、いつもの元気がなく、しょんぼりしていた。授業が終わって、みんなが急いで教室の外へ飛び出しても、彼は教室の片隅に立って、じっと黙ったまま、うつむいていた。

　遊び仲間たちが、そんなヒデの姿に気づいて、一人、二人と戻ってきて、彼を取り囲んだ。その中の誰かが、そっと下から顔を覗き込むと、彼は目を閉じて、必死に涙をこらえていた。

「どうしたんだ？」と聞かれると、ヒデは、声を震わせながら答えた。
「爺が入院したんだ。もうダメかもしれないんだ…」
「ぼくらも、ヒデの爺さんのために祈るから、元気を出せよ！」
次々と仲間たちが彼のそばに来て、肩をたたいたり、励ましの声をかけた。
　「うん、ありがとう！」
仲間に励まされ、少し元気になったのか、ヒデは明るく頷いた。そして、みんなと一緒に勢いよく教室を出て行った。

　シゲが、ユミたちと病院から自宅に戻り、三人を見送ったあと、こんどは箕面市に住む弟のトシオが車で駆けつけてきた。
　箕面市は大阪府北部に位置する住宅都市で、市の中西部を箕面川が流れ、市域の大部分が国定公園になっていて、秋の紅葉狩りの名所でもある。
　トシオはフットワークが軽く、また、車なら1時間余りで来られるところに住んでいることもあって、これまでも盆や正月をはじめ、事あるごとにシゲの自宅を訪ねていた。
　居間でシゲが入院の経過を話していると、電話が鳴った。
　シゲは立ち上がり、電話を取った。病院からであった。
　耳に受話器を当てたシゲの顔が、一瞬こわばり、険しくなった。
「分かりました。私もそちらに向かいます」
　病院としては、やるべきことはやってみたが、どんどん病状は悪化していて手の施しようがない状態である。そこで、わずかな可能性に賭けて、大学病院に転院する決断をしたというのである。
　夜の7時10分、救急車で近江草津病院を担当医師と看護師が同乗して出発し、8時ごろには滋賀医大病院に到着する予定とのことであった。
　「そんなら、僕の車で一緒に滋賀医大まで行こうか？」と、トシオが言った。
　こんなときに弟がそばにいてくれることを、シゲは頼もしく思い、また不思議な感じもした。
　トシオは普通のサラリーマンであるが、シゲと同じく芸術の才能に恵まれ、特に絵を描くのが得意である。若いころ、一度、東京に本社がある大手出版社のデザイナーの試験を受け、合格したこともあった。だが、デザ

イナーの仕事は、不安定であるだろうと自分で判断して、その道に進むことは断念した。だが、今でも、よく人から頼まれて絵を描くことがある。

　シゲは指定された時間にトシオの車で滋賀医大まで行き、そこで、転院に立ち会ったが、ガンとは、ほとんど話ができなかった。

　翌日の日曜日の午後には、ガンとシゲの長年の共通の友人であるキリが見舞いにやって来た。

　キリは、ガンが警察官時代に最も親しかった同僚の田村テツの妻である。夫のテツは、かなり前に亡くなっていたが、その後もガン夫妻は、彼女と家族のような付き合いを続けていた。

　夕刻になって、シゲは車でキリと一緒に滋賀医大病院に向かった。シゲは車を運転しながら、はるか昔、ガンが警察官を辞めなければならなくなった出来事を思い出していた。

　それは、40年ほど前、ガンが三十歳を少し過ぎたころであった。

　ガンは努力家で、警察官として多くの資格を取得していた。車のＡ級ライセンスもその一つであった。巡査長、巡査部長、刑事と順調に大阪府警での立場も上がり、警察官として最も充実していたときであった。

　しかし、ある事件がきっかけで、ガンは突然、退職に追い込まれるのである。

　ガンは地域の友好グループの世話役をしていた。そのグループの一人に山崎という青年がいて、その知人にＡがいた。Ａはその友好グループに所属していなかったが、面倒見のよいガンは、いつも寂しそうにしているＡを地域で見かけると、よく声をかけていた。

　ある日曜日、ガンはＡが車を運転しているのを見かけた。
「たしか、あいつは車を持っていなかったはずだが…」

　不審に思って、近づいてみると、案の定、それは彼の車ではなかった。ガンは、警察官の経験から、それが盗難車あると直感した。ガンは一瞬、迷った。もし、自分の直感が当たっていれば、この青年は窃盗罪を犯したことになる。だが、今は警察官としての職務中ではない。ガンはＡの将来のことを思い、ここは穏便に済ませようと思った。

　尋問などはせずに、Ａに向かって、強い口調で言った。

「もとのところに返してこい！」

　Aは、少し驚いた表情を見せたが、ガンの意図は理解したようだった。そして、きまり悪そうに頭を下げた。

　この話はこれで終わった、とガンは思っていた。しかし、それは意外な方向へと発展していったのである。

　しばらくして、Aが、別の容疑で逮捕された。それは、三歳の幼児の殺人容疑であった。しかも、その幼児とは、自分の子どもであったのだ。

　Aには、離婚した妻との間に子どもがいて、その子どもは事故で亡くなっていた。だが、その後の警察の調査で、Aがその子どもを溺死事故に見せかけて殺していたとの容疑が浮上したのである。新たな結婚の邪魔になるというのが、その動機であったようだ。

　ある日、Aは供述のなかで、取調官に対して、刑事のガンに会わして欲しいと申し出た。その時、自分がその刑事と知り合いであること、また車を盗んだときに、その刑事が見逃してくれたことなども話したようだ。

　おそらくAとしては、それがガンに迷惑をかけるとは思いもよらなかったに違いない。厳しい尋問が続く中、孤独感に苛まれ、かつて自分にやさしかったガンのことを思い出し、無性に会いたくなったのかもしれない。あるいは、ガンなら、今の自分に何か救いの手を差し伸べてくれるのでないかとの淡い期待があったのかもしれない。

　ガンは署長に呼び出された。署長としては、この凶悪な事件の容疑者に自分の部下が関係していることに神経を尖らせ、その責任が自分に及ぶことを極度に警戒していたようだ。そのためには、部下に厳しい処分を科すことが得策だと考えたのだろう。

　署長はガンに二つの選択肢を突き付けてきた。一つは、依願退職である。もう一つは、一応、警察に留めるが、処遇としては、在職中は、ひらの立場で各地の交番をぐるぐる回され、定年を迎えるというものであった。

　この処分はどう考えても、おかしい。理不尽である。たしかに、ガンは地域の友好グループを通してAを知ってはいたが、全く利害関係はなかった。また、休日の日、たまたま彼が車に乗っているのを見たので、そばに行ったが、職務尋問などはせず、ただ、忠告しただけである。それは、警察官としての行動ではなく、知人としての振る舞いであった。

署長は、ただ保身に汲々としていて、部下への配慮などは全く念頭になかったようだ。

　もちろん、この厳しい処分の背景には、別な要素が加わっていたことも考えられる。たとえば、同僚のなかには、日ごろからガンの活躍を妬ましく思う者たちがいて、ここぞとばかりに、有ること無いこと、ガンに不利な話を署長に讒言した可能性もある。

　ガンは人柄が好く、多くの友人に恵まれていたが、気に入らない人物には最後まで頑固な姿勢を貫いたから、おそらく彼を敵視する者もいただろう。

　彼は悩んだ。どちらの選択をしても、警察官生命の破綻であり、人生の挫折である。

　ガンは、岡山県久米郡柵原 (やなはら) 町（現・美咲町）の比較的裕福な農家の長男として生まれ、妹のアケミとの二人兄妹であった。両親は、ガンが当然、農業を継いでくれると思っていた。

　ところが、警察官に憧れていた彼は、高校を卒業すると、親の了解も取らず、家出同然の形で大阪に出て、警察学校に入った。それは、当時、警察官をしていた伯父の影響もあったようだ。

　警察学校を卒業して、すぐに大阪府警察本部に採用された。以来、警察官の仕事にすべてを賭けて突き進んできた人生であった。

　ガンは、人生の先輩として慕っていた深田シゲルを訪ねた。

　シゲルは大阪の府議会議員であった。ガンとシゲは、シゲル一家と長年、家族ぐるみの付き合いをしていた。

　その数年ほど前の話になるが、ある夏の日、両家族は知多半島の海岸に行き、海水浴を楽しんだことがあった。

　シゲル一家には、二人の娘と末っ子のノボルがいた。そのノボル（当時、小学校１年生）とガンの息子のトシアキ（園児）の二人が浜辺でゴムボートに乗って遊んでいた。

　ところが、そのゴムボートが、引き潮のため、かなり沖の方に流され、

さらに、何かの拍子で転覆し、二人は海に投げ出されたのである。

それを見ていた両家族のみんなは、うろたえた。

「イワオ君、頼む！」と、シゲルがガンに声をかけた。

その瞬間、ガンは遠くに見える二人に向かって勢いよく泳ぎ出した。

だが、泳いでいる途中、彼の脳裏に一抹の不安がよぎった。

「はたして、二人を一緒に助け出すことができるだろうか。もし、一人しか助けられない状況になったら、どうするか？　自分の息子を選ぶか、それとも先輩の子どもを助けるべきか…」

片方だけを助け出すことは、両方を失うよりも、さらに心苦しいことになるのではないか、と彼には思えた。その時、すぐには決断できなかった。

だが、心の底では、やはり他人の子どもを優先しようと腹を決めていたようだ。当時のそんな心境を、彼は後年、シゲや義兄のキヨシゲに述懐したことがあった。

ガンが彼らのそばまで泳ぎ着いたとき、二人は溺れそうになりながらも、必死にもがき、抵抗していた。

ガンは二人の間に入って、それぞれの片方の腕を自分の左右の手でつかみ、二人の顔を水面に浮かべて息のできる状態にして、立ち泳ぎで浜辺に向かった。

途中で腕や脚がくたびれ、何度も力が尽きそうになったが、必死に堪えた。ちょっと気を抜けば、それでお終いだからだ。まさに彼にとって「一世一代の大勝負」であった。

そんななか、警察官として受けた厳しい訓練が役立ち、それに持ち前の運動神経の良さとが相まって、なんとか無事に二人を浜辺まで連れ戻すことができたのである。

シゲル一家は、そのようにして息子たちの命を救ってくれたガンに恩義を感じていた。

ガンがシゲルの家に着くと、玄関で、端正な容姿のテルコ夫人が笑顔で迎えてくれた。奥の仏間では、シゲルが真剣な面持ちで待っていた。

シゲルは、ガンの青年らしい純粋な心を好ましく思い、警察官としての能力を高く評価していた。彼の成長を喜び、これから警察本部のなかで活

躍してくれるだろうと期待も寄せていた。それだけに、今回の出来事は、シゲルにとっても大きなショックであった。

　ガンは、どちらの道を選択するかは、すでに心の中で決めていたようだ。
「上司の情けにすがって、日陰の人生を歩むことは自分には、絶対できない。いくら困難な道であろうと、新しい人生を歩もう！」
　ガンは、その思いを率直にシゲルに語った。
　シゲルは黙って聞いていて、最後にこう言った。
「自分が決めた道を歩むのがよいだろう。警察一筋の人生だったから、つらいだろうし、また、ほかの仕事を探すのは大変だろうが、やはり、男の意地があるからな」
　翌日、ガンはその決断を署長に伝えた。
　その日の夜遅く、ガンは、シゲの待つ自宅に帰ってきた。同僚の田村テツが一緒であった。二人はひどく酔っ払っていて、おそらく、ほとんど正常な意識がはたらいていなかったのではないだろうか。
　家に入るなり、テツは、あたりかまわず、へどを吐いた。ガンは、何を思ったか、いきなりタンスの扉を開けて、小便をしようとした。そこがトイレだと思い込んでいるらしかった。
　その翌日、ガンは家を出たあと、数日、家に戻らなかった。きっと、心の整理のための時間が必要であったのだろう。

　後日談になるが、ガンを退職に追い込んだ署長は、しばらくして、別件で責任を取らされて、どこかに左遷された。
　そのころ、すでにガンは新しい職業に就き、枚方市の水道課の職員として働き始めていた。

2章　滋賀医大316号室

　そんな昔の出来事をシゲが思い出している間に、車は大学病院に到着した。シゲとキリは、エレベーターで3階に上がり、ガンの病室に入った。

　大学病院に移っても、ガンの症状に回復の兆候はみられなかった。ベッドの上のガンは、話をするのもままならないようで、食事は、出された半分も食べられなくなっていた。

　シゲは心の中でつぶやいた。

「オムツを嫌がっていたけれど、少しは慣れたかしら？」

　病室には、息子のトシアキがいた。彼は、夜は泊まり込んでくれていた。

　彼は長年、介護の仕事に携わってきて、数年前に自分で介護の会社を起ち上げた。だから、特に高齢者の医療については、豊かな経験と知識の持ち主である。

　シゲが、今日も、あとは息子に任せて、キリと一緒に自宅に戻ろうとしたとき、担当医の山上医師が部屋に入ってきた。

　彼はシゲのところにやってきて、静かに語り始めた。

「申し上げにくい話ですが、ご主人は、明日あたりが峠になるかもしれません。ご家族やご親戚にお声をかけていただき、来られる方には集まってもらってください」

　「やはり、大学病院でも、もう打つべき手はないのか…」

覚悟はしていたが、実際に医師から聞かされた宣告の衝撃は大きかった。彼女は全身から、どっと力が抜け落ちるのを感じた。

　シゲが窓際の長椅子に座って、ふと外の夜空を見上げると、大きな月が皓皓（こうこう）と輝いていた。満月である。彼女は月が好きであった。

「月天子が、わたしに励ましを送ってくれているのかしら？」

清らかな月の光に、彼女は心がなごみ、少しばかり落ち着きを取り戻した。

　病室を出るとき、シゲは「316」という部屋の番号に目をやった。そして、不思議な思いに駆られた。

「そうだ、あれは、3月16日だった」

彼女にとって、決して忘れることのない日である。

　もう30年余りも昔のことである。その日は、彼女の尊敬する仏法指導者が東京から来阪し、交野 (かたの) 市に建つ学校予定地の一角で、記念撮影をした日であった。
　そのころ、彼女は自律神経失調症を患い、体調が最悪の状態であったが、先輩の深田シゲルらの配慮もあって、夫のガンと一緒に撮影会に参加することができたのである。
　いくつかのグループに分かれての撮影であった。
　彼女のグループの撮影が始まり、その指導者がやってきた。
「ごめんよ、ごめんよ」
そう言いながら、彼は人々の前を通り過ぎて、なんとシゲのすぐ隣りの椅子に座ったのである。
　彼は、横にいるシゲを見ながら、こう声をかけた。
「退転 (たいてん) をしてはいけないよ！」
　「退転」とは、仏道修行の道から脱落して、信心をやめてしまうことである。
　「はい」と、彼女は、小さな声で答えた。
　その仏法指導者は、ほかの人々に激励の声をかけたあと、また彼女のほうを見て、言った。
「退転をしてはいけないよ！」
　しばらくすると、また彼女のほうを見て言った。
「退転をしてはいけないよ！」
　自分は青春時代から十数年間、この仏法を実践してきて、数々の体験を積み、この信心の確信もつかんだ。だから、もう退転することなどないと思っている。なぜ、そんな自分に「退転するな」と激励されるのか、彼女は不思議に思った。
　撮影が終わり、椅子から立ち上がったとき、その仏法指導者は、またシゲのほうを見て言った。
「退転をしてはいけないよ！」
　あの時は、どうして四度も同じ言葉をかけられたのか、その理由が分か

らなかった。

　だが、あれから30年余りが経ち、少しずつ分かってきたように思う。そのあとの人生で、この信仰を続けることが並大抵のことでないことを、いやと言うほど思い知らされたからだ。少なくとも、今までに四度、そんな危機があったのではないだろうか。

　第1番目の危機は、記念撮影の日から、わずか数日後に訪れた。

　同じ地域に住む先輩の婦人が、その記念撮影の写真を届けるため、シゲの家にやってきた。彼女は、その写真を渡しながら、シゲにこう言ったのである。

「どうして、この写真の中にあんたがいるの？　あんたは病気で、家で寝ていたんじゃなかったの！」

　シゲは、冷や水を浴びせられたようなショックを受けた。

「どうして、この人は一緒に喜んでくれないのだろうか。長年、この信仰を実践してきて、それなりの立場にある人が、どうして病気の自分に、こんな冷たい無慈悲な言葉を投げかけるのだろう。もう、こんな人と一緒に、同じ地域で活動するのはイヤだ。ここから早く逃げ出したい…」

そんな心がムラムラと頭をもたげてきた。だが、その時、あの仏法指導者の言葉が心に浮かんだ。

「そうだ、ここで負けてはいけない。強くなることだ。やさしくされることだけを期待していてはいけないのだ。この人は、もしかしたら写真撮影には参加できなかったのかもしれない。毎日、活動に励んでいる先輩の自分が参加できなかったのに、どうして病気で、まともに活動もできていない後輩が、こんなに晴れがましい場所に行けたのかと、きっと寂しく、悔しかったのではないだろうか。

　さらに、もっと深い仏法の観点から見れば、もしかしたら、この人は私を鍛えるために、わざわざ仏から悪役を演じるために遣わされた人かもしれない…」

そう思うと、人をいたわる気持ちが湧いてきて、彼女はその婦人に、にっこりと、やさしく微笑み返すことができたのである。

　それから数カ月後、健康を回復した彼女は、ガンと一緒にその地域の婦人と壮年の責任者として真剣に活動に励むことができた。その結果、彼ら

のグループは仏法対話が大きく進み、翌年には、18名のこの仏法を信仰する新たなメンバーが生まれたのである。

　その後も、彼女は人間関係に悩み、何度か退転の危機に遭遇したが、あの日の言葉が心の支えとなって、これまで信仰を続けてくることができた。だから、3月16日は、彼女にとって、信仰の原点ともいうべき意義深い日なのだ。

　キリと一緒に車で自宅に帰ってあと、シゲは子どもたちや岡山に住むガンの妹アケミにも連絡を入れた。キリは、その夜、シゲの家に泊まってくれることになった。

　キリが入浴を終え、就寝のため、2階に上がったあと、シゲはひとり、仏間で夜の勤行（ごんぎょう）をした。

　そのあと、彼女は本棚から1冊の本を取り出した。これは、母トモエの七回忌を記念して出した文集『万歳！　われらのトモエさん』である。非売品であるが、ISBN（国際標準図書番号）を付し、文章の部分が200頁、写真の部分が16頁もある立派な本である。

　七人の子どもたちとその家族、友人、知人を含め、37名が手記を寄せている。発刊から、もう10年余りも経つが、シゲは今でも時折、この文集を取り出して読んでいた。

　夫のガンも長文の手記を寄せていた。彼は、トモエの最晩年、義母を自分たちの家に引き取り、3年間、一緒に暮らした。だから、書きたいことが、いっぱいあったようだ。

ガンの手記から

［大阪から滋賀へ］
　平成4年（1992）12月29日、突然、妻の大阪の実家より、トモエ母が倒れ、危険な状態だとの連絡を受け、私たちは、すぐ大阪に向かったのです。病院に着いたとき、もう意識はありませんでした。くも膜下出血でした。

　それから5年という長い入院生活のなかで、義母は7回におよぶ開頭手術に

も耐え、平成9年（1997）12月11日、見事退院することができました。その時の家族の喜びは、言葉で言い表すことができません。

　退院後は、大阪阿倍野区の長兄キヨシゲ兄の家で生活することになりました。

　それから何カ月が経ったとき、キヨシゲ兄夫婦は、ともに仕事を持っているが、私の妻は専業主婦なので、我が家で義母の介護をさせてもらえばいいなとの思いが強くなってきました。

　そこで、妻に相談したところ、「わたしはいいけど、本当にいいの？」と、何度も念を押されました。

　義母にお世話になった恩返しを、いつか何かの形でしたいと思っていたので、妻に、「お前からキヨシゲ兄さんにお願いしてみてくれないか？」と頼みました。

　しかし、なかなか義兄はよい返事をしてくれませんでした。何度か話をしたあと、やっと了解を得て、平成10年（1998）4月19日、義母と同居することができるようになりました。

　その時の喜びは、今も忘れることができません。

　妻は、介護するからには、そのための知識や技術が必要であると思い、ヘルパー2級の資格を取りました。私も妻から介護のイロハを教えてもらいながら、我が家九人、四世代の同居生活が始まったのです。このころから、義母を「トモちゃん」と呼ばせてもらうことにしました。

　トモちゃんの曾孫（ひまご）たち三人も、曾おばあちゃんと接するなかで、お年寄りや身体の不自由な人を大切にすることを自然のうちに身につけることができるようになったと思います。

　朝は、家族全員が「トモちゃん、おはよう」とのあいさつからスタートです。

　トモちゃんは、元気なときにも増して、いい笑顔になり、また多少の認知も入り、その認知も楽しい認知のため、私たちをいつも楽しませてくれました。

　ある日、私がいつものように家に帰って、
「トモちゃん、ただいま。（私が）誰かわかるか？」とあいさつすると、
「あんた誰や？」と、トモちゃん。
「ああ、トモちゃん、俺の顔も忘れたのか」と、ちょっと不機嫌そうなそぶりをして、そこを立ち去ろうとすると、
「ガンさん、なんで怒ってはるの？」と、そばにいた妻に語りかけるトモちゃん。
　その場で家族のみんなは大笑い──といった調子。

［デリカの旅］

　滋賀の我が家で同居するようになってから、よくトモちゃんが、生まれ故郷の奈良県の笠の親戚や知人の話をするようになり、なつかしく思い出しているようでしたので、私は妻と相談して、元気なうちに一人でも多くの人たちに会わせてあげようと決意し、週末や休日を利用して、我が家の広布号（三菱デリカ）で奈良に出かけました。

　行く先々で、みんながトモちゃんの元気になった姿をみて、「よかった、よかった」と喜んでくれました。奈良では、トモちゃんが会いたいと思っていた人々に、ほぼ全員に会うことができたと思います。

［笹ゆりの匂い］

　トモちゃんが我が家に来て、まる３年経った平成13年（2001）６月、キヨシゲ兄の嫁のミスズさんより、妻に韓国旅行のお誘いがありました。

　「母を置いてまで行きたくない」と言う妻に、私は、「三日間ぐらいなら、トモちゃんは、俺が仕事を休んで看るから、行っておいで」と、ほとんど無理矢理に送り出しました。

　６月４日の朝に関西空港から出発するため、妻は大阪の義兄の家に前泊しました。

　前日の６月３日の夜遅く、トモちゃんがヨーグルトを食べる時間になったので、ヨーグルトを出したところ、

「田舎の笠の小学校の向かいの山に笹ゆりが咲いててな。きれいな花やけど、山の中やから採れへんかった…」と、話し出しました。

　その日、我が家の裏の鉢植えの笹ゆりが咲き始めたので、

「トモちゃん、笹ゆりなら、裏にあるで。見るか？」と、裏から持ってきて見せると、

「ほー、家に笹ゆり咲いてんの？　ええなー、ええ匂いや」と、顔をすりつけるようにして、

「ほんまに、ええ匂いや。こんなに近くで見られるなんて…」と見ていました。

　そして、ヨーグルトを半分ぐらい食べてから、「もうええ。あんた食べて」と、私に渡したあと、「あしたは田舎の笠に田植えに帰るから、もう寝るわ。あんたも、お休み」と言って、床に就きました。

翌朝の6時ころでした。階下から、2階で寝ている私に向かって、
「お父さん、トモちゃんの様子がいつもと違う！」と叫ぶ娘のユミの声が聞こえました。

　私は慌てて、1階に駆けおり、
「トモちゃん」と叫びました。

　しかし、反応がなく、脈拍もありません。

　向かいに住んでいる高橋さんが滋賀医大の医師であったので、私は急いで、表に飛び出しました。ちょうど高橋さんは、庭の花に水をやっておられるところでした。

　すぐに家に入ってもらい、心臓マッサージを何回かしてもらい、119番しました。高橋さんも自ら電話口で救急隊の方に状況説明をして、緊急救命用の車を手配してくださいました。

　ユミは、関西空港にいる妻に連絡をとるため、空港内の呼び出しを何回かしてもらいましたが、なかなか連絡できませんでした。やっと、ミスズさんの携帯電話につながりました。
「今から飛行機に乗るところだった」とのことで、間一髪、間に合い、二人は急きょ旅行を取りやめました。

　病院には、私と息子のトシアキの二人で行ったのですが、病院に着くと、医師が心臓マッサージと電気ショック等の措置をしてくれました。
「お母さまは自然死です。失禁もなく、苦しんだ跡も、全くありません。お母さまは、よほど大事にしてもらっていたのですね。自宅介護で亡くなった方で、こんなにきれいな体の人は、この病院開業以来、初めてです。見たらわかります。床ずれひとつありません。肌もつやつやしています」と医師が感心していました。

［きれいな顔のトモちゃん］
　病院での手続きを終え、私たちはトモちゃんと一緒に草津の自宅に帰ってきました。韓国行きを取りやめた妻も、午前10時ころには、関西空港から帰ってきました。

　しかし、妻はなぜか、トモちゃんのいる奥の仏間には入ろうとしませんでした。
　「母ちゃん。トモちゃんの顔、早よう見たって。きれいな顔してるで」と言う息子のトシアキに肩を抱きかかえられて、妻は仏間に入りました。トモちゃん

の顔を見るなり、
「きれいな顔している、目が生きているみたいや！」と、急に弾んだ声で言いました。

　そのあと、昼過ぎには、キヨシゲ兄も含め、子どもたち全員が草津の我が家に集まりました。トモちゃんの素晴らしい顔を見ながら、みんなでトモちゃんの横で添い寝をしました。

　トモちゃんを草津で預かり、妻の留守中にこのような状況になってしまい、私はみんなにどう言って謝ればよいのか。謝っても、謝ってもトモちゃんは生き返らないし、と思いながら、うろうろしていたのですが、みんなから、「ガンさん、ありがとう」と言ってもらい、ほっとしました。

　後日、妻に笹ゆりの話をしたとき、妻は、「トモちゃんは、昔から鼻がツンで（利かなくて）、匂いがわからなかったはず」と言っていました。では、あの時、「ええ匂いや」と言ったのは、あれは一体、何だったのだろうか、と思いました。

　トモちゃん、３年数カ月の間、「元気でよし、病んでよし、死んでよし」の人生のドラマを見せてくれてありがとう。素晴らしい笑顔、ありがとう。私にとっての生涯の天女。千年に一度、会えるか会えないかの天女、トモちゃん。

　母のトモエは平成13年（2001）６月４日、八十七歳で亡くなった。その年、夫のガンは五十四歳であった。シゲは、夫の手記を読みながら、ふと10年前のことを思い出した。まもなく夫が六十歳の定年を迎えようとしていたころである。

　「定年、もうすぐやな…」と、ガンがしんみりとした口調で語り始めた。
「もうそんな年になったんやね」と、シゲが応じると、
「トモちゃん、もうちょっと頑張ってくれたら、もっといろんなところに車で連れていってあげられたのに…」と、ガンは、また目を潤ませていた。
「あなたにとって、トモちゃんは、いったい何やったの？」と、シゲが尋ねると、
「そうやな、千年に一回、会えるか会えないかの天女かな」と、ガンが答えた。
「じゃあ、その天女の娘のわたしは？」と、シゲが、ちょっと期待を込め

て尋ねると、

「そうやな、提婆達多（だいばだった）かな？」との言葉が返ってきた。

　意外な答えに、一瞬、シゲは頭から血の気が引く思いがした。

「ダイバダッタ！　提婆達多の意味、あなた、知ってるの？」と、彼女が訊き返すと、

「うん。釈尊に敵対した悪人で、大地が割れて地獄に堕ちるんやけど、最後は成仏するんやろ？」と、彼は澄ました顔で答えた。

　あの言葉は、冗談だったのか、それとも本音であったのか。

　たしかに、やさしさでは、自分は、とうていトモエ母には及ばない、とシゲは思った。夫のガンは、その母に似て、本当にやさしかった。

　あれは、母のトモエが亡くなった翌年（2002年）の３月25日であった。兄のキヨシゲから、か細い声で電話が入った。

「シゲちゃん、また、病気になってしもうた。今度は、もうダメかもしれん…」

　精神が極度に落ち込み、使い慣れた包丁も、怖くて握れなくなったというのである。

　そのことをガンに伝えると、

「病院に入るより、この家の方がずっと、ええ。すぐ迎えにいこう！」と、夫は、仕事を休んで、車で大阪まで兄を迎えに行ってくれた。

　兄のキヨシゲは、それまでも二度、神経症で倒れた。その時は、母のトモエがそばにいてくれた。母の祈りで、なんとか兄はその病を乗り越えることができた。

　だが、もう、その母はいない。不安のなかで、兄を迎えての新しい生活が始まった。

　しかし、兄は、その後２ケ月たらず（正確には55日間）で、健康を回復した。そして再び、大阪の自分が営む「やま」の店で働けるようになったのだ。

　いろいろな要因があって、この奇跡ともいえる職場復帰が実現したと思われるが、夫のやさしく献身的な協力が、その要因の一つであったことは確かである。

シゲが手にしている文集には、兄のキヨシゲが、トモエ母についての手記の最後に、その時のことを回想している。

[ノビタ君の目]

　平成19年（2007）2月17日、突然、妹のシゲから、「きのう、ノビタが死んだ。今、斎場に向かっている。題目、あげたって！」と電話が入った。

　その時、私はすぐには返事ができず、「うん、そうか」とだけ言った。

　私の頭の中は、5年前、病体養生のため、滋賀の草津のガンさんの家に居たころの様々なことが走馬灯のように駆け巡っていた。

　ガンさんやユミちゃんがいつも笑顔でやさしかったこと。妹のシゲがトモエ母とダブってみえたこと、トシアキくんが何度も食事に招待してくれたこと、毎晩、ノビタの散歩に付き合ったこと、家の表、南、裏と三方の庭の植木や鉢植えに水やりをしたこと、近くの野山にワラビやイタドリを採りに連れていってもらったこと、東京のヒロキが家族会議を開いてくれたこと、妻のミスズが大阪から物を持ってきたり、通院の手伝いをしてくれたこと等々——。

　なかでも、私がノビタに一方的によく話しかけていた様子が鮮明によみがえった。

　「お前は今、何を考えているの？」と尋ねても、ノビタは「ワン」とも言わず、ただジーっと私の顔を見つめている姿が、とても印象的だった。

　その時、ハッと気がついたのである。母がいつも座っていたリビングからは、ノビタの犬小屋がある南庭は手が届くような距離である。表庭も仏間越しによく見えただろう。植木や盆栽が好きだった母は、きっと庭のスイセンやボタンの花、ブドウや柿の実などから四季の移り変わりを感じ取り、楽しんでいたのだろう。また、表庭の向こうは道路だから、通学時の子どもや、行き交う人たちの姿も見えただろう。

　母と別れて暮らした寂しさや、母の世話を最後まで仕切れなかった悔いのようなものが私の心の中にあったが、ノビタはあの目で、ガンさん宅のリビングにいる母がいかに楽しそうにしていたかを私に伝えようとしていたのではないか、と思えたのである。

　「ガンさん宅での暮らしは楽しかったよ。真心のこもった温かい介護をしてもらい、幸福だった。お前もいい環境でそれを体感して、よう分かったやろ」と、

母が言っているように心底そう思えて、心が晴れ、すっきりしたのである。

　母が世話になっただけでも、私は長男として申し訳なく思っていたのに、私まで厄介をかけてしまい、もう何も訳が分からない状態だったが、２ケ月近くガンさん宅で養生させていただき、その間に友人の鷲根タカトシ氏に仏法対話を実らすことができ、だんだん元気になった。

　散歩がてらに、妹のシゲと遠い草津文化会館まで歩いて行ったあとの帰りの山道で、昔、母とよく行った田舎の笠の松茸山 (まつたけやま) の匂いを思い出し、急に体が軽くなった。そして、まもなく店にも出られるようになり、それから、ずっと元気に働いている。

　ノビタくん、お前は行儀のよい、賢い雄犬 (おすいぬ) やった。近く生まれてくるときは、今度は人間の男の子に生まれておいで。サラミを肴 (さかな) に一緒にビールでも呑もうな。

　母と私の心を癒してくれて、ありがとう。大事なことに気づかせてくれて、本当にありがとう。

　キヨシゲは七人兄弟姉妹の長男として生まれた。学校の成績もよく、水泳や陸上の運動などもよくできたが、戦後の食糧難の時代であり、家は貧乏のどん底にあった。

　彼は中学を卒業すると、きっぱりと高校進学を諦め、疎開先の奈良の田舎から大阪に出て、丁稚奉公 (でっちぼうこう) のような形で働きだした。

　数年間、いくつかの職業を経験したあと、大阪の法善寺前の「ざこば鮨 (ずし)」で板前として働くようになった。この店は有名人も食べにくる格式ある老舗 (しにせ) であった。

　「土俵の鬼」といわれた初代若乃花 (1928-2010) や「神様、仏様、稲尾様」との言葉が生まれた稲尾和久投手 (1937-2007) を擁して、1958年に読売ジャイアンツとの日本シリーズを制覇した西鉄ライオンズの三原脩監督 (1911-1984)、「ムチャクチャでござりますがな」の流行語を生んだ花菱アチャコ (1897-1974)、さらには、アホ役で一世を風靡した藤山寛美 (1929-1990) なども出入りしていた。

　三原監督には、無理を言ってサインを書いてもらったことがあった。当時、小学生だった弟のヒロキが大のプロ野球ファンであったので、キヨシ

ゲは奈良の田舎に帰省した折、そのサインを彼にあげた。ところが、驚喜するするだろうと思っていたが、ジャイアンツファンの弟は、期待したほど喜ばなかったので、少しがっかりした。

最近になって彼は、シゲや弟たちの前で、当時の店の中の様子を、少し話してくれた。これまでは、伝統と格式を誇る店に来たお客について、プライバシーに関わることを妄りに他言してはならないとの自制心がはたらいていたのかもしれない。

若乃花は、店の中では、あの土俵の上の厳しい表情とは打って変わって、和やかな雰囲気で、かなりきわどい話まで語っていたようである。海外巡業で、ソ連（現ロシア）に行ったときには、自分たち関取にも負けないほど立派な体格のロシア人女性と「裸相撲」を取った話なども、上機嫌で楽しそうに話してくれた。

反対に、舞台やテレビの画面では柔和で、にこにこしている藤山寛美は、店では、いつも怒ったような厳しい表情をしていて、一度も笑顔を見せたことがなかったそうである。

さらに花菱アチャコについては、この人の意外な側面を見て、キヨシゲは驚いた。

ある日、アチャコが、高島屋デパートの前にあった歌舞伎座を貸し切って公演することを知った店の主人が、お祝いの言葉を述べた。

「それは、おめでとうさんです。花輪でも飾らせてもらわなあきまへんな」

そのとたん、アチャコの顔が険しくなり、吐き捨てるように、こう言ったのである。

「そんな言い方はないやろ。花輪を出させてほしいとお願いしている人は、列をつくって待っているんやで！」

そのころ、アチャコは人気の絶頂にあった。彼は、それに見合った言葉を期待していたのだろう。だから、月並みで、ちょっと茶化したようにも受け取れる言葉が店の主人の口から出たので、不機嫌になったようだ。

あの浪花千栄子（1907-1973）との共演で人気を博した「お父さんはお人好し」のラジオドラマのアチャコしか知らなかったキヨシゲは、店の主人とアチャコの間の会話を耳にして、呆気（あっけ）にとられた。

舞台や芝居の中で、人を喜ばすためにアホ役やお人好し役を演じている

役者ほど、現実の世界では、人からバカにされたり、軽く見られることを絶対許さないことを、彼は改めて実感したそうだ。

　キヨシゲは、この店の主人にも気に入られて、やがてこの店の看板板前（かんばんいたまえ）となった。顔や雰囲気が、稲尾投手に似ていたので、客たちはキヨシゲのことを「稲尾くん」と呼んで可愛がった。

　店はカウンター席のみで、客は板前たちに向かって座った。淡島千景（1924-2012）などの女優も、そのカウンター席に座った。そのころ彼女は、1964年の東京オリンピックで優勝した女子バレーボールチーム「東洋の魔女たち」とも親しく、河西昌枝（1933-2013）や半田百合子などの選手たち数人を連れて来店したこともあった。

　「もし、東京に来るようなことがあったら、ここに電話を頂戴。迎えに行ってあげるから」と、彼女はキヨシゲに自分の電話番号まで教えてくれた。

　ある日、キヨシゲの左サイドのカウンター席に座った男性が、いきなり声をかけてきた。

「稲尾くん、社長になりたいか？」

大阪を拠点とする大手油脂会社の社長である。

「はあ、出来れば…」

質問の意味がよくわからず、あいまいな返事をすると、その客は、新たな質問をしてきた。

「どうしたら社長になれると思う？」

「努力することでしょうね…」と、ますます答えに窮して、当たり障りのない返事をすると、その客は自分から答えを言ってしまった。

「社長になると決めるんだよ！」

　その時、急に客の出入りが激しくなり、店の中が騒がしくなったので、話はそこで中断した。

　客の流れが一段落して、店の中が静かになったころ、また、その客が声をかけてきて、今度は自分の体験を話し出したのである。

　自分は今の会社に入社した時点で、すでに社長になると決めていて、社長になったつもりで働き始め、その後、初代社長の長女と結婚して、今、社長となっているというのである。

　おそらく、その客は、健気に働くキヨシゲの姿に好感を持ち、若い時の

自分を重ねて、何かアドバイスをして、激励してあげたい気持ちになったのだろう。

キヨシゲは、若い女性客からも気に入られ、自分の母親を店に連れてきて、縁談話を持ち込む未婚の女性も一人や二人ではなかった。

当時、脚本家・演出家として名を馳せていた山口某という人物は、キヨシゲを主人公としたドラマを作りたいと申し出てきた。彼は、何度も熱心に話を持ちかけ、キヨシゲの住むアパートにまで訪ねてきて、説得を試みたこともあった。

ちょうど、あの藤島桓夫（1927-1994）の「月の法善寺横丁」が空前の大ヒットをしていた時代であった。その脚本家は、あの歌の中で、「こいさん」を残して、さらしに巻いた包丁一本を手に、ひとり板場の修行に出る男のイメージを、板場で凛々（りり）しく振る舞うキヨシゲと重ねたのかもしれない。

事実、店の主人には、娘ではないが、年ごろのマコという末っ子の妹がいて、彼女もキヨシゲに気があったようだ。主人は自分のお抱え運転手を通してキヨシゲの気持ちを打診してきたこともあった。

この主人は、のちに関西の大手スーパーマーケットを築いた実力者で、妹のために一軒の店まで用意していた。だから、キヨシゲがその気になれば、その店の経営者にもなれたのである。キヨシゲにとって、まさに人気絶頂のスターのような時期であった。

だが、彼は有頂天にはなれなかった。田舎の両親や弟たち、姉妹のことが心配でならなかったのである。主人の妹との縁談については、婿養子として先方の家の一員になる可能性もあり、そうなれば、自由に自分の姉妹や弟たちの面倒が見られなくなってしまう。それは、一家の長男としては、どうしても受け入れ難かった。

姉（長女）のカズコは小さいころから体が弱く、医者から、結婚しても子どもは産めないだろうと言われていた。また、すぐ下の弟のヒロツグは、幼いころに脊髄カリエスを患い、歩行すら困難な状態で、小学校・中学校時代を過ごした。その後、手術が成功して、一応、まっすぐ立って歩くことができるようにはなったが、今後、ひとりで生きていけるかどうかは未知数であった。さらに、その下には、妹のシゲと小学校に通う三人の弟が

いた。

　父のナオは、大阪で建具職人として、一時はそれなりの成功をおさめたが、戦災で焼け出されて、奈良の田舎に疎開したあと、なかなか自分にあった職業が見つからず、佃煮（つくだに）の行商などをして、必死に一家を支えていたが、大家族を養うのは困難であった。母のトモエは、家計の足しになればと、近所の野良仕事を手伝ったり、菓子の行商で重い荷物を背負って自分の村や周囲の村々を歩きまわったこともあった。

　キヨシゲには、自分は高校に進学できなかったが、せめて弟たちには高校や大学に進学させてあげたいとの強い思いがあった。そのためには、お金が必要であったのだ。

　板前として、すでにかなりの給料を稼ぐようになってはいたが、まだまだ足りなかった。そこで、株などにも手を出してしまい、何度も痛い目にあったようである。そんななかでも、すぐ下の弟のヒロツグには、学費を自分が負担して、大阪の難波にあった電波専門学校に通わせた。

　その後、キヨシゲは結婚して家庭をもち、昭和42年（1967）、疎開先の奈良の田舎から両親や弟たちを大阪に呼び寄せ、自分たち夫婦の住居とは別に、両親や妹、弟たちが一緒に住める家も賃貸で借りた。

　そして3年後（昭和45年）には、長年勤めた「ざこば鮨」を退職し、大阪の地下鉄御堂筋線の西田辺駅（阿倍野区）の近くに小さな鮨屋を開業した。最初は「山鮨」の屋号であったが、のちに大通りに面した場所に移転し、店の規模も大きくして、「やま」と改名した。

　ちょうどこのころ、四男のヤスタカが料理学校を卒業して、この店の板場に立って働きだした。

　ヤスタカは七人の子どもたちの中でも、特に気立てがやさしく、従順な性格であった。学力もあり、とりわけ数学はよくでき、大学進学の選択肢もあったが、おそらく、兄の店を手伝うことが、兄が喜び、また両親の気持ちにも沿うことだと自分で判断したのだろう。

　その後、ヤスタカはミサコと結婚して二人の子どもを儲けたが、長男のテルオは京大の理学部に入学した。また、次男のコウジは大阪府立大学（現・大阪公立大学）に入り、その後、中学校の理科の教師になり、今は教頭を務めている。

「やま」の経営は、その後、順調に進み、さらに地下鉄千日前線の北巽（生野区）にも、新しい店を出した。従業員も十数名になり、人手不足を補うため、姉のカズコも会計担当として手伝うようになった。

　しかし、やがて日本社会を大きな景気変動の波が襲う。あの1980年代後半の好景気のあとのバブル経済の崩壊である。これによって多くの中小企業の経営者たちは窮地に陥り、キヨシゲの知っている経営者たちも、会社が倒産したり、追い詰められて自ら命を絶つ人まで出た。前述のキヨシゲの手記にある友人の鷲根タカトシ氏もその一人であった。彼の会社（デザイン関係）は、二度にわたって巨額の不渡りに遭い、倒産した。

　キヨシゲは好景気の時期に銀行からのローンで従業員用の宿舎を建て、さらに淡路島にリゾート物件を購入していた。それらの資産価値が、バブル崩壊で大きく下落して、その返済も店の経営を圧迫したのである。

　このバブル崩壊の嵐の中で、彼は経営者としての自負心やプライドを無残に打ち砕かれ、自己不信と自信喪失に陥ってしまう。そして、次第に不眠症、頭痛、精神不安に悩まされるようになり、ついには仕事もできないほどの重度の神経症を発症したのである。

　以来、彼はこの病気に悩まされ、なかなか完全に克服できなかった。

　兄があんな病気になったのは、一家の長男としての責任感が強すぎたからだ、とシゲは思った。そんな兄の健康回復のために力を尽くしてくれたガンへの感謝の念がふつふつと湧いてきた。ガンのやさしさは、母トモエのやさしさと合い通じるものがあった。それは、人が喜ぶことなら、なんの躊躇もなく、自分を無にして行動できる資質である。

　世間でも、母が自分の子どもに対する場合は、しばしば「無償（無条件）の愛」の行動をとるが、ガンの場合、自分が気に入った人には、ごく自然にそうした行動がとれるのである。

　しかし、そのやさしさと気前のよさが、時には思わぬ事態を招くこともあった。

　もう20年余りも前のことである。シゲが給料日に銀行に行って、預金通帳を確認すると、いつもの半分ほどの金額しか振り込まれていなかった。

　夜、帰宅した夫に理由を尋ねると、連帯保証人になっていた知人の会社

が倒産して、その負債を毎月、給料から差し引かれることになったというのである。シゲは夫がその人の連帯保証人になったことは知らされていなかった。

数日後、大阪に住むその知人が夫人と一緒にガンの自宅にやってきて、このような事態になったことを詫びた。ガンは、二人をにこやかに出迎え、終始、明るい表情であった。

シゲも夫に合わせて、不機嫌な顔は微塵も見せず、明るく振る舞い、誠意を尽くして、恐縮する夫妻を精一杯の手作りの料理でもてなした。

翌月の給料日、シゲが銀行に行って、振り込まれた金額を確認すると、やはり半分であった。その数字を見たとき、急に腰の力が抜けて倒れ込みそうになった。

こんな状態がいつまで続くのだろう。家のローンの支払いは、まだ10年以上も残っている。連帯保証人の条件がどうなっているのかは分からなかったが、これは、ちょっとひどすぎるのではないか。

そこで、彼女は夫に、債権者側と直接、話し合ってくれるように依頼した。

話し合った結果、債権者側は、ガンの家のローン支払いが10年以上も残っていることを知らずにいたことが判明した。そして、ガンには債務の支払い能力はないと判断してくれたのである。以降、給料の半分が差し引かれることはなくなり、事なきを得た。

ガンのやさしさと人の好さは、自分たちが窮地に陥ることにも無頓着なところがあり、シゲを困惑させることもあった。

そんな昔の回想に耽っている間に、夜は更けて、時計を見ると、もう午前2時になっていた。明日は、大切な日である。シゲは急いで浴室に行き、シャワーを浴びて床に就いた。

翌日、午前10時ごろ、シゲがキリと一緒に病室に入ると、ガンがベッドの上で手や頭をさかんに動かしていた。夢にうなされているようである。

しばらくして、手を上に差し挙げながら、声を上げた。
「あった！　やっと見つけた」

手には何かを握り締めていた。

「どうしたの？」と、シゲがそばに行って訊ねた。
「ゴミの中のライターがなかなか見つからなかったんや。これが一番、危ないんや」
そう言ってて、ガンは握っていた手を広げた。だが、手の中には、何もなかった。
　おそらくキリやほかの人たちには、さっぱり意味の分からない話だろう。だが、シゲにはよく理解できた。

　ガンは大阪府警に12年、枚方市役所に34年、合計46年間、公務員として奉職したあと、定年後も、いくつかの職業に就いた。
　このころには清掃会社に雇用され、高速道路のサービスエリアの清掃などを担当していた。そして、その仕事ぶりを社長から評価され、数カ月前に正社員になったばかりであった。七十歳を過ぎた正社員は、その会社でも特例であったようだ。
　サービスエリアには観光バスやマイカー、その他、様々な車が休憩のために立ち寄り、大量のゴミが捨てられる。そのゴミの中に、時折、ライターが入っていることがあり、それが原因で火災が起きることがよくあるのだ。
　ある時、中国人観光客の一団を乗せたバスがサービスエリアに立ち寄ったことがあった。ガンは、その中の一人がゴミ箱にライターを捨てるのを目撃した。
　彼は、その中国人のそばに行き、注意した。ガンは中国語ができないし、相手も日本語ができないので、彼は、そうした行為が危険であることを、身振り手振りで、懸命に伝えた。
　ガンに注意された中国人は、にっこり笑って、バスのほうに行った。しかし、すぐに、何かを手に持って戻ってきて、美しいケースに入った中国茶をガンに差し出したのである。どうやら、親切に教えてくれたことへのお礼のプレゼントという意味らしい。
　普通なら、自分の取った行動を注意されたら、人は不機嫌になるものだが、その中国人は、よほどガンの態度や人柄が気に入ったのだろう。
　そのケースには、あの有名な銘柄の「信陽茶（しんようちゃ）」の文字が印刷されていた。

そんな話を夫から聞いていたので、「ライター」という言葉を耳にした
だけで、シゲには、夫の言っている意味がよく分かったのである。そして、
こんな状況でも仕事のことを心に懸けている夫を、いじらしく思った。

夜は病室に泊まり込んで看護している息子のトシアキの話では、その日
の未明にはかなり厳しい状態になったそうである。だが、その後、少し持
ち直し、今は意識もしっかりしているようだ。

「あなた、今朝は三途の川まで行ってきたの？」と、シゲが明るく声を
かけた。

ガンは、笑いながら答えた。

「うん、今まで何度も三途の川のところまで行くんやけど、なぜか分から
んが、そこで待ってくれているはずの人がいないんや。それで、またこっ
ちへ戻ってくるんや」

そのうち、娘のユミとその子どもたち（ヒデとマー）やトシアキの子ど
もたち（マリイ、ケンイチ、フウカ）たちも部屋に入ってきた。

あたりを見渡しながら、ガンが口を開いた。

「葬儀は、『家族葬』でええからな。草津の自宅でやってくれ！」

そのあと、一人ひとりの顔を見ながら、一言、二言、言葉をかけた。

そして最後に、トシアキの長女にも、やさしく声をかけた。

「マリイ、タイガを上手に育てるんやで。ええな！」

マリイは今年、二十二歳になり、つい最近、男の赤ちゃんを出産したば
かりであった。ガンとシゲの初曾孫（はつひまご）である。

シゲは、ガンが曾孫の名前をあまりにもはっきりと発音したので、驚い
た。今まで、夫が曾孫の名前を口にしたことはなかったからである。

それから、ガンはトシアキのほうを向いた。

「葬儀のお金は、財布の中にある。それを使ってくれ」

トシアキが、ベッド脇の棚から財布を取り出して中身を覗いた。

「おやじ、1万2千円しか入ってないで。いくらなんでも、これで葬儀は、
ムリや！」

「ええから、それでやってくれ。あとは頼む」と、ガンは苦笑いしながら
応じた。

彼はそのあと、みんなの会話に楽しそうに耳を傾けていたが、疲れたの

か、しばらくして目を閉じ、眠りに入った。

3章 旅立ち

　12月7日、木曜日の正午過ぎ、ヒロキは東京駅から新大阪行きの新幹線「のぞみ号」に飛び乗った。ガンが入院して、すでに1週間が経とうとしていた。

　もっと早く駆けつけたかったが、いくつかの理由で、それが果たせなかったのである。

　一つには、前日6日の夜の友好グループの集いである。

　これは小規模ではあるが、ひと月以上も前に出席を約束していたもので、彼がメインゲストであった。彼の出席を前提に会合の内容が準備されているから、もし欠席すれば、みんなに大きな迷惑をかけてしまう。

　シゲからの電話でガンの入院の知らせを受けたとき、彼がその話をすると、

「ガンさんは、人に迷惑をかけることが一番嫌いだから、その集いに出てあげたほうが、喜ぶのではないかしら」と、姉は言ってくれた。

　その言葉に甘えてしまったのであるが、はたして、それでよかったのであろうか…。

　もう一つの理由は、自分がすぐに駆けつけて、そばにいてあげたとしても、どれほどの効果があるのだろうかという素朴な疑問であった。

　まだ体調の十分でない自分が、ガンのまわりで、なす術もなく、うろたえていたら、かえって迷惑になってしまうのではないか。幸い、自分には高校に入ったときに始めた信仰があり、天や仏に祈る実践方法は心得ている。その祈りを実践するほうが価値的ではないか。そう決めて、この数日間は、毎日、時間の許すかぎり、それを実践した。

　しかし、それでよかったのだろうか。やはり、もっと自然に、もっと人間らしく、もっと素直な行動をとるべきでなかったのではないだろうか。彼には分からなかった。

のぞみ号の座席に着くと、彼は携帯電話を取り出し、シゲにメールで東京駅の出発時刻を伝えた。すぐ、シゲから了解の旨の返信が入った。

ここから京都駅までは、およそ2時間である。昨夜は就寝が遅くなってしまい、今朝は、いつもより早く起きたので、睡眠不足を補おうと、座席の背もたれをリクライニングさせ、目を閉じた。だが、ガンの思い出や過去の記憶が次から次へとよみがえり、とても眠れる状態ではなかった。

つい最近まで元気だったガンが、こんなにも急に危篤な状況に陥ったことが、彼には信じられなかった。彼はガンに、血の通った兄弟のような親しさを感じていた。

ヒロキは、団体職員を定年退職したあと、姉たちや兄弟たち、親しい知人や後輩たちの応援を得て、「ナナクサ」という小さな出版社を起ち上げた。どこの出版社からも出ない、しかも意義のある "まぼろしの宝本" を出すのが、その目的であった。すでに5年が経過して、年間1冊のペースで、今まで6冊の本を出していた。

しかし、「どこの出版社からも出ない本」は、裏を返せば「売れない本」を意味する。6冊の本は、どれも採算ベースには乗っていなかった。しかし、「意義のある本」という面では、彼として、それなりの手応えを感じていた。

新しい本が発刊されると、ガンとシゲは、弟のトシオとともに、関西から上京して出版記念会にも出席し、友人や知人に本を紹介したりして、販売の手助けまでしてくれた。

また、ヒロキの青年時代からの同志の掛川キミオや久世クニオらも、各出版タイトルの企画段階から販売に至るまで、相談に乗り、献身的に支援してくれた。

さらに、後述する鶴舞スミオや亀沢ハルオ、正岡シロウをはじめ、友人の芹澤ノリタカ、大地フミオ、井上ユタカ、敦賀マサカズ、中川ヨシカズ、生田タカホ、学生時代や職員時代の先輩や同僚にあたる中町ヤススケ、北ミツノリ、森野タカシ、小槻ハルアキ、徳西カズヒコ、滝山マスオ、歌川カツヒコ、三越トシユキ、藤江カズアキ、大酉ミツアキ、流山ヨシノリ、李アツコ、石破ヒトシ、大倉シンゴ、能上ヒサオ、会洲カツヒロ、須古都

シュウヘイ、重慶キヨミ、美国ヒロユキ、織田ヒロフミ、藤本イサム、西川カズオらが、自身も多忙な中、それぞれの立場で温かな支援と友情の手を差し伸べてくれた。

それらの中には、出版社や広告会社の社長、大使、公使、総領事を経験した元外交官、全国紙の元記者なども含まれていた。こうした多くの善意の人々に支えられ、ナナクサは、ここまで出版社の命脈を保ってこられたのである。

ナナクサから出た最初の本は、『チャイナ・アト・ラースト』（原題：China at Last）であった。これは、副題に「三〇余年の中国研究と1983年の初旅」とあるように、アメリカのバートン・ワトソンという中国古典学者が著わした中国紀行で、37年間の中国古典研究のあとに、初めて中国の土を踏んだときの感動をつづったものである。

ワトソンがそれまで中国を訪問できなかった要因の一つは、あの「竹のカーテン」（1950-60年代の中国と他の諸国との間の障壁）であった。

彼がコロンビア大学の博士課程に進んだ直後、米中が国交を断絶し、彼が予定していた中国での研究が不可能になったのである。その窮地に救いの手を差し伸べたのが、当時、同大学の客員教授として米国に滞在していた湯川秀樹（1907-1981）であった。

湯川は、ワトソン青年が、中国の代わりに日本に行き、京都大学で、吉川幸次郎（1904-1980）のもとで中国古典の研究ができるように手配してあげたのである。

その結果、ワトソンは1956年に司馬遷の『史記』の研究でコロンビア大学から博士号を取得し、その2年後には、その博士論文が同大学の出版局から "Ssuma Ch'ien: Grand Historian of China" のタイトルで発刊され、世界で初めて『史記』の本格的な英訳を世に出した東洋学者として一躍、有名になった。さらに1965年には、その邦訳版『司馬遷』が、今鷹真 (いまたか・まこと) の翻訳で、筑摩書房から「筑摩草書36」として発刊された。

ワトソン博士には、『荘子』、『荀子』、『論語』などの中国の古典思想、李白、白居易、蘇軾、陸游などの詩歌、『万葉集』、『平家物語』、『雁』、『夫

婦善哉』や子規の俳句などの日本文学、法華経、維摩経、日蓮の遺文集などの仏教書を含め、50冊を超える英訳書があり、英語圏では広く知られていたが、日本の一般社会ではほとんど無名に近かった。

　この"China at Last"の日本語版は、その旅行から2年後（1985年）に、ヒロキの知人の小嶋ヤスマサの訳で『紀行　わが心の中国へ』の題名で出版されていた。だが、ヒロキは、この稀有な学者の存在を、さらにもっと多くの日本人に知ってもらいたいとの思いから、自らの新訳で、新たな資料も加えて出版したのである。

　ヒロキは、団体職員として働いていたとき、仕事の関係で、博士の中国初訪問に同行していたのである。だから、この旅行記には特に思い入れがあった。

　ナナクサからの新版は、その旅行期間の彼自身の日記からの抜粋や、後述の2011年に博士が西安を再訪問した折の日誌（「六日間の西安の旅」）、さらに、その折に博士が西安培華学院で行った記念講演「三十五年間の翻訳を振り返って」を新たに収録し、訳注「文学関連事項」や、博士の膨大な著作一覧、履歴などの参考資料を加え、本のタイトルも新しくした。

　同書では、博士は旅行中、自身の青年時代の出来事や学者仲間や友人たちとの交流などの思い出も回想していている。博士の数多くの著作の中で、個人的な事柄をここまで詳しく述べているのは、本書以外には存在しない。その意味で、ワトソンという人物を知るうえでも、有益な本といえるだろう。

　たとえば、列車で中国の杭州から紹興に向かうくだりで、こう記している。

しばらく大きな運河に沿って走ったので、あの古代の有名な水路の激しい水の流れを、じっくり見ることができた。その時、古くからの友人でコロンビア大学の学生仲間であったチャールズ・テリーのことが頭に浮かんだ。彼は東京大学に留学して、「中国・宋（そう）時代の経済活動における運河の役割」という修士論文を日本語で書いたが、その運河を自分の目で見ることなく世を去ってしまった。

　チャールズ・テリー（1926-1982）は、ワトソンと同様、第二次世界大

戦中、アメリカ海軍に服役し、その後、コロンビア大学から日本史の修士号、東京大学から中国史の修士号を取得した。また、吉川英治（1892-1962）の『宮本武蔵』や池田大作（1928-2023）の『生命を語る』を英訳している。

　極めて多才な人で、美術や建築にも造詣が深く、著名な建築家・清家清（1918-2005）との共著で『現代の住まい』を講談社から出版しているが、惜しくも五十六歳で他界した。

　ワトソン博士は四十八歳でコロンビア大学教授の職を辞し、日本に住居を移して研究・翻訳活動に専念するが、それは、テリー氏からの強い勧めもあったからのようである。

　また、この旅行記の中では、ワトソン博士は、列車で寧波から上海へ向かうくだりで、日本留学時代の日本語との"格闘"を回想して、こうつづっている。

1951年に日本に行ったとき、幸いにも著名な日本画家の上村松篁画伯の京都のご自宅でご家族と一緒に住まわせていただいた。一緒に暮らした１年は、楽しい思い出も数多くあるが、いくつかの面では、双方にとってかなり試練を強いられるものであった。（中略）何よりも、日本の言葉に慣れるため、わたしが悪戦苦闘していた時期であったからである。（中略）この点についてもご夫妻は、わたしのためにできるかぎりの努力をしてくださった。

　夫人は、わたしに話す時はゆっくりと明確に話すように特に気を使い、わたしが理解できる表現に辿りつくまで、実に辛抱強く、様々な言いまわしを試みてくださった。

　画伯はもともと無口な人であったが、ともかくできるかぎりのことをしてくださり、ある時は、夕食に出た料理を説明しようと、迫真の演技でタコ（蛸）の仕草を真似て、床の上を這いまわられた。その時のことを思いだすたびに、驚きと感謝の念が湧いてくる。

　上村松篁（うえむら・しょうこう、1902-2001）は、現代「花鳥画」の最高峰と言われる画家で、1984年に文化勲章を受章した。また、彼の母・松園（しょうえん、1875-1949）は、美人画の大家で、1948年に女性として初めて文化勲章を受章している。さらに、彼の子息の敦之（あつし）は、鳥の姿を通じて

自然の神秘を描写し続けた画家で、2022年に文化勲章を受章している。

　ヒロキが日本語版『チャイナ・アト・ラースト』の表紙デザインの構想を練っていたとき、その着想を与えてくれたのが、この紀行記の締め括りに出てくる次の一節であった。

わたしにとって中国に行くことを考えるのは、ちょうど長い間、遠くから噂を耳にして憧れていたい人に初めて会おうとする時の心境にも似て、魅力的なことであり、また同時に悩ましいことでもあった。
「はたして、期待通りの出会いとなるのだろうか？　お互い、好きになれるのだろうか？」と。
　しかし今は、心の荷がおりたような気がする。
　中国のほうが、わたしのことをどう思ったか知らないが、わたし自身の中国への思いは明確である。自分は、この国とその人々が大好きであり、昔、その文化の研究をすることを心に決めたことは、決して間違ってなかったとの確信を得ることができた。

　著者は、中国を「遠くから噂を耳にして憧れていたい人」と擬人化している。この人が男性か女性かは定かでないが、これを中国人女性にすれば、ロマンチックなイメージが湧いてくるのではないか。
　そう考えて、ヒロキは、30年近く前の記憶を辿ってみた。そして、ふと思いついたのである。実は、あの3週間の旅行で、博士の前に、そんなイメージにぴったりの女性が現れていたのだ。
　それは天台山の国清寺招待所でウエートレス役を務めてくれた女性である。
　紀行文の7月20日（水）の段で、博士は、こう記している。

私たちは大食堂とは別の場所にある小さな部屋で食事をしたが、「張永（ちょうえい）」という女性が食事の世話をしてくれた。彼女は少し日本語が話せ、今まで会ったなかで、文句なしに一番愛らしく、魅力的な中国人女性であった。

　ヒロキ自身も、彼女の印象は深く心に残っていた。
　あの中国旅は、7月6日（水）から同月27日（水）までの、まさに「真夏の三週間」であった。彼はその前年に原因不明の疾患（おそらく自律神

経の不調か？）で体調を崩して10キロ近くも体重を減らし、この旅行の直前にようやく回復したばかりであった。

病み上がりの体には、中国南部の暑さは応えた。天台山といっても、国清寺は、その麓（標高300メートル）に位置し、昼の気温は摂氏35度ほどもあった。

あの日、寧波（ねいは）のホテルを朝7時に車で出発し、4時間ほどで国清寺の招待所（簡易宿泊所）に到着した。招待所には冷房設備などはなく、各部屋に小さな扇風機が1台、置かれているだけであった。

すぐ昼食となったが、彼はあまり食欲がなかった。しかし、この女性から、片言の日本語で、「どいうぞ、お食べください」と料理を勧められると、不思議とよく食べられた。

午後、彼が下着類の洗濯をしようと、屋外の共同洗面台に行くと、たまたま彼女もそこで食器を洗っていて、少し話ができた。

気品のある顔立ちで、まさに美人だが、少しもその美しさを鼻にかけるところがない。健康的な明るい笑顔には、何か新鮮なエネルギーを注入してくれるような力があった。

あんなイメージの中国人女性の絵や写真があればと、彼は思案をめぐらした。そして、はたと思いついたのである。

それは、シゲが描いた「桃下美人画」であった。古風な中国の衣装をまとい、少し恥じらい気味に桃の花の下にたたずむ清楚な女性をモデルにした絵である。

この作品は、シゲが馬画伯の書画教室に通っていたときに、画伯が主宰する「白馬会」の展示会に出品したものである。この「桃下美人画」は好評を博し、何人もの鑑賞者から、師匠の画伯自身が驚くほどの高額で、購入のオファーがあった。

本の表紙デザインでは、この女性の絵の右側に中国の地図を置き、その上に、博士が訪れた中国の各地で彼が撮ったスナップ写真12枚を、ちょうど遊園地などにある観覧車のように円状に配置するのである。もちろん、それらの写真の中には、招待所の一室で博士に料理を差し出している張永の写真も入れる。

そんな構想を弟のトシオに伝え、表紙デザインの作成を依頼したのだ。

こうして出来上がった表紙デザインは、ワトソン博士も気に入ってくれたようである。

ところが、本書の英語版については、原文が英語であるにもかかわらず、今まで出版されていなかった。ワトソン博士の著作なら無条件で出版してきた米国コロンビア大学出版局や博士の英訳著作をすでに何冊か出版していた日本のウエザヒル社などにも原稿を提示したが、いずれも出版を辞退した。

ワトソン博士自身、その理由について分析し、日本語版の「新版への序」で、こう述べている。

あのころは、中国に関する英文出版にとって不幸な時期であった。出版界はセンセーショナルなものを求め、伝えられる江青の悪逆ぶりや四人組にまつわる恐ろしい話に非常な興味を示した時である。『チャイナ・アト・ラースト』のような平凡でスリルに乏しい原稿には誰も関心を示す状況ではないと思われた。

つまり、本書のように現代中国を温かなまなざしで見ている内容の本は、当時、英語圏読者にはあまり人気がなかったのである。

だから、ヒロキは、販売はほとんど見込めなかったが、「博士がお元気な間に、なんとしても、この新版を底本とした英語版を出版しよう！」と決断したのである。

翌年（2013年）に出版した英語版には、邦訳版にはなかったカラーグラビアのページを設け、そこに博士が訪問した各地でのスナップ写真（合計30枚）を掲載した。

また、本書の冒頭に「編集者の言葉」も入れ、セリーン・ニサラギというアメリカ人にその執筆を依頼した。彼女も、ワトソン博士の文章を高く評価していて、博士の大ファンであった。彼女は、ヒロキが現役時代、英文チェッカーとして三十数年にわたって世話になった、いわば「彼の英語の先生」のような存在であった。高い教養とバランスのとれた人格で、日本人が作った英文を、なるべく原文を残しながら、本質を衝いた加筆と編集で、すばやく見事な英文に仕上げる非凡な能力の持ち主である。

英語版には、さらに、その裏表紙に識者の「推薦の言葉」（blurb）も入

れた。

　その識者の一人に、ダイアナ・ベセルを選んだ。彼女は日本文化の研究で博士号を取得した才媛で、ワトソン博士の翻訳に憧れていて、博士も、彼女の翻訳者としての可能性に期待を寄せていた。

　ダイアナは、こんな一文を寄せてくれた。

『チャイナ・アト・ラースト』は、卓越した翻訳者で自身が文化財ともいうべきバートン・ワトソンが、私たちを発見の旅に連れて行き、彼が今まで偉大な文献でしか知らなかった中国の史跡や人物にまつわる愉快な逸話とその鋭い洞察で、私たちの心を虜 (とりこ) にする。

In *China at Last,* Burton Watson, the brilliant translator and a cultural treasure in his own right, takes us on his journey of discovery, captivating us with hilarious anecdotes and keen insights of the people and places he visits on his travels to the China that he had previously only known through its great writings.

　彼女の父デイル・ベセル（1923-2013）は、戦後の日本で、キリスト教の宣教師として活動するが、のちに教育者の道を歩み、日本における教育・宗教革命家の牧口常三郎（1871-1944）の存在を知り、その学術研究で米国ミシガン州立大学から国際比較教育の博士号を取得した人である。

　その博士論文は、"Makiguchi the Value Creator" のタイトルで1973年にウエザヒル社から出版された。さらに、その邦訳版『価値創造者　牧口常三郎の教育思想』が、1974年に小学館から発刊された。それ以降、ベセルは、牧口の思想と生き方を、たんに学問においてだけでなく、彼自身の人生のテーマとして生き抜いた。

　牧口は、節約と倹約を大切にし、大正尋常小学校の校長時代、服は一着しか持たず、それを夏も冬も一年中着ていたので、生徒たちから "服一 (ふくいち) ちゃん" とあだ名をつけられた逸話を、ベセルは上記の自著で紹介している。

　そんな牧口の精神を受け継ぎ、ベセルは生涯、清廉で質素な「地球にやさしい生き方」を貫いた人であった。

　ある講演会の席上、彼は数百人の若い教育者たちを前にして、背広の内ポケットから、いきなり箸 (はし) を取り出し、目に涙を浮かべながら、こ

う訴えた。

「私は資源節約の観点から、外食の際、割り箸を使わないようにするため、このように箸を持ち歩いています。どうか皆さんも、どんな些細なことでもいいので、牧口先生の思想を自分の生活の中で実践してください…」

ミヨコ夫人は、神戸女学院出身の知性と気品を兼ね備えた日本人女性であったが、夫の牧口への"心酔ぶり"を、「主人の場合、ソクラテスとプラトンのあと、アリストテレスではなく、牧口先生が来るんですよ」と、いたずらっぽくヒロキに語ったことがあった。

ベセル博士の最晩年（2012年5月）、当時、長年住み慣れた日本からハワイに移り住んでいた夫妻を、ヒロキは妻のキミと一緒に訪ね、博士の自宅で令嬢のダイアナも交え、懇談のひと時を過ごした。

その際、話題は、ヒロキが起ち上げたばかりの出版社・ナナクサにも及んだ。博士は、笑みを浮かべながら、この出版社の未来に大きな期待を寄せてくれた。

その半年後（2013年1月13日）、博士は九十年の生涯を閉じた。そして、その3年半後（2016年6月26日）、ミヨコ夫人も旅立った。

「推薦の言葉」を依頼したもう一人は、呉涛（ウ・タオ）という中国雲南省の昆明理工大学の外国語言文化学院・英語系教授である。

彼はワトソン博士の翻訳著作を自身の研究テーマにしてきた学者で、前述の博士の2011年の西安訪問の折には、誰かから博士が西安に来ていることを聞きつけ、空路、はるばる昆明からやってきて、博士が宿泊した西安のホテルで博士に会って取材した。

彼は「推薦のことば」で、こう述べている。

世界的に愛読されている東洋学者バートン・ワトソンは、翻訳の達人であり、あのアーサー・ウエイリーと並び称される。（中略）彼の作品の崇拝者で研究者でもある私は、彼の黄金の心に深く心打たれる。

Burton Watson, a globally-cherished Orientalist and master translator, is ranked with Arthur Waley ... As an admirer and researcher of his works, I am profoundly touched by his heart of gold.

呉涛は、その後もワトソン研究を続け、英語版『チャイナ・アト・ラー

スト」の発刊から6年後の2019年には、長年の「ワトソン研究」の集大成として、『華茲生英訳《史記》的翻訳詩学生成研究』を、中国社会科学出版社（北京）から発刊した。

この研究書の出版にあたり、呉教授は自著の裏表紙に掲載する「推薦の言葉」の寄稿を、ヒロキに求めてきた。本来ならワトソン博士に依頼したかったのだろうが、博士は、後述するように、すでに2017年に他界していた。

ヒロキは、ワトソン博士の心を想像しながら、下記の趣旨を英語で書き、彼に送った。

「ワトソン博士は、この呉涛教授の長年にわたる不屈の努力の結実を、洞察力と独創性に満ちた中国人学者の明るい未来を約束する証左として、誰よりも喜んでおられるだろう」

まもなく発刊された研究書は、300ページに及ぶ立派な本であった。

本の裏表紙には四人の推薦文が掲載されていた。

最初の米国ウィスコンシン大学ウィリアム・ニーハウザー中国文学教授は、「本書はワトソンの究極の翻訳技法を驚くべき緻密さで論じた先駆的な研究書」であり、「今後の中国古典の翻訳のための重要な参考文献になるだろう」と高く評価していた。

そのすぐ下に、ヒロキの推薦文が英語で掲載されていた。さらにその下には王宏印教授と呂世生教授（いずれも南開大学外国語学院）の推薦文が中国語で掲載されていた。

呉教授は、本書の「前書き」で、2011年10月に西安のホテルでワトソン博士に取材したこと、その際に提示した書面による質問事項への回答を、その翌月に手紙で博士から受け取ったこと、さらには、2013年9月に英語版『チャイナ・アト・ラースト』が発刊され、同年11月に博士から署名入りの同書を贈呈されたことなどを紹介していた。

英語版『チャイナ・アト・ラースト』の発刊は、さらに大きな実りをもたらした。

英語版発刊の2年後の2015年には、これを底本とした中国語版（『我的中国夢　1983年中国紀行』）が、西安西北大学の胡宗鋒教授の翻訳で、陝

西師範大学出版総社から発刊されたのである。

　中国語版には、英語版に収録した30点のカラー写真に加えて、同出版社が独自で用意した50点余りのカラー写真が本文の該当箇所に掲載されていた。用紙もカラー写真に堪えうる良質なものを使用しており、かなり力の入った本づくりであった。

　まだ昔の質素な中国書籍のイメージが心の片隅に残っていたヒロキは、中国から届いたモダンでカラフルな本を手にして、嬉しく思うとともに、驚きを禁じえなかった。

　この中国語版は、中国で出版された初めてのワトソン博士の著作であった。その意味で、ナナクサにとって、また博士にとっても、画期的な出版であったといえるだろう。

　前述の新版『チャイナ・アト・ラースト』が発刊される、ちょうど1年前の2011年、ガンとヒロキは、ワトソン博士とその友人の林ノリオと一緒に四人で、中国の西安を訪問した。

　ワトソン博士は当時、八十六歳で、博士にとり、実に28年ぶりの西安訪問であった。

　この訪問では、博士は10月25日（火）、西安培華学院の講堂で千名余の学生たちに、前述の内容の講演をした。その折、同大学から博士に名誉学位記が授与された。

　その翌日には、陝西テレビ局の配慮で、韓城 (かんじょう) 市にある司馬遷の墓を訪れることができた。同テレビ局の胡勤涛 (こきんとう) 局長は、かつて米国コロンビア大学で学んだことがあり、ワトソン博士と司馬遷の『史記』の関係もよく知っていたようだ。

　当日（26日）の朝、同テレビ局は、専用バスを用意し、アナウンサーやカメラマンなど数人のスタッフが一緒に乗り込んだ。韓城市は、西安から高速道路を使って黄河を挟んで北東の方向に2時間ほどのところにある。

　当日の夕刻には、陝西テレビ放送のニュース番組で、世界で初めて司馬遷の『史記』を本格的に英訳したバートン・ワトソン博士が、五十余年を経て、初めて司馬遷の墓を訪れたことを報じた。

前回（1983年）の中国旅行では、博士は、北京や上海をはじめ、杭州、蘇州、洛陽、寧波、天台山など11箇所を訪れたが、博士が一番気に入ったのは、やはり西安であった。

　そこで、ヒロキは、もう一度、博士が西安を訪問できる機会があることを願っていたが、その願いは、なかなか実現できなかった。

　それは、一つには博士の「旅行恐怖症」が影響していたようである。

　前述の旅行記『チャイナ・アト・ラースト』の中で、博士はこう述べている。

旅となると、わたしは極めて複雑な気持ちになってしまう。（中略）いよいよ旅に出発する段になると、決まって恐怖の念が湧いてくる。

　その理由は、博士の子ども時代の不幸な経験がトラウマとして残っているからであるというのだ。博士がまだ幼いころ、両親が離婚して、定期的にかわるがわる片方の親のもとに預けられたこと、子どものころ、大恐慌で父親が失業したため、転々とアメリカ国内を旅行したことなどの経験のため、スーツケースに荷物を詰めるなどの旅行の準備をするだけで、「つらい別れ」や「不安や心配」などの連想を引き起こすというのだ。

　そんななか、博士の西安への再訪問が実現できたのは、ガンとシゲの西安培科学院との長年の友好交流のお陰であった。中国側で、この訪問に尽力してくれたのが、前述の馬樹茂という中国人画家であった。馬画伯は、敦煌の仏教壁画の保護に尽力して「敦煌の守り人」と呼ばれた画家・常書鴻（1904-1994）に師事した後、来日し、さらに日本の大学で美術を学び、前述の上村松篁画伯とその子息・敦之や東京藝術大学学長を務めた平山郁夫（1930-2009）らとも交流した人である。

　ガン夫妻は、同じ滋賀県に住む馬夫妻と家族ぐるみで十数年にわたり友情を築いてきていたが、そのきっかけは、たまたまシゲが、2002年の春、近所で開催された画伯の展覧会を覗いたことであった。その1年前に母のトモエが亡くなり、ぽっかりと心に穴が開いたような寂しさを感じていたころであった。シゲはその作品に接して、心が洗われるような感動を覚え、彼の主宰する「白馬会」に入り、その書画教室に通い始めたのである。

　馬画伯は、中日友好の意義も込めて、生徒たちを中国へ研修旅行に連れ

ていった。

　2002年の秋には、シゲもその研修旅行に参加し、敦煌の莫高窟を訪れ、そこで常書鴻の未亡人・李承仙夫人（1924-2003）と会い、親しく語り合うことができた。

　その中国旅行の訪問先に西安培華学院が含まれていたのだ。馬の妻・王培英は、かつて日本に留学して京都大学で博士号を取得しているが、ちょうど同じ時期に、後に西安培華学院理事長となる姜波（きょうは）氏も、京都の龍谷大学の博士課程で学んでいた。

　西安培華学院は中国で最初に設立された私立女子大学で、創設者は姜波の祖父・姜維之（きょういし）である。シゲたちが同大学を最初に訪問したときは、まだその祖父が理事長を務めていた。そして数年後、姜波氏が祖父の立場を引き継いだのである。

　最初は、一人ともう一人を結ぶ細い糸であったが、年を経るとともに太い綱となり、この西安培華学院とガン夫妻は強い絆で結ばれていった。

　2009年の年末、姜波理事長夫妻が来日した際は、ちょうど滞在が正月と重なったので、夫妻は日本の正月を経験したいと、滋賀のガンの家を訪れた。

　馬画伯の家族やシゲの兄弟とその家族、近隣の人々も加わり、ささやかな日中友好のパーティとなった。ヒロキも、理事長夫妻を歓迎しようと、東京から駆けつけた。

　トシオは持ち前の芸術的センスを発揮して、「熱烈歓迎」の垂れ幕などをつくって部屋を飾りつけ、さらに正月用の大きな凧（たこ）に、姜理事長の似顔絵を描いた。

　姜理事長は、似顔絵がよく出来ていて、よほど気に入ったのであろう。記念にと、その大きな凧をわざわざ中国へ持ち帰ったのである。

　また、2011年9月、前述のワトソン博士の西安再訪問の1カ月前には、西安で開催された園芸文化祭に合わせて、馬画伯が日本からの訪問団を組織した。

　これには、「白馬会」のメンバーやガン夫妻のほか、シゲの独身時代か

らの友人トキの夫・山本ヒロシ、トキの友人イメミの夫・清水クニヨシおよびトシオの妻ヤスコ、そしてヒロキも加わった。その際、一行は西安培華学院も訪問した。

シゲにとっては、二度目の同学院への訪問であった。

それから4年後の平成27年（2015）、ワトソン博士は誤嚥性 (ごえんせい) 肺炎を発症したのである。

その翌年（2016年）6月5日には、ガンとシゲは上京し、ヒロキと一緒に病院に見舞いに行った。

その折、彼らは、枚方市に住んでいたころからの友人たちから預かった博士宛の見舞いの品も持参した。一人は書道家の藤本イサムで、彼は和紙に墨痕鮮やかにしたためた長文の見舞い状を、もう一人は西川カズオで、彼は妻と一緒に真心をこめて作った椿の花をあしらった紙細工を、それぞれガン夫妻に託した。

ガン夫妻とヒロキが病室に入ると、ベッドの上の博士は、ガンの顔を見るなり、にっこり微笑み、やさしく声をかけたのである。
「イワオ、元気か？」

その反応に、ずっと博士に付き添い、世話をしていた林ノリオが、驚いた。
「入院してから、バートがこんな、にこやかな顔をしたのは久しぶりです」

ヒロキはそれまで何度か博士の見舞いに来ていたが、確かに、こんな嬉しそうな博士の顔を見るのは初めてであった。ガンには、人をほっとさせ、陽気にさせる不思議なものがあることを、その時、ヒロキは改めて感じた。

そして、彼は、前述の博士の西安再訪問にガンと一緒に同行した5年前のことを思い返した。

それは、平成23年（2011）10月24日、博士一行が西安に到着した翌日で、陝西テレビ局主催の昼食会が、大雁塔のそばの中華レストランで開催されたときのことである。

その昼食会で、ガンは、中国語など話せないはずなのに、各テーブルをまわり、中国人スタッフや来賓と楽しそうに酒を酌み交わしながら、大い

に場を盛り上げていた。

博士は、その時の様子を前述の『チャイナ・アト・ラースト』の「六日間の西安の旅」の章で次のように記している。

ヒロキさんの義兄のイワオさんは元気いっぱいである。どこの国の言葉か分からないが、まわりの人々に冗談を飛ばして、みんなを大いに笑わせている。

ワトソン博士は、ガンたちが見舞いに行った日から10ケ月後、平成29年（2017）4月1日に亡くなった。1925年6月13日の生れであるから、九十一歳と10カ月の生涯であった。その4日後（4月5日）、博士は東京の町屋斎場で荼毘（だび）に付された。

その際もガンは、トシオと関西から上京し、ヒロキらと一緒に葬儀に参列した。

棺（ひつぎ）に横たわっている博士の顔は、神々しいまでの威厳を湛えていた。参列者の中には、それを見て感嘆の声を上げる人もいた。

正岡シロウもその一人であった。シロウは、ヒロキと同じ職場で仕事をしたことがあり、博士の飾らない、庶民的な人柄をよく知っていて、大学者の最期の姿を目の当たりにして、感慨深げであった。

その半年後の10月28日には、法的後継者の林ノリオが主催して、東京の上野精養軒で「偲ぶ会」が開催された。

それには、アメリカから、博士の姪のアンとその夫のウイリアム・ダンドンも来日して、出席した。ガン夫妻も招待され、滋賀から上京して、ヒロキ夫妻と一緒に出席した。

「偲ぶ会」の席上、ワトソン博士より三歳も年上のドナルド・キーン教授（1922-2019）が、最初にあいさつに立ち、長年の友人の死去を悼んで、涙ながらにスピーチした。

ヒロキは、姪のアンについては、今まで何度か来日したことがあるので、博士からその名前はよく聞いていたが、夫のウイリアムについては、全く知識がなかった。

ウイリアムは「偲ぶ会」の会場で、前述の英語版『チャイナ・アト・ラースト』を片手に持ちながら、待ち時間などを利用して、「面白い、面白い」

と、楽しそうに読んでいた。おそらく今回の来日に当たり、林ノリオから贈呈されたのだろう。

　その後、西安培華学院の秦泉安・交流部長や馬樹茂教授の働きかけで、翌月の11月25日と26日の両日、西安で「バートン・ワトソン博士の翻訳研究」と題するシンポジウムが開催されることになり、ガンとヒロキにも出席の要請があった。
　これには、コロンビア大学のジェニファー・クルー出版局長がアメリカから出席することになっていた。彼女は、50点余の博士の著書の大半が同出版局から出ていたこともあって、博士とは特に親しい間柄であった。

　話は、その半年前にさかのぼるが、2017年4月、博士の訃報を知ったジェニファーは、コロンビア大学の「アジア文学・アジア研究・出版局ニュース」のホームページに、博士との数十年にわたる想い出をつづった長文の追悼メッセージを投稿した。
　メッセージには、博士とコロンビア大学出版局との関係が60年の長期にわたること、博士の翻訳は学術書にありがちな難解で堅苦しいものでなく、簡潔（concise）、平易（simple）で、心に響く（evocative）文章であるため、よく読まれていて、同出版局から発刊された博士の多くの著作のうち、41点が現在も発売中で、特に40年前に発刊された『荘子』（*Chuang Tzu*）は今もなお、よく売れていることなどが述べられていた。
　そして最後に、種田山頭火 (たねださんとうか) の自由俳句が引用されていた。

山のいちにち　蟻も　あるいてゐる

All day

In the mountains

Ants too are walking

（from *For All My Walking: Free-Verse Haiku of Taneda Santoka*）

　これは、同出版局から2003年に発刊されたワトソン博士の英訳書『わが散策のために：種田山頭火の自由俳句』に収録されている一句である。
　ワトソン博士とジェニファーの共通の友人であるキーン教授は、彼女の

追悼メッセージを読んで、「これは、まさにポエム（詩）である」と激賞のコメントを同ホームページに投稿した。

ヒロキも大きな感動を受け、特に、山頭火の俳句の英訳については、博士がよく一人で日本各地の町や野山を歩きまわっていた想い出に触れた一文を投稿した。

投稿したあと、「ジェニファーは中国古典や日本文学の気が遠くなるほど膨大な世界を山にみなし、それらの作品をこつこつと忍耐強く訳出してきたワトソン博士を、山の中を健気に歩く蟻の姿に重ねていたのかもしれない」と、彼は思った。

その翌月、「ニューヨーク・タイムズ」紙（5月3日付）に、長文の追悼記事が掲載された。彼女はその記事も、わざわざメールに添付して、ヒロキに送ってくれた。

同記事では、「ワトソン氏は、その簡潔かつ優雅（spare）で明晰（limpid）な翻訳と博学（erudite）な序説で、日本と中国の古典文学の世界を幾世代もの英語圏読者に開放した」と博士の功績を評価していた。

筆者のウイリアム・グライムズ氏は、この記事を書くにあたり、クルー局長にも種々、取材したようで、彼女は、そのこともヒロキに伝えてくれた。

同記事には、椅子に座って真剣に本を読んでいる博士の大きなカラー写真が掲載されていた。この写真は、友人のノリオが、一緒に住んでいた東京の江戸川区のマンションの一室で撮影したものである。彼がジェニファーを経由して同紙に提供したものだろう。

ヒロキは、ジェニファー・クルーとは、ニューヨークで一度、ドイツで毎年秋に開催されるフランクフルト国際書籍市では、幾度も会っていた。

初めてニューヨークで会ったとき、彼女は同出版局の編集長の職責にあり、上司に当たる出版局長のジョン・ムーアが一緒であった。

ヒロキはムーア局長とは、その以前にも何度か会っていた。ムーア局長は博士を心から尊敬していて、「ワトソン博士はコロンビアの宝です」と、よく口にしていた。

彼のいう「コロンビアの宝」には、二つの意味が含まれているように、

3章　旅立ち　57

ヒロキには思えた。

　一つは、ワトソン博士のすぐれた翻訳能力である。

　先の「ニューヨーク・タイムズ」紙も書いていたが、博士はコロンビア大学翻訳センターのゴールドメダル、ＰＥＮ（アメリカ・ペンクラブ）翻訳賞（２回）、アメリカ芸術文学アカデミーの文学賞など、数々の賞を受けている。

　さらに死去の２年前（2015年）、ちょうど博士が九十歳（卒寿）のときには、「ラルフ・マンハイム・メダル」という、ＰＥＮのなかでも最も権威ある賞を与えられている。

　この賞は、その人物の生涯をとおしての貢献を評価して、３年に一度、最も優れた翻訳者に与えられるものである。ドナルド・キーンは、すでに受賞していたが、『源氏物語』の名訳で知られ、川端康成のノーベル文学賞にも大きく貢献したエドワード・サイデンステッカー（1921-2007）は、受賞の機会が来る前に他界していた。キーン、サイデンステッカー、ワトソンの三人はコロンビア大学時代からの親しい学究仲間であったが、ワトソン博士は、特にサイデンステッカーを、「天才翻訳者」として、高く評価していた。

　「コロンビアの宝」の、もう一つの意味は、ワトソン博士の翻訳書は、よく売れていて、同出版局にとって「ドル箱」の役割も果たしていたということではないだろうか。

　前述の追悼メッセージでジェニファーも書いているように、『荘子』は、1968年に『墨子』、『荀子』、『韓非子』とともに４部作の一つとして同出版局から発刊されたが、毎年、数千部がコンスタントに売れる超ロングセラーとなっていた。

　この翻訳書のお陰で、あの「胡蝶（こちょう）の夢」の説話が多くの西洋の読者にとって馴染み深いものになったのではないだろうか。荘子（荘周）が、夢の中で蝶となってひらひらと舞っていたが、夢から目覚めた今の自分は、もしかしたら、実は蝶であって、夢を見て荘周となっているのではないかと疑う、あの話である。

　だから、ヒロキとしては、久しぶりにジェニファーに会って、ワトソン博士の想い出などを語り合いたい気持ちがあった。しかし、まだ通院で治

療が続いている自身の体調を考え、西安行きは、断念したのである。

ところが、ガンは、自分一人でも行こうと考えていたようだ。

西安での会議が開催される数日前、仕事から帰宅した彼は、シゲに告げた。

「休み、取ったから、お金を用意しておいてくれ。俺ひとりでも行くからな！」

中国語も英語もできないのだから、それは、あまりにも無謀だと思い、シゲは、なんとかガンを説得し、断念させたのである。結局、ガンとヒロキは、日本に一時帰国していた馬樹茂教授に自分たちのメッセージを託して、会議で紹介してもらうことにした。

もし、ガンが一人で西安に行って、そこで、この病気を発症していたら、どうなっていただろうか。きっと現地の人々に多大な心配と迷惑をかけてしまったに違いない。自宅で、しかも妻のシゲのいるところで起きたことは、不幸中の幸いであり、天の加護がはたらいたように、ヒロキには思えた。

「そうだ、あれはガン夫妻と一緒にワトソン博士を、千葉県鎌ヶ谷市の病院に見舞いに行った前日だった」と、ヒロキの脳裏に、また1年半前の記憶がよみがえってきた。

実は、前述したガン夫妻と一緒に博士の見舞いに行った前日（2016年6月4日）には、ナナクサからの5点目の本『ロンアンの蓮華——日本人になったベトナム青年の物語』の出版記念会を開催したのである。

この本は、日本に留学中の1975年4月30日にサイゴンが陥落し、突然、祖国を失った南ベトナム出身の一青年が、日本社会の荒波にもまれながら、故郷のロンアンに咲く蓮華のように、清く、逞しく生き抜いた半生をつづった自伝である。

出版記念会の会場は、中華料理・京華楼（市ヶ谷店）で、著者の三城ヒサオ（ベトナム名：レ・タイ・ホアン・ハイ）の友人たちをはじめ、ナナクサの関係者など百名近くの人々が出席して、盛大な集いとなった。

だが、ヒロキは、その前日（6月3日）、悪性リンパ腫の宣告を受けたていたのである。

その半年ほど前から、地下鉄の駅の階段を上がるだけで、すぐ息切れがするなどの体調の異変があらわれた。そこで、近くのクリニックの紹介で、東大病院に行き、診察を受けたところ、胸水が溜まっていることが判った。

しかし、胸水が溜まる原因については医学的にはいろいろあるので、心電図やエコーをはじめ、様々な検査を受けたが、なかなか決定的な手掛かりがつかめないまま、どんどん月日が過ぎていった。そして、体調はますます悪化し、息切れの症状だけではなく、体重も10キロ近く減少した。

さらに、4月下旬と5月の初めには、激しい嘔吐を経験し、二度目の嘔吐の際は、なかなか止まらず、家の者にタクシーを手配してもらい、近くのクリニックに駆け込み、吐き気止めの薬を処方してもらわなければならなかったこともあった。

東大病院での初めての診察から数カ月が経過したころである。担当の呼吸科の医師が、ヒロキの首の下部の左右の大きさが、かなり違っていることに気づき、何かを思いついたらしく、その場で、すぐ同病院内の耳鼻咽喉科での検査を手配してくれた。

耳鼻咽喉科の医師が特殊な注射器で肥大している左側の首の細胞を抜き取り、検査にかけたが、その細胞からは悪性のものは検出されなかった。

しかし、呼吸科の医師は、自分の直感に確信があったのだろう。そんな簡単な検査では納得せず、その部分の肉片を採取して、本格的な生体検査をすることを主張した。

そのため、急きょ検査入院となり、その部分の肉片を取り出す手術が実施された。

肥大部分は首の左側の奥のほうの頸動脈に接する場所にあったため、手術は慎重を要した。大きな手術室で、医師二人、複数の看護師、さらにモニター室にも1名の看護師が入るという大がかりな体制で、かなりの時間をかけて行われた。

その検査結果が、ちょうど出版記念会の前日（6月3日）に知らされたのだ。

その日、ヒロキは、妻のキミと一緒に、東大病院の3階の耳鼻咽喉科の診察室の前の待合室で待機した。しかし、担当の医師の診察室はかなり混

んでいるらしくて、なかなか呼び出し器のブザーが鳴らない。しばらくして、ブザーが鳴ったが、呼び出し器の画面には、今まで診察を受けたことのない血液内科の診察室に来るように表示されていた。

　急いで、３階から２階の血液内科の診察室に移動し、説明を受けた。そこで、初対面の血液内科の医師から、病名は「濾胞性リンパ腫」、ステージ４（最終段階）であると伝えられた。これは、血液がんの一種で、現代医学では根治は不可能で、当時の統計では、３年間の生存率は20パーセント、つまり３年以内に五人に四人は亡くなっていた。

　その医師は、最後にこう付け加えた。

「このがんは進行が遅く、自覚症状が出るのは、かなり進んでからです。おそらく、あなたの場合も、４、５年前には、この病気を発症していたと思われます」

　ヒロキは、その十日後の６月14日から約１ヶ月の間、生まれて初めて、本格的な入院生活を経験したのである。

　振り返ってみれば、出版記念会の前日に「がん宣告」を受けることは最悪のタイミングであったといえる。しかし、逆に、病名がもう少し早く判明していたなら、当然、準備していた出版記念会は中止していただろう。

　さらには、翌日のガン夫妻と一緒にワトソン博士を見舞いに行く機会も逸していたであろう。ガン夫妻は、出版記念会が終了するまでヒロキの病気については知らされていなかった。だから、二人はワトソン博士を見舞うことを大きな眼目として、友人たちから見舞いの品々を預かり、自分たちも見舞金まで用意して、はるばる上京したのである。

　出版記念会の当日、ヒロキは立っているのも辛く、体力的には限界に近かったが、二人の情熱と勢いに押されて、翌日、なんとか一緒に病院まで行くことができたのだ。

　ガン夫妻が博士に会うのは、あの日が最後であった。もし、あの時に見舞いに行けなかったら、彼らも、きっと後悔しただろう。

　そう考えると、最悪のタイミングと思われたあの日の「がん宣告」は、別な観点からは、ベスト・タイミングであったのかもしれない。

「あの朝は、ズボンでも苦労したなあ」と、また彼は、あの出版記念会の日の、ちょっとした出来事を思い出した。

　当日の朝、妻のキミに、一着しかない上下揃いの濃紺の背広を久しぶりに洋服ダンスから出してもらった。着てみると、ズボンがだぶだぶで、いかにも不格好である。この数カ月で体重が急激に減り、出っ張っていた腹がへこみ、胴回りが10センチ近く細くなっていたのだ。

　どうしたものかと、困っていたら、妻のキミがタンスから普段着のスポーティな黒っぽいズボンを出してきた。

「これが、いいじゃない？」

　正装用の上着にスポーティなズボンの組み合わせは、ちょっとアンバランスではないかと躊躇していたら、さらに彼女が付け加えた。

「今は細めのズボンが主流なのよ！　ちっとも、おかしくないから」

　妻に説得され、そのスタイルで出版記念会に出席して主催者役を務めたのだが、幸い、出席者のなかで彼の服装を話題にする者は誰もいなかった。

　そんなとりとめのない過去の出来事までが次々と心に浮かんできて、結局、列車内では、ヒロキは一睡の仮眠もとれなかった。

4章　SpO$_2$　95

　ヒロキを乗せた新幹線「のぞみ号」は、京都駅に着いた。ここからJR在来線の南草津駅までは20分ほどである。京都に着いた時点で、シゲに電話を入れることになっていた。南草津駅に誰かが車で迎えにきてくれることになっていたからである。

　新幹線を降りた直後に電話を入れようかとも思ったが、なるべく正確な南草津駅の到着時刻を伝えたほうがよいだろうと考え、彼は在来線のホームまで歩いて、そこで草津方面行きの列車の出発時刻を確認した。

　あとで考えてみれば、この数分間の連絡の遅れが、その後のちょっとした災いをもたらしたようだ。

　ホームに表示されている案内によれば、もう5分ほどで列車が来る。彼は携帯電話を取り出し、登録されているシゲの名前をクリックして発信ボタンを押した。

　しかし、応答がない。もう一度、呼び出したが、やはり応答がない。何度か電話をかけ直している間に、ホームに列車が入ってきた。
「とりあえず乗るしかないだろう」
彼は携帯電話をショルダーバッグにしまい、電車に乗った。

　南草津駅に着いて、改札を出たあと、彼はまた携帯電話を取り出して、シゲを呼び出した。だが、応答はなかった。
「こうなれば、タクシーを使うしかないか…」

　彼は改札口まで戻り、駅員に滋賀医大までの距離を尋ねた。だが、駅員は、病院の場所はよく分からないらしく、要領を得ない返事である。おそらく、駅からは、かなり離れているからだろう。

　やはり誰かに迎えに来てもらうのが得策だろうと思い、なんとかシゲに連絡を取る方法はないかと考えてみた。ガンの病室には息子のトシアキも一緒にいるはずである。だが、あいにく彼の携帯電話にはトシアキの携帯番号は登録されていなかった。
「もしかしたら、トシオならトシアキの携帯番号を知っているかもしれな

い」

そう思って、彼は弟のトシオの携帯に電話を入れた。

　トシオはすぐ応答してくれた。そして、トシアキから連絡を入れるように手配すると言ってくれた。

　しばらくして、携帯電話の着信音が鳴った。

　受けボタンをクリックすると、電話の向こうで叫んでいるトシアキの声が聞こえた。

「かあちゃん、ヒロキおじちゃんから、18回も電話、入ってるぜ。出たらな、あかんやんか！」

　シゲは自分の携帯電話を置きっぱなしにして、別な場所で何か作業をしていたようだ。

「おじちゃん、すんません。ヨウコに迎えに行かせますんで、もうちょっと駅のロータリーで待っていてくれますか？」

　ヨウコはトシアキの妻で、自宅の一部を使って惣菜屋を営んでいる。一旦、店を閉めて、彼女が車で南草津駅に向かってくれるとのことである。

　ヒロキは、駅のロータリーで迎えの車が来るのを待ちながら考えた。

「なぜ、姉は、ほかのことに夢中になっていて、携帯電話が鳴っていることに気づかなかったのだろうか？

　深層心理学では、無意識でする行動が、その人が気づかない本当の自分の気持ちを表していることがあると説く。もしかしたら、姉は、無意識の次元で、『遅参（ちさん）その意を得ず』のメッセージを発していたのではないだろうか…」

　たしかに、遅すぎたかもしれない。彼としては、この日、朝一番で出発したかったのである。だが、ある事情で、さらに半日近く遅れてしまったのだ。

　実は前日、かつて勤めていた法人のオフィスから連絡があり、アメリカに住む女性写真家のパメラ・ロバートソンに記念の品物を届けてほしいとの依頼があったのだ。

　彼女はシゲと同年齢の婦人で、この法人の仏法指導者を心から尊敬していた。そして、この指導者やその夫人の誕生日、夫妻の結婚記念日など主

要な記念日には必ず、真心を込めたカードや手紙、記念の品を送ってきていた。それは、ヒロキが現役でオフィスに勤めていたときから現在まで、もう20年近く続いていた。

つい最近も、彼女がイタリアのフィレンツェをはじめヨーロッパ各地で撮影した写真を立派な写真集に製本して仏法指導者夫妻に送ってきていて、その返礼の品が用意できたとのことであった。通常は、返礼の品は、オフィスから直接、発送されるのであるが、今までの経緯から、今回もヒロキを窓口にして対応することになっていたのである。

彼はこの日の午前、新宿区にあるオフィスに赴き、彼女への品物を北区の自宅に持ち帰り、急いで簡単なカバーレターを書き、アメリカへの郵送は、妻のキミに任せて、家をあとにしたのだ。

だから、弟の到着を待っていたシゲにとっては、当初思っていたより、半日近く遅くなった。それに加えて、あの京都駅での数分のロスである。この最後の数分間が、英語でいう「ラスト・ストロー」となり、忍耐の限界を超えてしまったのかもしれない。その苛立ちを紛らわそうとして、姉は、おそらく無意識に、あえて携帯電話から離れたところで何か集中できることに着手したのではないだろうか。

このパメラという写真家は、不思議な女性である。彼女の母は、ガンやシゲと同じく熱心な仏教徒であったが、彼女自身は、若いころは、あまり信仰に関心はなかった。

しかし、夫との離婚など、人生の辛酸を経験し、自分を変えたいとの願望を心の中でもっていた。そして、20年余り前、サンフランシスコを訪れたこの仏法指導者との初めての出会いがあり、直接、様々な激励を受ける機会に恵まれ、和歌をしたためた色紙まで贈呈されたのである。

以来、彼女は真剣に信仰に励むようになり、彼女の人生も大きく好転した。

長男のイアンは、同じ信仰に励む日本人女性の川岸ヒロコと結ばれ、かわいい女と男の孫たちにも恵まれた。次男のジェイスンはアメリカンスクールの歴史の教師として、日本やモロッコ、リトアニアなど世界各地を転々としているが、お母さん思いで、どこにいても連絡を欠かさず、年末

の休日には、必ずサンフランシスコに戻り、母との時間を過ごしていた。

　信仰によって得た幸せな人生への感謝をこめて、パメラは事あるごとにお祝いのカードや真心の品を用意して、サンフランシスコから、この仏法指導者夫妻に郵送していたが、ときには、そのために自ら来日することもあった。

　彼女は、また行動力のあるヒューマニストである。東日本大震災の翌年（2012年）の春には、わざわざ来日して、被災した人たちに少しでも力になりたいと仙台を訪問した。

　さらには、大阪まで足を伸ばして、当時、病に伏していた友人の金川ジュンコを見舞いに行った。ジュンコはロシア語の通訳・翻訳を専門とする若い日本人女性である。

　ヒロキは、その機会を利用して、自ら関西に赴き、滋賀で、パメラをガン夫妻に会わせた。その折、ガン夫妻は、パメラとヒロキを、滋賀県信楽（しがらき）に住む神山清子（こうやま・きよこ）の自宅兼工房に案内してくれた。

　神山は古代穴窯（あながま）で自然釉（ゆう）を再現した陶芸家として世界的に名を馳せた人である。また、息子の賢一が白血病を発症したときに、彼女はドナー探しのために奔走し、日本における骨髄バンク設立のきっかけをつくった人でもある。

　2005年には、この女性陶芸家の半生を描いた映画「火火（ひび）」（高橋伴明監督、原作は那須田稔・岸川悦子共著『母さん子守歌うたって』）が制作され、神山役を田中裕子が熱演して大きな話題を呼んだ。また2019年には、彼女をモデルにしたNHKの連続テレビ小説（朝ドラ）「スカーレット」が放送された。

　陶芸の好きなシゲは、大阪から滋賀に移ってまもなく、ガンと一緒に県内の甲賀市に住む神山を訪ね、その後、交流を重ねて、かなり親しい間柄になっていたのだ。

　パメラたちを迎えた神山は、終始にこやかで、自宅の北側で賢一と二人で３基の窯跡を掘り当てたときの喜びや、その窯を使って、一滴の釉（うわぐすり）もかけないで、独特の光沢をもつ陶器をつくるのに成功した感動などを淡々と語った。

彼女は、もう七十代後半になっていたが、精力的に仕事を続けていて、時にはアメリカや台湾から陶芸の講義のため招かれることもあった。

パメラは、この神山との出会いに深い感銘を受けたようで、アメリカに帰国後、その時に撮った写真を、わざわざ立派なアルバムにして、神山およびガン夫妻に送ってきた。

（ちなみに、神山はそれから11年後の2023年に他界している。八十七歳であった。）

その後も、パメラは来日するたびに東北を訪れた。1年前（2016年）の秋にも来日して、仙台を訪れた。四度目の東北訪問である。

日本の知人から、その年の秋に仙台で大きな集いがあることを耳にした彼女は、何か自分にできることがないかと考え、自分が撮影したハスの華の写真をはがき大のカードに印刷し、もう片方に彼女が敬愛する、あの仏法指導者の言葉の一節を印刷した。そして、そのカードを1枚づつ白い封筒に入れて合計700セットを用意し、はるばるアメリカから大きなスーツケースに入れて運んできたのである。

この際、彼女は、前述の友人を見舞うため関西を再訪問したいと考え、その旨をヒロキに伝えてきた。だが、彼は、まだ3週間に一度、通院で、R-CHOP（アールチョップ）と呼ばれるリツキサンを含む5種類の抗がん剤の化学療法を受けていた時期であった。

自分は関西まで行けないが、なんとか彼女とガン夫妻との再会を実現させたいと思い、兄のキヨシゲと弟のヤスタカが経営する鮨・割烹店「やま」での集いをアレンジしようと考えた。ところが、ネックとなるのは通訳である。ガン夫妻をはじめ、店員たちも英語が話せない。何かよい手立てはないかと考えたあと、はたと想い着いたのである。

「そうだ、ケイタロウがいる！」

キヨシゲの息子のケイタロウは、ずいぶん昔になるが、シカゴにあったサントリー日本料理店で3年間ほど働いた経験がある。また、そこを退社したあとも、帰国後、ふたたびシカゴに出向いて、短期間、自分で料理店の経営を試みたこともあった。

「もう、英語など、ほとんど忘れてしまっているかもしれない。でも、彼

は行動力があり、機転が利く」

　そう思って、大阪にいるケイタロウに電話で連絡をとった。

　彼は二つ返事で、引き受けてくれた。

　当日は、ガン夫妻の友人であるトキとその夫のヒロシ、そしてキリも参加してくれた。パメラを囲み、ケイタロウの通訳で、楽しい食事と交歓の集いとなったのである。

　パメラは未入信のキリに、自分の信仰体験を熱っぽく、しかし、決して押し付けにならないように配慮しながら語った。その話し方は、キリに好印象を与えたようだ。

　その数日後、ヒロキと妻のキミは、東京に戻ってきたパメラと昼食をとりながら懇談した。彼女は、ヒロキの頭を見て、少し驚いたようだ。

「ヘアースタイルを変えたのですか？」

「ええ、最近はスキンヘッドが流行っていますからね」

彼はとっさに、そう答えたが、彼女は、もちろん納得しなかった。

　そこで、彼は、その年の夏に１ヶ月ほど入院したこと、まだ通院での治療中で、定期的に抗がん剤投与を受けていることなどを、初めて打ち明けた。

　「やま」での集いは、楽しかったらしく、パメラはその時の様子を詳しく語ってくれた。「ケイタロウの通訳は、一応、成功だったのだ」と、ヒロキは、ひと安心した。

　「あれから、もう１年が経ったのか…」

　ヒロキが過去の出来事を回想していると、黒色の角張った車がロータリーに入ってきた。

　トシアキの妻ヨウコが運転する車である。助手席には可愛い女の子が座っていた。今年、五歳になった末っ子のリリカである。上の三人の子ども（マリイ、ケンイチ、フウカ）の一番下が、もう十九歳であるから、かなり年の開きがある。

「この少子化時代に、しかも、かなりの高年齢で、ヨウコさんは、よくぞ四人目の子どもを出産したな。大したものだ！」

　そんなことを考えながら、彼はリリカを抱き上げ、助手席に座った。初

対面にもかかわらず、少女は人見知りをしないで、親しい人に甘えるような笑顔を見せた。

　滋賀医大は、やはり思ったより遠くに位置していた。すでに薄暗くなった広い構内の一角の駐車場に車は停まった。彼は、ヨウコとリリカの後について、病院の建物に向かって歩いた。そして、エレベータで3階に昇り、病室へと進んだ。

　部屋の中では、トシアキが、せわしそうに動き回っていた。ベッドの上のガンの様子をビデオで撮っているようである。シゲは小さなテーブルの上で書き物をしていた。おそらく日記を書いているのだろう。

　ベッドの上では、ガンが少し口を開けた状態で大きく呼吸しながら眠っていた。腕には点滴の管、鼻には酸素吸入の器具が取り付けられ、さらに、様々な数値を測る器具が体につながっていた。

　シゲもトシアキも、ヒロキが東京から到着したことを、ガンに伝えようとはしなかった。もう、話せる状態ではないのかもしれない。

　彼はガンのそばに行って、深い祈りを込めて、その体を肩から腕にかけて、さすった。そして、ふと枕側の壁にあるＡ４大の貼り紙に目をやった。「達成目標　SpO_2　90%」と書かれていた。

　これは、おそらくトシアキの字だろう。SpO_2は血液中の酸素飽和の数値である。血液中の酸素を運ぶヘモグロビンの何パーセントが酸素に結合しているかを示していて、96以上なら正常値とされる。彼も昨年、東大病院に入院したとき、胸水が溜まって呼吸障害が出て、90を切ってしまい、一時的ではあるが、酸素吸入器を付けた経験があったので、この数値の意味はよく理解できた。

　その時のガンは、酸素吸入器を付けた状態でも80を切っていた。きっと想像できないほどの息苦しさだろう。彼は、さらに思いを込めて、ガンの体をさすりつづけた。

　この日の夜もトシアキが病室に泊まってくれることになっていたので、しばらくして、ヒロキとシゲは一緒に病室をあとにした。ヨウコが自分の車で二人を送ってくれた。

　シゲは、自宅に着き、弟と二人だけになると、大きな声で、力を込めて話し始めた。しかし、それは目の前にいる弟に対してではなく、遠く離れ

た病室にいる夫への言葉であった。
「絶対に、生きてこの家に戻ってくるんやで。死んで帰ってきたら、家に
は入れてあげないから。酸素ボンベを着けてでもいい、どんな格好でもい
い。生きて行くんや！」

　翌日、シゲとヒロキはタクシーで病院に向かった。
　病室に入ると、トシアキがパルスオキシメーターの酸素飽和度の数値を
はじめ、ガンの体に取り付けた器具のデータに目をやっていた。
　午後になると、三々五々と見舞いの人々が集まってきて、病室は賑やか
になった。
　その中には、ガンが昔、警察官時代に世話になった深田シゲルの妻テル
コも含まれていた。夫は数年前に亡くなっていたが、彼女は背筋も伸び、
瀟洒としていた。
　夕刻近く、みんなが、思い思いに昔話を語り合っていたときである。突
然、トシアキが大きな声で叫んだ。
「酸素飽和の数値が90を超えて、95になったよ！」
　ヒロキは、「まさか」と思ったが、同時に「もしかしたら…」と、ほの
かな希望をいだいた。
　シゲと彼は、急に気分が明るくなって、テルコらと数人で病室から出て、
数メートル離れた談話コーナーに座った。そこで、十数分、元気に語った
あと、彼らは病室に戻った。
　「奇跡よ、起こってくれ！」と祈るような気持ちで、病室の椅子に座っ
たときである。トシアキが、今度は、少し緊張した声で叫んだ。
「みなさん、題目をあげてやってください！」
　さっき酸素飽和の数値が飛躍的に改善したと聞いたばかりだったので、
みんなは、一瞬その意味が分からなかった。だが、すぐ深刻な事態を迎え
ていることを悟った。
　「南無妙法蓮華経」と、口々に静かに声を出して唱え始めた。シゲとヒ
ロキは、ベッドのそばまで行き、ガンの腕や体をさすりながら、祈った。
　しばらくして、ベッドの上のガンが片足を小さく動かすようなしぐさを
したときである。トシアキが、緊張気味に、しかし、落ち着いた声で言っ

た。
「ご臨終です」
　12月8日、金曜日の午後6時25分、ガンは家族や知人に見守られ、安らかに七十歳と4ケ月の生涯を閉じた。
　ガンが息を引きとると同時に、娘のユミが血相を変えて病室に駆け込んできた。
　孫のヒデとマー、そして東京から戻ったばかりの夫のヨシオも一緒である。きっとユミは、病室に入る前、誰かからガンの急変をメールか電話で知らされたのだろう。
　ヒデは、ベッドに横たわっているガンのそばまで行き、その顔をじっと見つめていた。
「ガン爺に、何か言ってあげて」と誰かが、やさしく声をかけた。
　だが、ヒデは、ただ、黙って立っていた。
「なにも言えないの？」と訊かれると、彼は少し頭を下げ、小さく頷いた。
　しばらくして白衣の女性が部屋に入ってきて、死亡を確認したあと、全員に一旦、部屋を出るように指示した。昼の担当医はすでに病院を退社していて、彼女は夜間の担当医のようである。
　その担当医の合図で、部屋に戻ると、今度は故人に着せる衣服を自宅から持ってくるようにとの指示があった。
　その後、別室に移り、その医師から親族への説明があった。
　ガンの病名は「特発性急性間質性肺炎」であった。原因は現在医学ではまだ解明されておらず、そのため「特発性」と名付けられていて、通常、発症から数日で亡くなり、早い場合は、わずか3日で亡くなる人もいるとのことであった。
　また、もし遺族として、死因を医学的に徹底して調べるために遺体解剖を希望するなら、それも可能であるが、それには日程調整の期間が必要になるとの話もあった。
　シゲをはじめ全員、それは望まないと返答した。
　「3日で亡くなる人もいる」との医師の言葉に、シゲは思った。
「もしガンが3日で亡くなっていたら、心の整理もつかないまま、狼狽のなかで夫の死を迎えなければならなかっただろう。また、こうして家族や

親しい人たちに見守られて息を引き取ることはできなかっただろう。わずか5日の違いではあるが、1週間プラス1日の8日間という期間の意味は大きい」

シゲは、そこに「天の加護」を感じ、深い感謝の念が湧いてきた。

シゲが娘婿のヨシオに頼んで自宅から持ってきてもらった和服を身に着けたガンの遺体は、病院から自宅に向かった。シゲが選んだのは、渋い山吹色の地に黒の格子模様の上品な着物であった。よく似合っていて、その姿には爽やかな威厳さえ感じられた。

車が出発して、わずか数十メートルほど行ったところであった。前方の道路脇に白衣を身に着けた初老の男性が立っていて、車に向かって深々と頭を下げた。

ヒロキは当初、それは病院の関係者で、おそらく立場のある医師が哀悼の意を表すために、あいさつをしたのだと思った。だが、その直後、それが勘違いであったことが判った。

車は、その人の前で一旦、停止して、運転手がドアを開け、その人を車に乗せた。

それは病院の関係者などではなく、葬儀会社の担当者であった。これから故人の自宅で葬儀の打ち合わせをしたいとのことであった。

これは長男のトシアキの手配だろうが、「病」から「死」へのガンを取り巻く状況のあまりにも急激な変化に、ヒロキは驚くとともに、一瞬、戸惑いを感じた。

自宅に着くと、遺体は表の庭を望む仏間の窓際に置かれ、その横で、ただちに葬儀の打ち合わせが始まった。

もう師走 (しわす) も中旬に向かうことから、「喪中はがき」の文面も話題になったが、葬儀会社の担当者は手回しよく、いくつかの見本を用意していて、それはすぐ決まった。

だが、葬儀会場については、なかなか意見がまとまらなかった。

2日前、すでにガンが、「形式は家族葬、場所は自宅」と、自分の意思を明確に家族に伝えていたので、その方向で固まりかけていたが、シゲは何となく心が決まらず、納得のいかない様子であった。

「いくら『家族葬』として、親しい身内だけでの葬儀であっても、焼香
をさせて欲しいという人は相当いるだろう。それらの人々の気持ちを無視
することが、ガンが本当に望んでいることなのだろうか…。家族や関係者
に、あまり負担をかけたくない夫の気持ちはよく分かるが、多くの人々か
ら慕われたガンである。そのような人々の気持ちをしっかり受けとめたい
のが、ガンの本心ではないだろうか…」

　それなら、一般の人たちのために焼香台を自宅の外のガレージに置いて
はどうかとの案も出た。

　「でも、雨の場合はどうするのか？」

　シゲの心は揺れた。彼女は思いきって、みんなに提案した。
「やっぱり、外部の会場で、参列者の方たちが気兼ねなく焼香できるほうが、
ガンさんも喜ぶのではないかと思うんだけど…」

　こんな場合、シゲの気持ちが一番大事であることは、みんなよく心得て
いた。だから、反対する者は誰もいなかった。

　形式は、あくまで家族葬とするが、親しい友人や知人には、事前に通夜
と葬儀の日程と会場は伝える。香典はなし。また、遠方から参列する人に
も配慮して、日程に余裕をもたせ、通夜を翌々日の10日、日曜日に、そし
て告別式を11日の月曜日とする。会場については、業者の推薦する大津聖
苑にすることが決定した。

　大津聖苑の最寄り駅は、瀬田から二駅、京都寄りの膳所 (ぜぜ) である。

　葬儀の導師（読経・唱題の中心者）については、ヒロキは、まだ十分な
体調ではなかったが、義兄へのせめてもの気持ちとして、自分が引き受け
ようと心に決めていた。

　翌日（土曜日）、ヒロキは、前述のアメリカの写真家パメラにガンの訃
報をメールで伝えた。彼女には、すでに前日、ガンが危篤状態になり、現
在、見舞いのため滋賀に来ている旨を伝えてあった。２時間も経たないう
ちに、パメラから返信が届いた。

たった今、イワオさんの逝去を伝えるメールを深い悲しみをもって読ませてい
ただきました。広宣流布のための新しい旅を開始されたイワオさんのために、

さらに題目を送りつづけます。

It is with great sadness that I have just read your email telling me of Iwao-san's passing. I will continue to send daimoku for him as he begins his new journey for kosen-rufu.

　そのあと、彼女はガンやシゲたちと一緒に滋賀や大阪で食事や会話を楽しんだ思い出に触れ、自分は、あのガンの独特のユーモアが大好きだったと述べていた。

　ガンが日本よりアメリカが好きだと語っていたことも覚えていて、「ガンさんは、きっと、すぐ利発な子どもとして生まれてきて、その少年が小学生の年ごろになったら、『日本なんか、もうイヤだからアメリカに行きたい』と言うだろう。だから、そんな少年が現れるのを目を凝らして待っていましょう」とも書いていた。

　最後に、数日前からカリフォルニア南部で猛威をふるっている山火事が、いよいよ息子のイアン一家の住居近くにまで迫っていて、学校は閉鎖され、安全を確保するため、孫のフィオナとイーサンを自分の家で一時的に預かっていることが記されていた。

　パメラにとって、この時、アメリカ発と日本発の二つのショッキングな出来事が重なったのだ。

　さらに、この日（12月9日）の夕刻、ヒロキのメールに西安培華学院の馬樹茂教授の妻・王培英から哀悼のメッセージが届いた。

このたびはご愁傷さまでございます。心よりお悔やみ申し上げます。今朝ほど、お姉さまから悲報をいただき、突然のことで驚いております。
早速、西安にいる主人に連絡を入れたところ、添付の文書を送ってきました。
ふさわしい言葉が見つかりませんが、どうか力を落とさないで、お姉様を支えてあげてください。王培英より

　添付の文書には、西安培華学院の姜波（きょうは）理事長、同仏教学科の馬樹茂学科長、「バートン・ワトソン研究センター」の秦泉安主任の三人の連名で追悼の辞が、馬教授の毛筆でしたためられていた。馬画伯は数年前

から、日本の書画教室と併せて、定期的に西安に赴き、同大学でも書画を教えていたのである。

追悼文

　今朝、先生が霊山浄土に旅立たれたとお聞きし、驚いております。培華学院の我々一同、深く哀悼の意を表します。大切な友との別れに心を痛めております。

　我が学院の研究員でもあった先生は、生前、日中文化交流のために大きな貢献をされました。

　つい先日には、西安で行われたバートン・ワトソン博士のシンポジウムでは、先生からのメッセージを紹介せていただきました。

　私どもの哀悼の心が、この文と一緒に先生に届きますように。

培華学院　理事長　姜　　波

仏教学科　学科長　馬　樹茂

バートン・ワトソン研究センター　主任　秦　泉安

　それにしても、なんと素早い対応であることか！　王夫人の真心と、それに応えた夫の馬教授をはじめとする培華学院関係者の誠意が伝わってきて、シゲもヒロキも感動した。

　また、この日、ガンの急逝を聞きつけた近所の人たちが、三々五々、シゲの家に弔いにやってきた。その中の一人の婦人は、棺のそばで号泣してしまった。よほど悲しかったのだろう。さらにもう一人、婦人がやってきて、やはり大きな声で泣いていた。

　人生経験豊かな中年の婦人が、まるで子どものように泣き悲しむ姿を見て、ヒロキは、少なからず驚いた。テレビドラマや映画などではよくあるシーンだが、実際に目にすることは、あまりなかったからである。

　シゲの話では、彼女たちは当時、ガンと一緒に高速道路のサービスエリアの清掃の仕事をしていたそうである。きっと、そこでも、ガンはみんなに心から慕われる存在であったのだろう。

その日の夜、シゲの家に残った者たちで、仮通夜の意義をこめ、一緒に勤行をした。

　勤行は、法華経の方便品と自我偈の読誦、それらに続く南無妙法蓮華経の唱題である。みんな毎日行っていることなので、声が見事に調和し、リズミカルで朗々とした響きであった。

　勤行のあと、ヒロキがみんなに提案した。

「ここで一人ずつ、ガンさんへの思いを語り合いたいと思うんだが、どうだろう？」

　みんなが静かに頷いたのを確認して、彼は「まず、僕が話させてもらうよ」と言って、語り始めた。

「七十歳という年齢は、たしかに早いといえば早いけれど、人生の価値は生きた年数では決まらない。日蓮大聖人も、数え年で六十一、そして大聖人が尊敬されていた天台大師と伝教大師もそれぞれ六十と五十七で入滅されている。

　ガンさんはすべてをやり切った。もちろん、欲を言えば、きりがないし、遺された者にとって、こんな寂しいことはないけれど…」

　なんとか理性で自身を説得しようとしているようであるが、感情がついていかなくて、最後は、声を詰まらせてしまった。

　そのあと、弟のトシオ、その妻のヤスコ、娘のユミと娘婿のヨシオ、そしてシゲと次々に、それぞれの思いを語った。

　最後に、息子のトシアキの番となった。彼は故人の長男であることから、みんなから推されて、葬儀の喪主を引き受けていた。

　ヒロキが彼のほうに視線を向けて言った。

「トシアキくん、もし気が進まなかったら、無理にしゃべらなくてもいいんだよ」

　だが、トシアキも、何か言いたかったようである。おもむろに語り始めた。

「お医者さんから話を聞かされたとき、もう諦めるしかない、諦めようと思った。そのほうが気が楽だと思った。人間なんて、いくら格好いいことを言ったって、所詮、自分がかわいいし、自分さえよければよいという気持ちが心の底にある。そんな自分がいることをイヤというほど思い知らさ

れた。

　でも、しばらくして、『お医者さんがもうダメだと言ったって、僕は諦めないよ！』と誰かが言っているのを聞いて、気持ちが変わった。

　『何としても、おやじによくなってもらいたい、そのためなら、自分はなんでもやろう。おやじのためなら、どんなことでもやりたい！』と、本気で思っている自分になれた。

　そして、この数日間、思う存分、おやじを看護ができた。そこには、寝ることも忘れ、無我夢中で、おやじを看護している自分がいた。

　最後の最後になって、そんな経験をさせてくれたおやじに、今、心から感謝している。

　おやじ、ありがとう！」

　トシアキが語り終えたとき、みんなは大きく頷いた。

　シゲは思わず、拍手をしてしまった。だが、次の瞬間、こんなときに場違いなことをしている自分に気づき、苦笑した。

　トシアキは、父のガンと同じく、剣道がよくでき、高校時代には、全国大会に出場するほどの腕前になり、その関係もあり、関西でも指折りの大手化学繊維会社に就職した。

　しかし、どうしてもそこでの仕事が好きになれず、数年で退職した。そして、何度か転職したあと、介護の会社に採用され、そこで実績をあげ、かなりの立場になった。

　ところが、そこでも上司との人間関係に悩み、精神的に不安定になってしまった。

　それが原因で、しばしば心臓発作を起こすようになり、常時ニトログリセリンを携帯しなければならない時期があった。時には、急に自殺願望がつのり、高いビルの屋上に昇っていく自分に気づき、必死にその衝動を自制しようとしたこともあった。

　そんな息子が、今では介護の会社を起ち上げて、元気に仕事に取り組んでいる。そして、父の突然の病気と、それに続く死に遭遇するなかで、こんなにも頼もしく振る舞ってくれているのだ。

　息子は、きっと介護の仕事で、今まで何度も亡くなっていく人々の最期を見てきただろう。仕事として、そうした人の世話をすることは、今まで

の経験やマニュアルに照らして、最善を尽くせばよいのだから、割り切って取り組め、気が楽といえる。

しかし、それが自分の父親の場合、勝手が違ってくる。悔しさ、悲しさ、寂しさといった感情が頭をもたげてくる。まして、もう助からないと医師から言われ、なまじっか医学の専門知識を持ち合わせているから、状況がよく分かり、近くにいることが、余計、辛くなる。

介護のプロとして父の最期の世話をできることは、第三者からは羨ましいように見えるかもしれない。しかし、現実はそうではないのだ。そうしたなかで、自分のすべきことを、すべてやり切れたことは、なんと素晴らしいことだろう。

シゲは、自分の息子を誇らしく思えた。

5章　ガン爺 (じい) の雑記帳から

　それから6年の歳月が流れた。ヒデはもう中学1年生になっていた。弟のマーも小学5年生である。シゲは昔のままの家に、一人で住んでいる。

　夏休みのある日、二人は揃って、久しぶりにシゲの家を訪ねた。

　これまでは、父のヨシオか母のユミの運転で車に乗せてもらってシゲの家に来たのだが、今回は、初めて二人だけで電車を乗り継いてやってきた。

　二人の自宅は大阪の生野区だから、まず環状線で梅田に出て、そこから京都経由で滋賀の瀬田駅まで来たのである。徒歩を含めれば2時間半ほどの道のりである。

　「もう、二人だけで来られるようになったのだ！」

　シゲは、孫たちが見違えるほど立派に成長した姿を見て、目を細めた。

　二人は仏壇の前に座って、手を合わせた。仏壇の前の経机 (きょうづくえ) の横には、今もガンの遺影が置かれていた。その前に、今までシゲが読んでいたと思われる古ぼけた大学ノートが置かれていた。

　好奇心に駆られて、ヒデはそのノートをぺらぺらとめくってみた。横からマーも興味深そうに覗いている。

　ガン爺の雑記帳か自由日誌のようである。黒のボールペンで書かれていて、かなり几帳面な字である。ふと興味深い名前が目に付いたので、ヒデは、そのページを両手で開いた。

　手紙の下書きのようである。最後のところに「2017年8月1日」の日付が記されていた。ガン爺の亡くなる、わずか4カ月前である。宛名の人は、自分たちの学校の創立者の子息であった。ヒデもマーも、名前はよく知っているが、まだ会ったことはない。

拝啓。大阪の枚方に在住のときは、先生の運転手をさせていただき、ありがとうございました。

　早いもので、あれから40年が過ぎようとしています。私も今年8月1日をもちまして七十歳になりました。

あのころ、まだ小学生だった二人の子どもたちも、息子のトシアキ（滋賀在住）は四人の子ども、娘のユミ（大阪在住）は二人の子どもに恵まれ、さらに今年は、ひ孫まで生まれました。

　娘の子ども（孫）たちの一人は、関西の小学校に去年4月入学し、頑張って、大阪の生野区より通学しています。

　私も、縁があり、妻と一緒に中国へ何度も行くことができました。そして、馬教授を通じてですが、先生のお父様への名誉学位記第二七二号となる2009年の西安培華学院からの名誉教授の授与に関わらせていただきました。

　その関連で、西安培華学院の姜理事長と馬教授は、東京で先生にお会いされました。お二人とも、ご子息はどんな人だろうかと思っておられたようですが、お会いされたあと、「普通の人で、よかったです」と私たちに語ってくださったことが、大変、印象的で、感動しました。

　上京の際、東京では、何度もお声をかけていただき、ありがとうござしました。

　特に、東京での勤行会の行事で上京したときは、ご多忙にもかかわらず、わざわざ私の携帯電話に直接、電話をかけていただき、本当にありがとうございました。

　東京で先生にお会いした折、「関西でまた会おうね」と言っていただき、その後、関西の組織の責任者の方のご配慮で、滋賀文化会館に先生が来られたとき、お会いすることができました。

　バートン・ワトソン博士とは、2011年に一緒に西安培華学院に行くことができました。また、今年4月、ワトソン博士がご逝去された折には、博士の告別式にも参列させていただきました。

　まだまだ、これからではありますが、妻と二人して残りの人生を、同志の人たちと共に頑張っていきたいと思っています。

　先生のお父様・お母様のご健康を心よりお祈りします。

　これからますます暑くなりますので、先生もお身体に十分お気を付けてください。

　簡単で乱筆ではありますが、またお会いできる日を楽しみにしております。

　読み終えて、ヒデとマーは、自分たちの祖父が創立者の子息とそんな親しい間柄とは知らなかったので、少し驚いた。

さらにページをめくっていると、今度は難しい文語体の文章が、やはり丁寧な字で記されていた。何かの本からの引用文のようである。

其（それ）につきても、母の御恩、忘れがたし。胎内に九月（ここのつき）の間の苦しみ、腹は鼓をはれるが如く、頸（くび）は針をさげたるが如し。気（いき）は出づるより外に入る事なく、色は枯れたる草の如し。臥（ふせ）ば、腹もさけぬべし、坐すれば、五体やすからず。

かくの如くして、産も既に近づきて、腰はやぶれて・きれぬべく、眼はぬけて、天に昇るかとをぼゆ。かかる敵（かたき）をうみ落しなば、大地にも・ふみつけ、腹をもさきて捨つべきぞかし。さはなくして、我が苦を忍びて、急（いそ）ぎいだきあげて、血をねぶり、不浄をすすぎて、胸にかきつけ、懐（いだ）き、かかへて三箇年が間、慇懃（ねんごろ）に養ふ。母の乳をのむ事、一百八十斛三升五合なり。
（「刑部左衛門尉女房御返事」）

さらに、すぐ隣りのページにも文語体の文章が記されていた。

一に「父母の恩を報ぜよ」とは、父母の赤白二渧（たい）、和合して、我が身となる。
母の胎内に宿る事、二百七十日。九月（くかつき）の間、三十七度、死（しぬ）るほどの苦みあり。生落（うみおと）す時、たへ［堪］がたしと思ひ、念ずる息（いき）、頂（うなじ）より出づる煙り、梵天に至る。
さて、生落されて乳をのむ事、一百八十余石、三年が間は、父母の膝に遊び、人となりて仏教を信ずれば、先づ此の父と母との恩を報ずべし。
父の恩の高き事、須弥山（しゅみせん）、猶（なお）ひき［低］し、母の恩の深き事、大海、還（かえ）って浅し。相構えて、父母の恩を報ずべし。
（「上野殿御消息／四徳四恩御書」　建治元年　五十四歳御作　与南条時光）

ヒデは、最後の行に馴染みのある名前が記されているのを見て、それが日蓮大聖人の御遺文からの抜粋だと判った。
シゲは、台所で二人の孫のために昼食の料理を作っている。大食漢のヒデには二人前の量の食事が必要である。彼には、最初に、たっぷりスープの入った麺類を出してから、そのあと、ご飯とハンバーグの料理を出すことにした。そうすれば、スープで腹がふくれ、少しでも食べるご飯の量を抑えることができるのではないかと考えたのである。

昼時だから、二人は台所の食卓に座って料理ができるのを待っているはずなのに、なかなか現れない。仏間を覗くと、まだ二人は肩を並べて、ガンの雑記帳を熱心に見ている。

　二人の孫たちを見ていて、ふとシゲの心に６年前の記憶がよみがえった。

　兄のヒデは小学２年生で、弟のマーは、まだ園児で、翌年の春に小学校に入学する予定であった。

　ヒデは真面目な性格で、優等生タイプであったが、二つ年下のマーは、兄へのライバル意識からか、時々、思いもよらぬ行動をとって、みんなを驚かせることがあった。

　ガンが亡くなった翌日のことである。シゲが夫の衣類を整理していると、マーが、目敏く夫の警察官時代の制帽を見つけて、自分の頭に被せた。さらに、どこかで唐草模様の風呂敷を見つけてきて、首に巻いて、直立の姿勢で、シゲに向かって敬礼したのである。

　警察官の制帽はすぐ理解できるが、唐草模様の風呂敷は何の意味だろう。もしかしたら、泥棒が盗んだ品物を唐草模様の風呂敷に包んで背負っているつもりなのかもしれない。もし、そうだとすれば、彼は警察官と泥棒の二役を演じていることになる。こんな発想がまだ小学校にも上がっていない園児の頭から生まれるとは、とうてい信じられなかった。

　マーは、お通夜にも、また告別式にも、そのスタイルで出席した。そこにはガンの警察官時代の同僚たちもいたから、かわいい坊やが、頭に警察官の制帽を被り、首に唐草模様の風呂敷を巻いている姿を見て、ほほえましく感じ、きっと心が和んだにちがいない。

　ガンも、頑固な反面、明るい性格で、雰囲気が堅苦しくなると、おどけて、あほ役を買って出て、周囲の人をほっとさせることがあった。マーは、そんなガンの血筋を受け継いでいるのかもしれない。しかし、人の心を鋭くつかんで、楽しませるマーの才能には桁外れなものがある。もしかしたら、将来、チャップリンのような天才的コメディアンになる素質をもっているかもしれない――。シゲは、そんな突飛なことを想像している自分の「親々（おやおや）ばか」加減に気づいて、苦笑した。

　「お昼ご飯の用意ができたよ！」

シゲが声をかけると、仏壇の前でガンの雑記帳を読んでいた二人は、ようやく食卓に着いた。ヒデはまだ手に雑記帳を持ったまま、それに目をやっていた。

「『母の御恩、忘れがたし。胎内に九月（ここのつき）の間の苦み』のあとに、『生み落とされて乳をのむ事、一百八十余石』ってあるけど、これって、もしかしたら赤ちゃんが大きくなるまでにお母さんの乳を飲む量のこと？　それから、いし（石）って、容量の単位だと思うけど、どのくらいの量になるのかなあ」とヒデが訊いてきた。

シゲは、にこにこしながら答えた。

「日蓮大聖人様の御書ね。それは婆（ばぁ）が、ある先輩から教わった一節で、あんまり感動したのでガンさんにも教えてあげたの。

ガンさんは、ああ見えて、真面目なところがあって、新聞記事なども、読んで感動したら、必ず切り抜いてノートに貼り付けていたのよ。

ところで、『いし（石）』はね、『こく』と読むのよ。１石は10斗で、１斗は10升だから、１石は100升ね。一升瓶なら、100本ね。『一百八十余石』だから、さらにそれの180倍で、１万８千本分のお乳ね」

「すごい量だね！」と、ヒデが言った。

「でもね、ここにある『石』は、大聖人様は、『斗』つまり10升の意味で使っておられるんじゃないかと思うの」

「ええ！　どうして？　その根拠は？」と、今度はマーが興味深げに尋ねた。

「３年間は、日数にすれば、365の３倍で、１千ちょっとでしょう。１万８千升を１千ちょっとで割ると、十数升。つまり、毎日、十数升のお乳を飲むことになってしまうじゃない。いくらなんでも、赤ちゃんが、１日にそんな量のお乳を飲むのは無理だもの」

「うん、赤ちゃんの体重の数倍の量になるものね」とヒデが言ったら、マーも頷いた。

「もう一つのお手紙には、『母の乳をのむ事、一百八十斛（こく）三升五合なり』とあるでしょう。

ここの『斛（こく）』は、『石』と同じで、大聖人様はさらに詳しい数字をあげておられるけれど、『升』と『合』はあるのに、『斗』は含まれていないわね。だから、大聖人様は、『斗』の意味で『石（斛）』を使われている

んじゃないかと、婆は思うの」

「そうすると、赤ちゃんの飲むお乳の量は、3年間で1800升になるのか」と、真面目な性格のヒデは、スマホを取り出し、計算して、その量を想像した。「1升は1.8リットルだから、1,800×1.8＝3,240で、3千2百40リットル。目方にすると、お乳は水と同じぐらいの重さだから、1リットルを1キログラムとして、3千2百40キログラムか…。マーくらいの体重の人なら、百人分ほどの重さになるね。赤ちゃんは生まれてから乳離れをするまで、そんなにお乳を飲むのか！」と、ヒデは目を輝かせた。

　そのあと、彼は、こう付け加えた。

「これは『与う南条時光』とあるから、あの有名な富士方面の地頭だった南条時光さんに与えられたお手紙だね？」

　シゲは笑顔で答えた。

「よく知っているわね！　大聖人が五十四歳のお手紙だから、時光さんは三十七ほど若かったから、まだ十七歳のころじゃないかしら」

「時光さんは、幼いころ、お父さんが病気で亡くなるんだね？」

「まだ7歳のころにね。その折、大聖人は、わざわざ鎌倉から静岡県の上野郷まで足を運んで、亡くなった南条兵衛七郎さんのお墓で追善供養をされているのよ」

「その折に、初めて大聖人に会うんだね？」

「きっと、それが時光さんの信心の原点となったのでしょうね。その後、時光さんはお父様のあとを受け継ぎ、お母様と一緒に純粋な信心を貫かれるのよ」

「あの熱原 (あつはら) 法難の際には、大聖人のお弟子さんや信徒の方々をお守りして、大活躍されるんだね？」

「そうよ。弘安2年、1279年、時光さんが二十一歳のころよ。あの法難は、日興上人の弘教活動で、どんどん自分の寺の僧侶や信徒たちが大聖人の門下になっていくものだから、恐れを感じた院主代の行智 (ぎょうち) という悪い坊主が、あの平左衛門 (へいのさえもん) と結託して起こす事件ね」

「平左衛門は、大聖人を竜の口で処刑しようとした幕府の権力者だね。熱原村の二十人の農民が、お寺の田んぼの稲を盗み取ったと訴えられ、彼の屋敷に連れて行かれて、取調べを受ける話は、あまりにもかわいそうで、

ひどすぎるね」と、ヒデは悔しそうに言った。

「平左衛門は、法華経の信心を始めたばかりの農民たちに、南無妙法蓮華経の信心をやめて、念仏を唱えたら許してやると脅かすんだけど、それが通じなかったので、見せしめに、神四郎、弥五郎、弥六郎の三兄弟を打ち首にしてしまうのね」

「そんなこと、絶対、許せないよ！」と、ヒデは怒りを込めて言った。

「権力を持つと、人間は、そこまで傲慢になり残虐になるということね。
でもね、正しい信心をしている人を馬鹿にして迫害した者は、最初は何もないように見えるけれど、最後は滅んでしまうと、大聖人は、その法難の最中に書かれたお手紙で断言されているのよ」

「たしか、『聖人御難事 (しょうにんごなんじ)』という、四条金吾さんに与えられた御書だね」

「そうよ。ヒデは、よく勉強しているのね！　事実、それから14年後、幕府の実権を握るところまで登りつめた平左衛門は、謀反計画を自分の長男から密告されて、熱原の三兄弟を斬首した同じ自分の屋敷の庭で殺され、彼の一族は滅びるのよ」

「14年後なら、まだ日興上人や時光さんたちも生きておられたから、罰の現証をその目で確認されているね」と、ヒデが弾んだ声で言った。
すると、今まで黙って聞いていたマーが、話のなかに入ってきた。

「熱原の三烈士の話は、歌にもなっているね。ヒデと一緒にユーチューブで聴いたことがあるよ。ちょっと淋しい感じもするけど、最後は元気が出る、いい歌だね」

「ユーチューブで流れているの？　知らなかったわ」と、ユーチューブなど観る機会のないシゲは、驚いた。

「婆はね、神四郎さんたちは、処刑されたとき、その身は、悪い坊主や傲慢な権力者に負けたように見えるけれど、心では、勝っていたと思うの。きっと、神四郎さんたちは立派な姿で堂々と亡くなったのではないかしら。だって、三人が処刑されたあとも、残りの十七人は誰ひとり退転せず、この信心から離れなかったそうだから」

「そうだね。熱原の三烈士のように悪い権力者に負けないで、信心を貫いた人たちがいたお陰で、ぼくたちも、こうして信心ができるんだからね」と、

ヒデは明るい声で応じた。

　南条時光と熱原法難についての話が一段落したあと、シゲは、ヒデの持っている雑記帳を覗き込みながら言った。
「もう一つのお手紙は、現在の愛知県に住んでいた刑部左衛門尉（ぎょうぶさえもんのじょう）という身分の高い武士の夫人に書かれたと教わったわ。
　その夫人はお母様の十三回忌の折、亡くなったお母様のために、身延におられた大聖人様に真心のご供養をお届けされ、その際に戴かれたお手紙よ」
「このお手紙では、お母さんが赤ちゃんを生むまでの９カ月間の苦しみについて述べられているけど、婆やママの場合も、大変だったの？」と、ヒデが言った。
　マーもシゲに視線を向け、その答えを興味深げに待っている。
「人によっても違うし、同じ人でも、その時期の体のコンディションにもよると思うわ。婆の場合は、２回とも、つわりも１か月余りで、程度も軽かったけど、二人のママのユミちゃんの場合は、大変だったのよ」
「ええ！　どんなふうに？」と、今度はマーが尋ねた。
「つわりは普通、赤ちゃんを宿してから２、３カ月ぐらいでおさまるんだけど、ユミちゃんの場合は、かなり長い期間つづいて、症状も重かったの。そばで見ていると、かわいそうで、こちらまで胸が苦しくなったわ。炊事や洗濯もできなくなって、婆がユミちゃんの家に泊まり込んで、家事をしてあげた時期もあったのよ」
　──事実、その時期、シゲは、その精神的ダメージのせいか、突然、頭髪が抜け落ち、しばらく鬘（かつら）を着けていたことがあった。
　「ご飯のにおいを嗅いだだけで気持ちが悪くなる話はよく聞くけど、ママの場合は、もっと大変だったんだね」と、ヒデが言った。
「人によっては、なかなか症状がよくならず、どんどん重くなって、精神的にも肉体的にも衰弱しきって、生命が危険な状態になることもあるそうよ」と、シゲが言うと、
「大聖人の時代は、まだ医学が発達していなかったから、よけい大変だっただろうな。そう考えると、ここで言われている話は、決して大げさじゃ

ないんだね。だから、親に感謝し、特にお母さんを大切にしなさいと、大聖人は教えられているんだね」と、ヒデが応じた。

　二人が真剣に自分の話を聞いてくれるので、シゲは嬉しくなって、さらに話を続けた。
「大聖人様は、三十二歳で立宗宣言されたあと、すぐにお父様とお母様に南無妙法蓮華経の仏法を教えて、この信心に導かれたのよ。
　また、それから10年ほどあとの四十三歳のとき、お母様が重い病気になられた年には、お母様のおられる現在の千葉県の故郷に戻られ、その病気を治すために祈られたの。
　その結果、お母様の寿命を４年も延ばすことができたと、御書に書かれているのよ。
　当時、故郷には東条景信（とうじょうかげのぶ）という念仏の強信者で大聖人様を憎み、命まで狙う地頭がいて、危険なことはわかっていたけれど、あえてそこに行かれたの。
　心配されたとおり、大聖人様の一行が、小松原（こまつばら）という場所を通りかかったとき、突然、景信とその手下たちが大勢、襲ってきて、数人の随行の人たちが大聖人様をお守りしようと必死に戦ったけど、お弟子の鏡忍坊（きょうにんぼう）と在家信徒の工藤吉隆（くどうよしたか）の二人はその場で殺され、ほかの人たちも大ケガを負い、大聖人様ご自身も、額に傷を負い、左手を折られたのよ」
「東条景信は、どうしてそんなに大聖人を憎んだの？」と、マーが真剣な表情で言った。
「簡単にいえば、自分の信じている宗教が間違っていて、地獄に落ちてしまうと言われたからよ。誰だって、自分の信じている宗教を悪く言われたら腹が立つでしょう？」
「じゃー、どうして大聖人は、そんな人の嫌がることを言ったのかな…」と、またマーが考え込むように言った。
「そこが大事なところね。間違ったものを信じている人をそのままにしておいたら、その人だけでなく、社会全体が不幸になってしまうからよ。誤った宗教や思想ほど危険で怖いものはないからね」

「東条景信が信仰していた宗教は、どこが間違っていたの？」と、今度は
ヒデが言った。

「大聖人様が『念仏無間地獄（ねんぶつむげんじごく）』とおっしゃった理由ね。でも、
それは少し難しい話になるので、あとで話してあげるから。とりあえず食
事にしようね。二人とも、お腹すいたでしょう？」

　シゲは、料理の腕はプロ並みで、センスもよく、彼女の料理を賞味した
人は必ず褒めてくれた。ただ、今日のお客は、育ち盛りの男の子である。
どんな料理を出しても、喜んで食べてくれるだろう。むしろ、食べ過ぎな
いように気をつけなければならない。特に、ヒデは小さいころから食欲が
旺盛で、今もすこし肥満気味である。

　マーは、料理の味にうるさく、まずいと思ったら、少々お腹がすいてい
ても、無理して食べようとはしない。体型も細身である。

　ヒデには、ニンジンやゴボウ、コンニャク、カマボコなどの具を入れた、
けんちん風のうどんのあとにハンバーグ料理とご飯を、マーにはハンバー
グ料理とごはんに味噌汁を添えて出した。

　さすが、育ち盛りの少年である。二人は黙々と勢いよく食べ始め、あっ
という間に料理を平らげた。シゲが、食卓の上を片付けて、冷やしたグレー
プフルーツを出すと、それをスプーンですくいながら、ヒデが言った。

「さっきの東条景信の信仰していた念仏宗の話だけど、念仏宗はどこが間
違っているの？」

「いろいろとあるけど、ずばり言えば、最高の経典である法華経を誹謗し
ているからよ」と、シゲが答えると、

「末法という時代は、釈尊の仏教が力を失い、世の中が乱れると聞いたこ
とがあるけで、それとの関係はどうなるの？」と、ヒデが言った。

「つまり、法華経も、そのお釈迦様が説いた経典だから、末法に入れば、
もう時代遅れで、御利益（ごりやく）がないというわけね。

　だから、中国の道綽（どうしゃく）、善導（ぜんどう）、それに日本の法然（ほうねん）
という坊さんたちは、阿弥陀仏（あみだぶつ）という別な仏様をもってきたんだ
ね。

　でもね、大聖人様は、そうした考えは間違っているとおっしゃっている
のよ」

「真言宗の場合は、大日如来という仏で、経典は大日経、金剛頂経、蘇悉地経（そしっじきょう）だね？　どうして、阿弥陀仏や大日如来ではいけないの？」

「ヒデくんは、本当によく勉強しているのね！　なぜ法華経を捨てて、他の経典を根本としてはいけないかということだけど、それは、お釈迦様が法華経の中ではっきり、そう言っておられるからなの」

「でも、法華経も釈尊の説いた経典だから、末法という今の時代では、その根拠にはならないんじゃない？」と、ヒデが反論した。

「たしかに、法華経を普通の経典と考えたなら、そのとおりね。でもね、大聖人様は、法華経だけは、仏の究極の悟りを説いたもので、絶対に捨て去ってはいけないとおっしゃっているの。むしろ末法という時代のために説かれた教えだと考えておられたのよ」

「どうして、そう言えるの？」と、ヒデが真剣な表情で訊いた。

　シゲは、ちょっと考えたあと、何か思いついたようである。

「悪いけど、経机（きょうづくえ）の横にある『御書』を持ってきてくれない？」

　マーがすばやく仏間に行き、経机の前に座って、シゲに向かって訊ねた。

「上巻と下巻があるけど、どっち？」

「上巻をお願い！」

　マーから『御書』を受け取ったシゲは、「御義口伝（おんぎくでん）」の「寿量品廿七箇の大事」の箇所を開いた。そこには、赤色の付箋が挟んであった。

「少し難しい話になるけど、ここは、大聖人様が法華経をお弟子さんたちに講義された『御義口伝』の一節なの。

　私たちが毎日、勤行（ごんぎょう）で唱えている『自我偈（じがげ）』の中の『時我及衆僧・倶出霊鷲山（じがぎゅうしゅそう・くしゅつりょじゅせん）』、『時に我および衆僧、ともに霊鷲山に出ず』のところよ」

　シゲがそう話し出すと、ヒデが「フジシャクシンミョウ・イッシンヨッケンブツ・ジガギュウシュソウ・クシュツリョウジュセン」と、小さな声で唱えたあと、こう言った。

「その前に、『一心欲見仏・不自惜身命（いっしんよっけんぶつ・ふじしゃくしんみょう）』とあるね。

　ここは、数年前、地域のお兄さんが教えてくれて、とても感動した、ぼくの大好きなところなんだ。

大聖人は、『竜の口法難』など、命に及ぶ大難にも負けないで、この御文どおりに実践されて、末法の仏としての境涯を顕わされたんだよね？」
「婆も大好きな御文よ。たしか、清澄寺の義浄房さんに与えられたお手紙に、この御文は大聖人ご自身の仏界を顕す、と書かれていたと思うわ。だから、私たちも『不自惜身命』の心で真剣に唱題に励めば、仏を見ることができ、仏界の生命が顕れるということね。

そう言えば、あのアメリカのパメラさんも、イギリス人で、信心の先輩にあたるリチャード・コーズリーさんが、この御文のところを講義しているのを聞いて、とても感動したと言っていたわ。パメラさんは、この家に来てくださったこともあるのよ」
「ええ！　アメリカやイギリスの人たちは、この経文の意味を知って勤行しているの？」と、マーが驚きの声をあげた。
「法華経は、あのワトソン博士の素晴らしい英訳があるからね。

博士は法華経を翻訳したあと、この『御義口伝』も英訳されたのよ。その博士が参加して、大聖人の御書は、ほとんどが英訳されているから、外国でも、みんな法華経や御書を熱心に勉強しているそうよ」
「ぼくたち日本人も、しっかり勉強しないと、外国の人たちに負けちゃうね」と、ヒデが真剣な表情で言った。
「少し話が横道にそれてしまったけど、御義口伝の話に戻るね。

ここは、『霊山一会・儼然未散（りょうぜんいちえ・げんねんみさん）』、つまり、『釈尊が法華経を説いた霊鷲山（りょうじゅせん）の儀式はいまなお厳然として散らず）』だと、大聖人様はおっしゃっているの。

あの法華経が説かれた会座は今もなくならず、厳然と存在しているということなの。

大聖人様は、この法華経の宝塔品（ほうとうぼん）にある虚空会（こくうえ）の儀式を末法という今の時代に移して、御本尊様を顕されたのよ」

ヒデが、シゲの『御書』を覗きこむと、そのページにはメモ用紙が挟んであって、そこに英文で何か書かれていた。
「それ、ちょっと見ていい？」と、ヒデが尋ねた。
「ああ、このメモね。これはさっきの『御義口伝』の御文をワトソン博士が翻訳したものだと、ヒロキおじちゃんがくれたの。

婆は英語なんかできないけど、記念に、ここに挟んでおいただけよ。どうぞ」

シゲから受け取ったメモを、ヒデは声を出して、ゆっくり読んだ。

Point Fourteen on the words "then I and the assembly of monks / appear together on Holy Eagle Peak."

... This passage refers to "the assembly on Holy Eagle Peak which continues in solemn state and has not yet disbanded". ...

(*The Records of the Orally Transmitted Teachings,* translated by Burton Watson, p.135)

「ところどころ難しい単語もあるけど、英訳のほうが日本語の原文より分かりやすいね」とヒデが言った。

「へー、ヒデはそんなに英語ができるの！　羨ましいわ」

「英語は、小学校から勉強しているからね」と、ヒデは顔をほころばせた。

「その虚空会の儀式は、地球の三分の一ほどの巨大な宝塔（ほうとう）が現れて、説法を聞いている人たちが、みんな空中に浮かび上がる話だろ？」と、今度は、マーが得意そうに言った。

「よく知っているわね！　誰から教えてもらったの？」

「宝塔の話は有名だからね。『阿仏房（あぶつぼう）さながら宝塔、宝塔さながら阿仏房、これより外（ほか）の才覚、無益（むやく）なり』は、何度も聞いたから、もう覚えてしまったよ」と、マーが照れ笑いした。

「阿仏房さんは、大聖人様が佐渡に流罪されたとき、夫人の千日尼と一緒にお食事をお届けしたりして、大聖人様をお守りした方ね。きっと阿仏房さんもこの法華経に出てくる、七宝で飾られた壮大な宝塔のことを不思議に思ったのね。そこで、大聖人様にお尋ねしたら、『この宝塔は、実はあなた、阿仏房のことですよ』と、激励されているところね」

「うーん、この虚空会の儀式は実際にあった話じゃないよね。人びとが空中に浮かんだまま説法を聞くことなんか、引力の原理に反するもの。宇宙空間なら可能かもしれないけど、地球上では無理だからね」と、マーが考え込みながら言った。

「この虚空会の儀式は、法華経の第十一宝塔品から第二十二嘱累品まで続

くけど、たしかに現実離れしていることが多いわね。

　実はね、虚空会の話だけではなく、法華経全体が地球上の出来事ではなく、お釈迦様の心の中の話なのよ」

「なーんだ、すべてフィクション、作り話ということか」と、マーが、がっかりしたようにつぶやいた。

「でもね、決して作り話なんかじゃないの。うまく説明できないけれど、仏様が悟られた究極の真理を伝えるための手法、手段と言ったらいいかしら。

　この虚空会の儀式の最後のほうでは、お釈迦様が法華経の肝心である南無妙法蓮華経を広宣流布する仕事を地から涌き上がってきた菩薩たちに託す場面、つまり仏の後継者へのバトンタッチの儀式があるけど、その地涌の菩薩の中心者が上行菩薩で、末法に出現された大聖人様は、その上行菩薩の再誕のお立場になるの」

「つまり、釈尊の心の中の話と現実の世界がつながっているということだね」と、ヒデが補足した。

「そうよ。法華経は末法に出現する大聖人様の予言書でもあったのよ。大聖人様の生涯は、その予言の正しさを証明するための戦いでもあったのね」と、シゲが応じると、ヒデが続けた。

「大聖人は法華経に説かれている三類の強敵から攻められ、流罪され、命におよぶ難にも遇われているね。また、あの不軽菩薩（ふきょうぼさつ）のように、人びとからバカにされたけれど、それらの難をすべて耐え忍び、法華経を身で読まれたんだね。

　その不軽菩薩は、実は過去世の修行時代の自分の姿だと、釈尊は言っているね」

「よく知っているわね！　不軽菩薩は、『すべての人に仏の生命があり、菩薩の修行をして、みんな必ず仏になる』と言いながら礼拝して歩くんだけど、みんなから石を投げられたり、棒でなぐられたりするんだね。それに耐え抜き、礼拝行を最後まで続けて、法華経で説かれる『六根清浄（ろっこんしょうじょう）』の功徳をいただくのね」

　ヒデがさらに付け加えた。

「不軽菩薩がみんなに語った言葉は「我、汝等（なんだち）を敬う」から始まり、

『当 (まさ) に作仏 (さぶつ) することを得 (う) べし』で終わり、漢字で二十四字になるから、『二十四字の法華経』と言うんだね」

「ヒデは、よく勉強しているのね！　そうよ、お釈迦様の説いた二十八品の法華経に対して、天台の法華経は『理の一念三千』、大聖人様の法華経は『事の一念三千』ともいうのね。

　これに不軽菩薩の二十四字の法華経を加えると、全部で４種類の法華経があることになるけど、その四つの法華経の共通のメッセージは、すべての人が仏になることができる、つまり、誰もが平等に絶対的幸福になる資格を持っているということね」

　二人の話をじっと聞いていたマーが、何かひらめいたようで、突然、口を開いた。

「ちょっと思いついたんだけど、もし不軽菩薩が釈尊の過去の修業時代の姿なら、大聖人は釈尊の未来の姿と考えられないかな。

　だって、大聖人は過去の不軽菩薩の戦いを今の末法の時代に実践していると言われているんだから、大聖人は、上行菩薩の再誕だけでなく、不軽菩薩の生まれ変わりでもあると考えていいんじゃない？　そうすると、大聖人イコール不軽菩薩で、不軽菩薩イコール釈尊となり、大聖人と釈尊はイコールで、同じ人となるだろ？」

　ヒデは、弟の話に興味をそそられたようで、自分の意見を付け加えた。

「たしか、あの中国の天台大師は法華経で説かれる薬王菩薩の生まれ変わりだと聞いたことがあるから、釈尊が新しい姿で末法に生まれてきても、ちっともおかしくないね」

　まだ十歳そこらの子どもたちから、こんな話が飛び出して、シゲは驚いた。

　彼女も、釈迦の入滅が２月15日で、大聖人の生誕が２月16日であること、さらに御書で、大聖人が釈迦入滅の日である「２月15日」に幾度も言及されていることから、釈迦と大聖人が、深い生命的な次元でもつながっていて、大聖人もそれを強く意識されているように感じていた。

　そして、今、「不軽菩薩」との言葉を聞いて、昔に学んだ「御義口伝」の一節を思い出したのである。

第十二「常不軽菩薩、豈（あに）異人ならんや、則（すなわち）我身これなり」の事
御義口伝に云わく、過去の不軽菩薩は今日の釈尊なり…釈尊は…我らが事なり、
今、日蓮らの類は不軽なり云々。

　だから、マーが「日蓮大聖人が釈尊の再誕ではないか」と言ったとき、
シゲはドキッとした。
「今の話、婆もとても興味があるわ。一度、教学のよくできる人に聞いて
おくわね」
と言ったあと、彼女は手元の『御書』を閉じ、一息ついた。
　実は、彼女自身、この素朴な疑問を、かつて電話で弟のヒロキにぶつけ
たことがあった。そして、彼から返事を手紙でもらっていた。だが、その
内容は専門的で、ヒデやマーには少し難しすぎると判断し、それには触れ
なかった。あとで、もう一度その手紙を読み返して、自分でよく理解した
うえで、別な機会に二人に話してあげようと思った。

　「さっきのお母さんのお乳の話だけどね」と、ヒデが話題を変えた。
「どうしてガン爺は、わざわざ御書にあるお母さんのお乳の話をノートに
書き写したのかなあ。爺のお母さんは、どんな人だったの？」
「うん、タケ婆さんのことね。
　ガンさんは、妹のアケミさんと二人兄妹だったけど、高校を卒業すると、
農家のあとを継がないで、親の反対を押し切って警察学校へ行って、警察
官になったの。親を思う気持ちは人一倍強かったけど、どうしても警察官
になりたかったのね。
　だから、よけいに親孝行したいとの気持ちが強かったと思うわ。特に、
タケお母さんに対してはね」
「両親との関係は、その後、うまく行ったの？」
「ガンさんは、警察官になって２年ほどで婆と知り合って結婚したんだけ
ど、結婚が決まって、二人そろって岡山の実家にあいさつに行ったら、タ
ケお義母（かあ）さんもミツアキお義父（とう）さんも、婆のことは、あまりよ
く思ってくれなかったようだったわ。
　きっと、婆がこの南無妙法蓮華経の信心をしていたことが一番大きな理

由であったと思うの。ミツアキお義父さんは、その折、親戚や近所の人たちがいる前で、『あんたの信心だけは、絶対、我が家には入れてくれるな！』と、ハッキリおっしゃったから」

「岡山の実家は何宗だったの？」と、今度はマーが訊いてきた。

「天台宗よ。実は、近くに名刹と言われるほどの立派なお寺があって、その檀家総代もしたことがあったそうよ。ガンさんが言っていたけど、実家は、ガンさんの子どものころは、羽振りがよくて、恵まれない近所の家の子どもたちの世話してあげてたりして、喜ばれたそうよ」

「天台宗と南無妙法蓮華経の宗教は、どこが違うの？」と、またマーが訊いた。

「うん、これも大事なことだけど、簡単には言えないので、また今度、話してあげるね」

「それで、岡山の実家は、最後まで南無妙法蓮華経の信心はしなかったの？」と、今度はヒデが訊いてきた。

「婆と結婚したあと、ガンさんも、警察官という立場もあって、しばらくは、この信心に抵抗があったようだったわ。だけど、この信心をしている婆の家族や地域の人々と親しくなるにつれて、お題目を唱えたり、勤行もするようになったの。

　一番、大きな転機は、自分の運転するパトカーが横転する大事故に出合ったのに、かすり傷ひとつしなかったからだったそうよ。この奇跡のような出来事で、何かを感じたらしく、これは、きっと婆が毎日している祈りのお陰だと直感した、と話してくれたの。

　本当はもっと他の理由があったけれど、婆を喜ばすために、そう言ってくれたのかもしれないけどね」と、シゲは照れくさそうに笑った。

「爺は婆のことを、そこまで思ってくれていたんだね」と、ヒデがちょっと生意気な口を利いた。

「それからは、ガンさんは、この信心を真剣にするようになって、自分だけがするのではなく、他の人々にも勧めていくことが大切であるとの大聖人様の教えを自分も実践しようと、実家の家族や友人たちにも、この信心のすばらしさを話すようになったの。

　当時、仕事の関係で大阪に住んでいた妹のアケミさんは、ガンさんの勧

めで、すぐこの信心をするようになったのよ。

　だから、アケミさんは、ガンさんが第一番に、この南無妙法蓮華経の信心に導いた人になるの。アケミさんは、この信心でバセドー病という難病も克服しているのよ。今は岡山の実家の近くに住んでいて、この信心をしている地域の責任者として頑張っているわ」

「爺のお父さんやお母さんは、反対しなかったの？」と、マーが口を挟んだ。

「うん、子どもたちがする分には、何も文句を言わなかったそうよ。お父さんも、根はいい人で、さっぱりしていたから。

　そうそう、ガンさんの話では、お父さんは、戦時中、徴兵されて空軍に配属され、飛行機に乗っていたんだって。

　ある日、お父さんの操縦する飛行機がアメリカ軍に撃ち落されたことがあったそうよ。飛行機は墜落したけど、乗っていたお父さんは、少しケガしただけで、無事だったの。

　その時、お父さんのところにやって来たアメリカの兵隊さんたちは、みんないい人で、お父さんに親切にしてくれたそうよ。

　小さいころに、お父さんからその話を聞いたガンさんは、それでアメリカが好きになったと言っていたわ。だから、婆と結婚したあと、英語なんか話せないのに、休暇を利用して、甥っ子のケイタくんと一緒に、アメリカを２回も旅行したのよ。

　向こうで、レンタカーでドライブを楽しんだとも言っていたわ。グランドキャニオンなどにも行って、ますますアメリカが好きになったみたい」

「へー、爺のお父さんは、飛行機のパイロットだったのか。すげーな！」と、マーが目を輝かせた。

　二人が、自分の話をあまりにも興味深そうに聞いてくれるので、シゲは、義妹の娘（真壁友枝）のことも話してみたくなった。

　「それから、前にも話したかもしれないけれど、アケミさんの娘のトモエちゃんはね、あの柔道の『ヤワラちゃん』で有名な田村亮子のライバルだったのよ。

　トモエちゃんは、高校２年生のとき、高校柔道の全国大会で優勝して一躍、脚光を浴びて、卒業後、三井住友海上の柔道部に所属して柔道家としての人生を歩み始めたの。

1998年のアジア大会で優勝して、翌年の福岡国際大会で2位になったのよ。そして、2000年の韓国国際大会でも優勝しているの。

　でもね、トモエちゃんは、ヤワラちゃんと同じ48キロ級だったから、日本代表を決める試合では何度もヤワラちゃんと当たったけど、どうしても勝てなくて、結局、オリンピックには出られなかったわ。

　トモエちゃんは、寝技よりも立ち技が得意で、大車や背負い投げ、出足払いなどで勝負を決めることが多かったわ。

　婆もガンさんと一緒に二人の試合を何度か見に行ったことがあるのよ。

　トモエちゃんはヤワラちゃんより5センチほど長身で、得意の立ち技で、どんどん攻めるんだけど、ヤワラちゃんは本当に試合運びが上手で、いつも最後は勝ってしまうの」

「へー、知らなかったなあ、世界レベルの強さだね。トモエおばさんは、そんなに柔道が強かったの！」と、マーが、興奮気味に声を上げた。

「巌流島 (がんりゅうじま) の決闘の宮本武蔵と佐々木小次郎みたいだね。勝負に強いヤワラちゃんは、『二刀流』の武蔵で、立ち技の切れ味の鋭いトモエおばさんは、『ツバメ返し』の小次郎だね」と、ヒデも楽しそうである。

「へー、ヒデくんは、武蔵と小次郎の話も知っているのね！」とシゲが言うと、

「巌流島の話は有名だもの。本で読んだこともあるよ」と、ヒデは得意そうに答えた。

　「実はね、ガンさんがトモエちゃんを相手に柔道したときのことを婆に話してくれたことがあったのよ。どっちが勝ったと思う？」と、二人の顔を見ながら、シゲが、いたずらっぽく言った。

　「いくらアジアのチャンピオンでも、トモエおばさんは女性で、体も爺よりはるかに小さいし、爺は若いときから剣道で体を鍛えていて、柔道の心得もあったたから、やっぱり、爺が勝ったんじゃない？」と、ヒデが答えた。

　マーは黙ったまま、興味深そうにシゲの話の続きを待っていた。

「『おじさん、どこからかかってきてもいいよ』と、トモエちゃんが身構えたので、ガンさんは全身に力を入れて、攻撃を仕掛けようと、一歩、勢いよく前に出たの。

その瞬間、ガンさんの体が宙に浮いて、次の瞬間、畳の上に投げ出されていたと言うのよ。どんな技をかけられたのかも自分では分からないほどの速さだった、と笑いながら話してくれたわ」

「へえー、世界レベルの実力というのは、やっぱり、すごいんだね！」と、ヒデが驚きの声を上げた。

「この時は、トモエちゃんの最盛期で、ガンさんは、もう五十代半ばだったと思うから、ガンさんがもう少し若かったら、そんな簡単には負けなかったかもしれないけれどね」

「爺の血筋は運動神経のよい人が多いんだね。トシアキ叔父（おじ）さんも剣道が得意だったし」と、勉強はよくできるが、運動はあまり得意でないヒデは、考え込むように言った。

　「ところで、爺のお父さんとお母さんは、最後まで、この信心には反対だったの？」と、ヒデが、もう亡くなって何年も経つ自分の祖父母のことに話題を戻した。

「ミツアキお義父さんは、結局、最後まで、この信心はされなかったわ。

　こちらが遠慮して、あまり強く勧めなかったからね。もっと勇気を出して、話をしておくべきだったと、今になって後悔しているわ」

「じゃー、ミツアキお爺さんは、婆の家族とは、あまり親しくはならなかったんだね」と、ヒデは、ちょっと寂しそうに言った。

「うん、十数年はね。両家の宗旨が違っていることもあって、ガンさんも積極的に自分の家族を婆の家族に合わせようとしなかったみたい。

　特に、婆のほうのナオ父さんは、短気な性格で、なんでも正直に言ってしまう性分だったから、合わすのは心配だったんじゃないかしら。

　そんな時に、当時、まだ十九歳だった甥っ子のケイタ君が、勝手にナオ爺さんを車に乗せて大阪から岡山まで連れていったのよ」

「ええ！　それでどうなったの？」と、今度はマーが身を乗り出して尋ねた。

「ミツアキお義父（とう）さんは、それが、よっぽど嬉しかったみたい。

　その日の午後、二人は縁側の肘掛け椅子に座って、タバコを吹かしながら、上機嫌で、ゆっくり、和気あいあいと懇談したそうよ。

　あとでガンさんや婆に、『あいつは、えらいやっちゃ、ナオさんを連れ

てきよった。お前らもできんこと、やりよった。えらいやっちゃ、えらいいやっちゃ！』と、自分とナオさんの仲をとりもってくれたケイタ君のことを、べた褒めしていたわ」

「タケ婆さんは、どうだったの？」と、ヒデが真剣な表情で言った。
「タケお義母 (かぁ) さんはね、本当にびっくりしたわ。

　あれは、亡くなる2年前、平成15年、2003年の暮れだったと思うけど、タケお義母さんが突然、『わしも、お前たちの信心をすることに決めた。どうしたらいいんじゃ？』と、電話してきてきたのよ」
「何か、きっかけがあったのかな？」と、ヒデが不思議そうに言った。
「早速、ガンさんと二人で岡山の実家に行って、話をしたけれど、特に、何かあったようではなかったわ。きっと、三十数年間、ガンさんや婆、それにアケミさんたちのことを見てきて、何か感じてくれたんじゃないかしら。

　それで、長年、檀家になっていた天台宗のお寺に籍を抜いてもらいに、みんなで一緒にあいさつに行くことにしたの」
「お寺の人は、きっと、びっくりしただろうな。怒ったんじゃない？」と、マーが言った。
「それがねえ、全然、違ったの。

　寺の住職さんが出てこられて、とても丁寧に、じっくりこちらの話を聞いてくれたの。タケ婆さんには、引き留めるようなことは、何も言わなかったわ。

　そればかりか、『よい宗教に入られましたね』と、お祝いの言葉まで言ってくれたのよ。おまけに、その年の初めに納めていた年間供養を返しますとまで言われたの。これには驚いたわ。きっと、伝統あるお寺のプライドからかと思ったけど、もっと別な理由があったのかもね。とにかく、気持ちよく、檀家の籍を抜いてもらうことができて、ほっとしたわ」
「もしかしたら、住職さんは南無妙法蓮華経の信心を自分でも勉強していていたかもしれないね」と、ヒデが、まるで自分のことのように、嬉しそうに言った。
「天台宗も同じ法華経だから、大聖人様の仏法についてもいろいろ勉強し

ていたかもね。

　それからは、タケお義母さんは、毎日、朝晩の勤行や唱題を喜んでされるようになり、いつも楽しそうだったと、アケミさんが言っていたわ」

「でも、そのあと２年足らずで亡くなったんだね」と、ヒデが寂しそうに言った。

「うん。八十二歳でね。でもね、村の人々が驚くほどの見事な亡くなり方で、タケ婆さんの顔を見て、みんな口々に『タケさんは、すごいなあ！』と言っていたそうよ」

「何がすごかったの？」と、マーが怪訝そうに言った。

「大聖人様は、人間は亡くなるとき、成仏する人は、顔色も美しくなり、体も綿のように軟らかになると教えられているけれど、タケお義母さんは、本当にそのとおり、生きていたときより、もっときれいで、半眼半口（はんがんはんく）の素晴らしい顔だったのよ。

　葬儀に来た人たちはみんな、『自分たちもタケさんに肖（あやか）りたいものだ』と口々に言っていたそうよ」

「ううん。人間、死ぬときが勝負ということか！」と、また、マーが生意気な口を利いた。

「日蓮大聖人は、特にお母さんを大切にされたけど、ガン爺も自分のお母さんに最高のプレゼントをしたということだね」と、ヒデが明るい声で言った。

「二人も、お母さんを大切にしてね。それは、お母さんが悲しむことは、絶対しないということなのよ。そうすれば、人間、大きな過ちを犯すことは、絶対ないから。

　もちろん、一番いいのは、大聖人様が喜ばれることをするのが最高だけど、身近な人のほうが、わかりやすいでしょ？

　大聖人様も、母が子を思う心は、仏や菩薩の慈悲に通じるとおっしゃっているから」

「でも、テレビのニュースなどを観ていると、自分の子どもを虐待したり、捨ててしまったりするお母さんもいるんだね。ちょっと考えられないことだけど」と、ヒデが言った。

「人間、ちょっとしたことで、心のギアが噛み合わなくなって、とんでも

ないことをすることがあるのね。

　そのためにも、朝晩の勤行（ごんぎょう）が大事なのよ。勤行は生命の洗濯だから。汚れた命や濁った心を掃除して、きれいにすることになるの。靴下や下着も、汗やほこりで汚れるでしょう。

　ところで、二人とも勤行は、ちゃんとしてる？」
「ぼくは、朝晩しているよ」とヒデが、元気に答えた。
「マー君は？」
「朝は、時々、寝坊して、できないこともあるけど、夜の勤行は、毎日してるよ」と、マーも、胸を張って答えた。
「えらいわね！　時間がないときは、御本尊様の前に座って、題目三唱（だいもくさんしょう）だけでも、いいのよ。

　ガンさんも、『題目三遍（だいもくさんべん）、御勘弁（ごかんべん）』と言って、朝、出かけたことが、よくあったわ」
「それ、どういう意味？」と、マーが、興味深げに言った。
「今朝は時間がないので、題目3遍だけにしますが、御本尊様、どうか勘弁してくださいっていう意味よ。

　昔は、そんな"超簡略勤行"で済ます人もいたの。特に、会社勤めの男の人はね。

　昔はね、朝は五座といって、初座は東を向いて方便品と寿量品の自我偈（じがげ）を読誦（どくじゅ）して、それから御本尊様に向かって二座から五座まで繰り返すの。

　おまけに二座では、長行（ちょうぎょう）といって寿量品を全部よんだのよ。今は、方便品と寿量品の自我偈を1回よむだけになったけどね」
「へー、朝、五座か！　大変だっただろうな！」と、ヒデが言った。

　「ところで、あのノートに創立者のご長男への手紙の下書きみたいなのがあったけど、爺は、そんなに親しかったの？」と、マーが話題を変えた。
「親しいというほどではなかったけど」と、シゲが語り始めた。
「婆たちが、まだ枚方の牧野団地に住んでいて、二人のお母さんのユミと弟のトシアキが、小学生だったころだけど、ご長男は学園の教師をされていて、日曜や休日に家庭訪問などをされたとき、ガンさんは、警察官でA

級ライセンスを持っていて、パトカーを乗り回していたので、その腕を見込まれて、何度か運転をさせていただいたことがあったの。

　ご長男は、一度、団地の5階にあった我が家にも立ち寄ってくださったのよ。その時、婆のカメラで撮ったママやトシアキ叔父さんが一緒に写っている写真、この家の本棚に長い間、飾っていたけど、見たことなかった？」

「気がつかなかったなあ」と、マーが答えた。

　ヒデは、静かに頷いただけで、また何かを考えているようだった。そして、ポツリと言った。

「あの手紙、爺は出したのかなあ？」

「うん、婆も、ずっとそのことが気になっていたんだけど、出さなかったんじゃないかと思うの。七十歳という人生の節目を迎えて、心の整理のために、何か書きたかったんじゃないかしら」と、シゲが答えた。

「ああ、そうそう、ガンさんはね、創立者の奥様の車の運転もしたこともあるのよ」と、シゲが嬉しそうに言った。

「ええ、ホントに？」と、マーが目を輝かせた。

「奥様が関西に来られたとき、その出迎えで、車の運転手を仰せつかったの。

　でもね、夏の日差しの強い日だったので、ガンさんは黒いサングラスをかけたまま運転していたの。そしたら、奥様が後ろの座席から、『そのサングラス、外されたほうがよいのではないかしら？』と優しく声をかけられたそうよ。家に帰ってきて、ガンさんが、苦笑いしながら話してくれたわ」

「どうしてサングラスがいけないの？　テレビのニュースで観たけど、アメリカの大統領の警備をしていたエスピーは、みんなサングラスをしていたよ。格好いいじゃん」と、マーが言った。

「うん、そうね…」

シゲは何か言おうとしたが、マーが納得しそうな気の利いた答えが思いつかなかったので、にっこり笑い返しただけだった。

　シゲはゆっくり立ち上がり、空になったフルーツの皿を台所に運んだ。

「コーヒでもいれようか？　それとも冷たい飲み物がいい？」と、シゲが尋ねた。

「うん、コーヒでいいよ」と、マーが答えた。ヒデも「うん」と頷いた。

　そのあと、マーが椅子から立ち上がり、仏間に行った。そして、自分のリュックから小さな紙の箱を取り出し、ヒデに向かって、声をかけた。
「百人一首、しょうか？」
「いいよ」と、ヒデが返事をすると、今度はシゲに向かって、言った。
「婆、読み手になってくれない？　こっちの仏間でするから」
「わかった。コーヒーいれたら、そっちに行くね」
　その時、またシゲの脳裏に６年前の記憶がよみがえってきた。

　あの日、ガンの葬儀を終え、みんなでシゲの自宅に戻り、夕食を終えたあと、あの時はヒデが百人一首の札を持ち出してきて、シゲに百人一首の「かるた遊び」をしようと言ってきた。
　シゲは、とてもそんな気分になれなかったので、ヒロキや一番下の弟のトシオやその妻のヤスコが、ヒデとマーに加わって、みんなで遊んでいるのを、そばで、ぼんやり眺めていた。
　あの時、ヒデは小学校の２年生であったが、学校では授業に、百人一首のゲームを採り入れていたようである。
　ヒロキが読み手となって、平坦な口調で読み始めると、
「こう読むんだよ」と、ヒデが自分で独特の節をつけて読んでみせた。
　授業では、かなり本格的に教えていたようである。
　二つ年下のマーは、まだ幼稚園の年長組で、ようやく平仮名が読める程度であったから、すぐ兄に大差をつけられた。だが、兄へのライバル意識は強かった。負けたくないので、途中で一案を講じたのである。
　「ここからは二組に分かれて、しようよ」と、マーが提案した。
「ぼくはヤスコおばさんと組むから、ヒデはヒロキおじちゃんと組んでよ」と自分で決めてしまったのである。ヤスコが敏捷性も高く、一番多く札を取りそうなので、彼女を自分の仲間にしたのだ。ヒデは、反対しなかった。
　結局、マーの思惑どおり、ゲームはヤスコとマー組の勝利に終わった。
　マーは大喜びである。しかし、ヒデは、弟が喜んでいるのを見て、悔しがる様子はなく、みんなで遊べたことが嬉しかったようで、満足気であった。

シゲはそんな二人の様子を見ていて、機転が利いて要領のよい弟の非凡さにも驚いたが、分別のある冷静な兄の態度にも、さわやかな感動を覚えた。

シゲが、カップに注いだコーヒーを盆に乗せて仏間まで持っていくと、もう二人は向かい合って座り、100枚の取り札が二人の前に整然と並べられていた。

読み札をマーから渡されたシゲは、何回か繰ったあと、手の平に乗せて一番上の札に目を通した。

シゲは、最近、目が悪くなり、字がかすんでしまい、声もあまり通らない。それでも、なるべく雰囲気が出るように、ゆっくり、抑揚をつけて読み始めた。

「ちはやぶる〜神代も聞かず竜田川〜」

二人の反応は、驚くほど速い。上の句を読み終えないうちに、ヒデが、「からくれなゐに水くくるとは」の札を、すばやく取った。

2枚目の札の「天の原〜ふりさけ見れば春日なる〜」と読み始めると、今度は、マーが、「三笠の山にいでし月かも」と書かれた下の句の札を取った。

二人とも、百人一首の歌が全部、頭に入っているようである。

時には、二人の手が同時に同じ札を抑え、重なることもあった。すごいスピードで、まるで格闘技並みの迫力である。3回戦おこなったが、シゲのほうが疲れてしまい、何度も休憩を要求した。

勝負は、この時も、2対1で、マーの勝ちであった。

マーは満足気であったが、負けたヒデは、今回も悔しがりもせず、何か別なことを考えているようであった。

「さっきのお母さんの話だけど、タケ婆さんのお母さんはどんな人だったの？　婆は会ったことある？」と、ヒデが真剣な面持ちで訊いてきた。

「ああ、ナツヨお婆さんのことね？」と、シゲは昔を思い返しながら、なつかしそうに語り始めた。

「ガンさんと婆が結婚したとき、まだナツヨお婆さんはお元気で、岡山の

実家に一緒に住んでおられたわ。結婚のあいさつに行ったときも、また盆
や正月に帰ったときも、いつも温かく迎えてくださってね。それはそれは、
婆を大事にしてくださったのよ」

「いくつだったの？」と、ヒデが訊いた。

「明治23年生まれで、婆のお父さんのナオさんより、ちょうど二十、年上だっ
たから、七十九歳だったと思う。ナツヨお婆さんは、孫のガンさんが可愛
くて可愛くて仕方なかったみたいね。だから、その嫁の婆のことも、やっ
ぱり可愛かったのではないかしら。

　実は、ナツヨお婆さんには、子どもは娘一人しかいなかったから、娘の代
には、よその家から婿養子をもらったのよ」

「その娘がタケ婆さんで、その婿養子が、ミツアキお爺さんだね？」と、
ヒデが確認した。

「そのとおりよ。ナツヨお婆さんは、自分は娘一人しか生めなかったけれど、
その娘夫婦が息子と娘の二人の子宝に恵まれたので、とても喜んだそうよ」

「タケ婆さんは、一人っ子だったのか。きっと、さみしかっただろうな」と、
マーがポツリと言った。

「ナツヨお婆さんから数えると、ぼくたちは五代目になるね。年号でいえば、
ナツヨお婆さんは明治。タケ婆さんは大正。シゲ婆とユミ母さんは昭和。
マーとヒデは平成。

　今は令和だけど、令和天皇も明治天皇から数えると五代目になるね。

　明治維新から、もう150年余りも経ったことになるのか…」と、ヒデが
感慨深げに言った。

　シゲは、ゆっくり立ち上がり、経机の上にある過去帳をもってきて、語
り始めた。

「ここにあるけど、ナツヨお婆さんは、昭和48年、1973年7月2日、
八十三歳で、タケ婆さんは平成17年、2005年5月2日、八十二歳で亡くなっ
たの」

「考えてみれば、もしナツヨお婆さんやタケ婆さんたちがいなかったら、
ぼくもマーも、ここにはいなかったということになるね」と、ヒデが言っ
た。

「ぼくたちは、みんな、つながってきたんだね。

ナツヨお婆さんの年齢とタケ婆さんの年齢を足すと165年になるから、そう考えると、今まで遠い時代だと思っていた明治が、反対に何となく近く感じられるね。だって、明治時代の初めから、まだ二人分の年しか経っていないんだもの」

「ナツヨお婆さんとタケ婆さん、いま、どうしているかなあ。ゆっくり休んでいるかなあ？」と、マーも、兄とシゲとの話に加わってきた。

「休んでいるかもしれないし、もしかしたら、もう生まれ変わって、毎日、楽しく暮らしているかもね。

　婆が若いころ、ある人から教えてもらったことだけれど、死ぬということは、ちょうど夜の眠りのようなもので、次の新しい人生のための準備期間みたいなものなのよ。

　昼間、しっかり働いて、夜、ぐっすり眠って疲れをとり、次の朝、また新しい一日が始まるという具合にね。

　もちろん、眠りの場合は、前の日のことを覚えているけれど、新しく生まれてきたときは、前世のことは覚えていないから、本当に前世の自分がいたかどうかは確認できないけれどね。それが眠りと死ぬことの大きな違いね。

　でもね、いつまでも前世のことを覚えていたら、かえって煩わしい場合もあるので、やっぱり、前世のことは全部、忘れてしまったほうが、すっきりするかもね」

「うん、スマホやパソコンのリセットと同じだね」と、マーが頷いた。

「前世の前の前世、さらにその前の前世と、ずっと続いているんだから、全部、覚えていたら、人間の頭がパンクしてしまうかもね」と、ヒデが付け加えた。

　シゲは、自分の話を真剣な表情で聞いている孫たちを見つめながら言った。

「今の時代、前世や来世なんか存在しないと思っている人も多いけど、婆は、ナツヨお婆さんも、タケ婆さんも、ミツアキお義父さんも、そしてガンさんも、この宇宙のどこかにいると思うの。

　だから、毎朝、毎晩、追善回向のお題目を送っているのよ。南無妙法蓮華経のお題目は宇宙のどこにでも届くと、大聖人様は教えてくださってい

るからね」

「朝晩の勤行で、いつもガン爺のことは祈っていたけど、これからは、ぼくたちもタケ婆さんやナツヨお婆さん、それにミツアキ爺さんのことも祈っていくね」と、ヒデが言った。

「ありがとう！　みんな喜んでくれるわ。ガンさんも喜ぶと思うわ。きっと、大聖人様が一番お喜びになるわ。大聖人様は末法という今の時代の仏様だもの、最高の功徳・善根を積むことになるのよ」と、シゲが笑顔で答えた。

　「ところで、ヒデとマーは今晩、ここに泊まっていくの？」と、シゲが訊いた。

「泊まりたいけど、着替えも持ってこなかったし、夏休みの宿題も、たくさんあるから、やっぱり帰るよ。今からなら、夕飯に間に合うから」と、ヒデが答えた。

　帰り支度を始めた二人を見ながら、シゲが訊ねた。

「タクシー、呼ぼうか？」

「大丈夫。来るときも瀬田駅から歩いてきたから。30分ほどで来られたよ」と、マーが答えた。

　身支度を整えた二人は、仏壇の前に座って、そろって元気な声で題目を三唱したあと、それぞれ小さなリュックを背負い、玄関に向かった。

　シゲは、杖を片手に、追いかけるように家の前の道路まで出て、二人を見送った。

　緩やかな登りになっている道路を100メートルほど行った先で、二人は後ろを振り返り、シゲに向かって大きく手を振った。

　そのあと、二人は左の脇道に折れ、見えなくなった。

6章　源遠ケレバ流レ長シ

　二人を見送ったあと、家の中に戻ったシゲは仏間に行き、小ぶりの整理棚から手紙の束を取り出した。

　目当ての手紙はすぐ見つかった。それは2年ほど前、「最近、大聖人がお釈迦様の再誕のように思えてならないけれど、ヒロキはどう思う？」と、シゲが弟に電話で尋ねたことに対する返事であった。Ａ4用紙7枚に、びっしり印刷されていた。

　前回も、かなり熱心に読んでいて、ところどころに赤鉛筆で棒線が引かれていた。

　今回は、さらにしっかり読もうと思い、シゲはボールペンとメモ用紙を用意して食卓に座り、ゆっくり読み始めた。

お電話ありがとうございました。「大聖人を釈迦の再誕」とする発想は、とても新鮮で、それに刺激され、御書や法華経を読み返しながら、両者の関係を僕なりに思索してみました。

　釈尊の生誕日の「2月15日」について、ネットの検索機能で調べてみると、大聖人は13篇の御書で、合計17回、言及されていました。

　（「法華取要抄」、「災難興起由来」、「法華経題目抄」、「顕立正意抄」、「諫暁八幡抄」、「和漢王代記」、「光日房御書」、「破良観等御書」、「智妙房御返事」、「中興入道御返事」で各1回、「祈禱抄」と「法蓮抄」では2回、「四条金吾許御文〈八幡抄〉」では3回も言及。）

　また、この件については、教学に造詣の深い二人の知人にも話してみました。

　一人は亀沢ハルオ氏で、氏は『新　法華経論』、『日蓮の思想と生涯』、『生命変革の哲学：日蓮仏教の可能性』などの著作もあり、僕が深く尊敬する仏教研究者です。

　もう一人は鶴舞スミオ氏で、氏は開発経済の第一人者で、かつて国谷裕子〈く

にゃ・ひろこ）がキャスターを務めていたころ、NHKの「クローズアップ現代」に、当時、中国が進めていた世界最大といわれる三峡ダム計画についてのコメンテーターとして招かれたこともあります。

　ただ最近は、本業の経済学より仏教のほうが研究していて楽しいらしく、時間の許すかぎり、日蓮大聖人の御書研鑽に取り組んでいる、ちょっと風変わりな天才肌の大学教授です。

　（なお、先日、その鶴舞氏が、自身の学生時代の体験をつづったパロディを送ってくれました。氏のユーモアのセンスと仏教への造詣の深さの一端が偲ばれる楽しい作品です。もし興味があれば、目を通してみてください。）

　これから述べる話は、あくまでも僕個人の試論であり、もし何か問題があったとしても、お二人には一切、責任はありません。

　亀沢氏も言っていましたが、「大聖人を釈迦の再誕」とすることは、日蓮系のいずれの宗派もそこまでは言っていないので、一般的には抵抗感があり、教学的にも難しい問題があると思います。

　だが、僕個人としては、日蓮大聖人と釈尊の関係は、仏法的な意味において、「再誕」と表現していいのではないか、むしろメリットが大きいのではないかと思います。

　ここでいう「仏法的な意味」とは、生物学・遺伝学的な次元ではなく、大聖人が御書で使われている意味での「再誕」ということです。

　四条金吾夫妻宛のお手紙（「八幡抄」）に、「月氏・漢土・日本、一閻浮提の内に、聖人・賢人と生るる人をば、皆、釈迦如来の化身とこそ申せども…」とありますように、当時のインド・中国・日本では、社会に大きな影響を与えた立派な人物を「釈尊の化身（再誕）」と呼ぶことはよくあったようです。

　御書には、「（聖徳太子は）南岳大師の後身なり。救世（くぜ）観音の垂迹なり」（「和漢五代記」）、「（法然を）勢至（菩薩）の化身と号し、或は善導の再誕と仰ぎ」（「念仏無間地獄抄」）、「其の時、邃和尚（ずいおしょう）は、返って伝教大師を礼拝し給いき。『天台大師の後身』と云云」（「一代聖教大意」）とあります。

　ここの化身、後身、垂迹や、あとで少し触れる分身（仏）は、ニュアンスの違いはありますが、再誕と同じ概念と考えてよいと思います。

さらに別な御書には、ちょっと驚く、畜生界から菩薩界、また人界から天界への生まれ変わりに言及した、次のような一節もあります。

　「子を思う金烏（こんちょう）は、火の中に入りにき。子を思いし貧女は、恒河に沈みき。彼の金烏は、今の弥勒菩薩なり。彼の河に沈みし女人は、大梵天王と生まれ給えり」（「光日上人御返事」）

　なお、大聖人は「諫暁八幡（かんぎょうはちまん）抄」や「八幡抄」等で、八幡大菩薩（第15代応神天皇）を釈迦の再誕とされておりますが、これは、当時の伝説を踏まえ、日本（娑婆世界）に有縁の仏は釈迦であって、阿弥陀ではないことを説明する方便と拝すべきだと思います。

　もし、大聖人が本当に八幡を釈尊の再誕と捉えておられたなら、竜の口の法難や鶴岡八幡宮の焼失の際、あのように八幡をきびしく叱責されることなどありえないからです。

　大聖人と釈尊を「再誕」で結びつけることの最大のメリットは、釈尊から始まる仏法の流れ（連続性、一体性）が明確になることです。

　その仏法の流れが断絶の危機にさらされていたのが、像法の末から末法の初めでした。その断絶の危機を予告したのが、あの大集経の「後の五百歳」ですが、それに対して、「決して断絶させてはならない」との明確なメッセージを送ったのが、法華経だったのです。

　末法に入る前の日本では、法然（1133-1212）が釈尊の代わりに阿弥陀を立てて、浄土三部経以外の釈尊の説いた一切の経典を「捨て、閉じ、擱（さしお）き、抛（なげう）てよ」と主張しました。また、真言宗の弘法（774-835）は、法華経を大日経より三重も劣っていると誹謗し、さらに仏法の正統を継ぐ伝教大師を宗祖とする日本の天台宗においては、第3代座主の慈覚（794-866）が真言宗に傾倒して、大日如来を本尊としました。

　中国では、「教外別伝（きょうげべつでん）」（釈尊の真実の教えは経文の中にはない）と、仏教の伝統を全面否定する禅宗が主流となり、やがて日本にも伝えられ、特に武家階級の中で急激に勢力を増していました。

　そんな仏法の混乱と滅亡の危機の中、日蓮大聖人は、地涌の菩薩の上首として釈尊から始まる仏法の正統な流れを継承し、未来へ向けての滔々たる広宣流布の流れを築く戦いを、日本から開始されました。

「報恩抄」の次の一節は、その使命を達成した勝利宣言のように感じられます。

「日蓮が慈悲曠大ならば南無妙法蓮華経は万年の外・未来までもながる[流布]べし。日本国の一切衆生の盲目をひらける功徳あり。無間地獄の道をふさぎぬ。此の功徳は伝教・天台にも超へ竜樹・迦葉にもすぐれたり」

なお、この「仏法の連続した流れ」の関連で言えば、「報恩抄」の「根ふかければ枝しげし、源遠ければ流ながし」は、極めて含蓄のある言葉だと思います。ここの「根」と「源」は、大聖人の「曠大な慈悲」を指していますが、併せて「仏法の伝統」の深さ（連続性）の重要性を意味しているようにも僕には感じられます。

「報恩抄」から２年後（弘安元年）に執筆された「華果成就御書」では、出家当時の師匠であった道善房について、こう述べられています。

「根ふかきときんば、枝葉かれず、源に水あれば、流かはかず…日蓮、法華経の行者となって、善悪につけて、日蓮房・日蓮房とうたはるる此の御恩、さながら故師匠・道善房の故にあらずや。日蓮は草木の如く、師匠は大地の如し」

臆病で、最後まで正法を行じることのできなかった人物に対しても、大聖人はどこまでも「師匠」として遇し、報恩の誠を尽くされました。

また、同年の「四条金吾殿御返事（源遠長流御書）」にはこうあります。

「根ふかければ枝さかへ、源遠ければ流長しと申して、一切の経は根あさく流ちかく、法華経は根ふかく源とをし。末代・悪世までもつきず、さかうべしと天台大師あそばし給へり」

これは法華経の伝統の源が深遠であることの重要性を教示されていると拝することができます。換言すれば、法華経によって結ばれた釈尊と大聖人の連続性（一体性）の重要性を示唆されていると解せます。

この連続性を大聖人がいかに大切にされたかを端的に表わすものとして、佐渡で著わされた「顕仏未来記」にある「三国四師」（インドの釈尊、中国の天台、そして日本の伝教と日蓮の四師）が有名ですが、併せて、「下山御消息」には次のような一節があります。

「我、頚（くび）を刎（はね）られて、師子尊者が絶えたる跡を継ぎ、天台・伝教の功にも超へ、付法蔵の二十五人に一を加えて二十六人となり、不軽菩薩の行にも越えて、釈迦・多宝・十方の諸仏に、いかがせんと、なげかせまいらせんと思いし故に…」

6章　源遠ケレバ流レ長シ　113

　「付法蔵の二十五人」とは、インドで正法時代に釈迦から教法（法蔵）を継承し後代に流布した二十五人の正師です。

　通例、迦葉尊者から始まり、壇弥羅 (だんみら) 王に首をはねられた師子尊者が最後で、計二十四人となります。しかし、ここでは大聖人は、釈尊を第一番目に置き、計二十五人として、それにご自身を加えて、合計「二十六人」とされています。

　ちなみに、私たちに馴染みのある馬鳴菩薩（100年のころ）や竜樹菩薩（150-250年のころ）は、「付法蔵の二十四人」の第十二と第十四にそれぞれ位置付けられています。

　第二十四の師子尊者は6世紀ごろの人ですから、ちょうど中国の天台大師（538-597）と同世代になります。このころ、仏法の本流は、すでにインドから中国に移っていました。

　この仏法の正統な流れのうえで、別な次元で重要な役割を果たしたのが、鳩摩羅什 (くまらじゅう) ［344-413または350-409ころ］です。彼は法華経をはじめ竜樹の「中論」や「大論」など多くの経典や著作を梵語から漢語に訳出しています。

　大聖人は羅什について、こう述べておられます。

　「然るに、月氏（インド）より漢土（中国）に経を渡せる訳人 (やくにん) は、一百八十七人なり。其の中に羅什三蔵一人を除きて、前後の一百八十六人は純乳に水を加へ、薬に毒を入たる人人なり」（「諫暁八幡抄」）

　これは原著の本質を伝える達意の翻訳がいかに至難であるかを示唆していると思います。

　また、次のようにも記されています。

　「（羅什三蔵は）『身を不浄になして妻を帯すべし。舌計り清浄になして、仏法に妄語せじ。我、死なば必 (かならず) やくべし。焼かん時、舌焼けるならば我が経をすてよ』と常に高座にして、とかせ給しなり。上一人より下万民にいたるまで、願じて云く、『願くは羅什三蔵より後に死せん』と。終に死し給う後、焼きたてまつりしかば、不浄の身は皆、灰となりぬ。御舌計り、火中に青蓮華 (しょうれんげ) 生 (おい) て、其の上にあり」（「撰時抄」）

　この逸話は、鳩摩羅什の翻訳の秀抜さとその影響性の大きさを端的に示しています。

　考えてみれば、禅宗の達磨や浄土宗の法然、真言宗の弘法は、釈尊から始ま

る仏法の正統な流れ（連続性）を「断絶」させようとしたわけですから、まさに法華経の薬王品に説かれる「悪魔・魔民」の存在であったといえるでしょう。

　したがって、釈尊と大聖人との関係を「再誕」の言葉で結びつけることは、仏法の正統な流れ（連続性・一体性）の観点からも大きな意味があるのではないかと思います。

　もう一つの理由は、「再誕」が示唆する釈尊と大聖人の「相似性」（共通性）です。

　第一の相似性は、仏の特質である衆生をいつくしむ「慈悲」と難を忍ぶ「能忍」の力です。御書に、一切衆生の様々な苦しみを同苦する仏の慈悲について、釈尊と大聖人ご自身を対比して、こうあります。

「涅槃経に云く、一切衆生の異の苦を受くるは悉（ことごと）く是れ如来一人の苦と云云。日蓮が云く、一切衆生の異の苦を受くるは悉く是れ日蓮一人の苦なるべし」（「御義口伝」、「諫暁八幡抄」）

　この慈悲の深さ・大きさは、難の大きさに比例するといえるでしょう。鎌倉で難と戦っている門下一同を激励するため流罪地・佐渡で著わされた「如説修行抄」にはこうあります。

「我等が本師・釈迦如来は在世八年の間、折伏し給ひ、天台大師は三十余年、伝教大師は二十余年、今、日蓮は二十余年の間、権理を破る。其の間の大難、数を知らず。仏の九横（くおう）の難に及ぶか及ばざるかは知らず。恐らくは天台・伝教も法華経の故に日蓮が如く大難に値い給いし事なし」

　大聖人は、ご自身が受けた難は天台や伝教よりもはるかに大きく、釈尊の受けた「九横の大難」に匹敵すると述べられています。大聖人の受けられた「四度の大難」などの難と釈尊の受けた難とを対比してみると、たしかに、互いによく似ています。

　阿闍世王が象に酒を飲ませて釈尊を殺そうとした難や提婆達多が釈尊を狙って山から大石を落とした難は、大聖人の「竜の口法難」や「小松原法難」に対応しています。

　また、外道にそそのかされた美女（孫陀利（そんだり））が釈尊と関係したと言いふらした"女難"にも大聖人は遭われていたようです。「四恩抄」にはこうあります。

「（日蓮は）妻子を帯せずして、犯僧」（ぼんそう）の名、四海に満ち、螻蟻（ろうぎ）をも殺さざれども、悪名、一天に弥（はびこ）れり。恐くは、在世に釈尊を諸の外道が毀（そし）り奉りしに似たり」

　さらに、佐渡流罪中に門下一同に与えられた「法華行者逢難事」には、釈尊の「九横の難」と御自身の難を比較して、「又、九横の難、一、一に之在り。所謂（いわゆる）、瑠璃殺釈（るりさつしゃく）と乞食空鉢（こつじきくうはつ）と寒風索衣（かんぷうさくい）とは、仏世に超過せる大難なり」と述べておられます。つまり、「九横の難」に対応する難をそれぞれすべて受けきり、なかでも、「多くの釈子が波瑠璃王（はるりょう）に殺された難」と「乞食空鉢」（飢え）と「寒風索衣」（寒さ）の三つに対応する難においては、大聖人は釈尊を超えていると仰せです。

　第二の相似性は、両親、とりわけ母への報恩の心です。

　これは少し大胆な仮説になりますが、もしかしたら、釈尊の出家得道の原点は、生母・摩耶（まや）夫人にあったのではないか、と僕は考えています。

　ご存じのように、摩耶夫人は釈尊を生んで七日後に亡くなり、叔母の摩訶波闍波提（まかはじゃばだい）が代わって養育したと伝えられています。であれば、釈尊が王子の地位を捨てて出家の道を選んだ動機として、あの「四門遊観（しもんゆうかん）」（東門で病人、南門で老人、西門で死人、北門で出家僧に出会い、人生の四苦を知り出家得道の心を起こしたこと）よりもはるか前の幼年期に、すでに釈尊の心には、生後すぐ母を亡くした悲哀、そして今は死の世界にいる母のために自分に何ができるかとの一途な思いが芽生えていたのではないでしょうか。

　摩耶夫人は死後、忉利天（とうりてん）に生まれたとされており、大聖人も御書で、「（釈尊は）三十の御年に仏にならせ給いて、父、浄飯王を現身に教化して証果の羅漢となし給ふ。母の御ためには、忉利天に昇り給いて摩耶経を説き給いて、父母を阿羅漢（あらかん）となしまいらせ給いぬ」（「刑部左衛門尉〈ぎょうぶさえもんのじょう〉女房御返事」）と述べられています。

　忉利天は須弥山（しゅみせん）の頂上にあり、帝釈天が統率する長寿の世界で、一種の楽園です。阿羅漢は小乗仏教の最高の悟りに達した聖者です。

　なお、大聖人は同じお手紙の中で、のちに釈尊が法華経を説いたとき、その会座にいなかった父母のため、「（法華経を）親の生れてまします方便土（ほうべんど）と申す国へ贈り給て候なり」と述べておられます。

この点でも、末法の世に自分を生み出してくれたご両親を心から大切にされ、報恩の誠を尽くされた日蓮大聖人との間に相似性が存在します。

大聖人は、立宗宣言のあとすぐ、ご両親を正法に導き、父の太夫 (たゆう) には「妙日」、母の梅菊には「妙蓮」の法号を与えられています。

また、伊豆流罪を赦免された翌年（文永元年、1264年）の秋には、母・妙蓮の「病篤 (やまいあつ) し」との報を受けて、その病気平癒 (へいゆ) のため、十二年ぶりに故郷の安房 (あわ) の国へ向かわれます。そして、「日蓮、悲母をいのりて候しかば、現身に病をいやすのみならず、四箇年の寿命をのべたり」（「可延定業御書」）とあるように、大聖人の祈りによって、お母様は病気を克服され、その後、足掛け４年間、生きつづけられます。

この年の11月11日の夕刻、天津 (あまつ) の領主・工藤吉隆の招きで、大聖人は弟子・檀那十人ほどのお共と一緒に、拠点とされていた花房の青蓮坊（現・蓮華寺）から工藤邸に向かわれました。そして、小松原にさしかかったとき、大聖人を敵視する東条郷の地頭・景信 (かげのぶ) が、念仏の信徒ら数百人とともに大聖人を襲います。

「い［射］るや［矢］は、ふ［降］るあめ［雨］のごとし。う［討］つたち［太刀］は、いなづま［雷］のごとし。弟子一人は、当座にうちとられ、二人は大事のて［手］にて候。自身もき［斬］られ、打たれ…」（「南条兵衛七郎殿御書」）

普通なら、弓や刀で武装した数百人の暴徒に襲撃されれば誰も助からないはずですが、この「小松原法難」では、鏡忍房と工藤吉隆の二人は討ち死にしますが、大聖人は、額に傷を受け、左腕を折られながらも、この大難を乗り越えられます。まさに奇跡であり、不思議な力がはたらいたとしか思えません。

さらに驚くべきことには、この事件のあとも、大聖人は、あえて危険な故郷・安房の国にとどまり、その三日後には旧師・道善房とも会い、彼が信奉する念仏を破折し、その後も、この房総方面で説法、教化を続けられます。

お母様は文永４年（1267年）８月15日に亡くなられますが、それまでの間、大聖人は、なるべくお母様と連絡の取りやすいところにいてあげようと考えられたのではないでしょうか。このことからも、母を思う大聖人の深い心が感じられます。

後年（弘安元年、1278年）、大聖人が佐渡の阿仏房夫人へ送られたお手紙には、「但、法華経計りこそ女人成仏・悲母 (ひも) の恩を報ずる実の報恩経にて候へと

見候いしかば、悲母の恩を報ぜんために此の経の題目を一切の女人に唱えさせんと願(がん)す」（「千日尼御前御返事」）とあります。つまり、法華経だけが女人成仏と母への報恩の真実の教えであるので、お母様への恩を報じるためにも、すべての女性にこの法華経の題目（南無妙法蓮華経）を唱えさせてあげたいと誓願したとおっしゃっています。

　さらに大聖人は、ご両親への報恩の気持ちを表すために、次のようにも述べておられます。

　「かかる不思議の日蓮をうみ出だせし父母は日本国の一切衆生の中には大果報の人なり。父母となり其の子となるも必ず宿習なり。（中略）釈迦・多宝の二仏、日蓮が父母と変じ給うか」（「寂日房御書」）。すなわち、「釈迦仏と多宝仏が日蓮の父母となって、この私（日蓮）を生んでくださったのか」とまで仰せです。

　ところで、「刑部左衛門尉女房御返事（孝養御書）」や「上野殿御消息（四徳四恩書）」に出てくる赤ちゃんが飲む母乳の話ですが、鶴舞教授によれば、おそらく大聖人は中国で作られた『仏説父母恩重経』を参照されているのではないかとのことです。

　その経典を解説した日本語文献では、たしかに「一百八十斛(こく)」になっています。ただ、入手可能な漢文の文献では「八斛四斗」となっているようです。もし、八斛四斗とすれば、赤ちゃんが一日に飲む乳の量は、8合弱（約1.4リットル）になります。

　第三の相似性は、不軽菩薩という共通項の存在です。

　釈尊は、法華経の第二十「常不軽菩薩品」で、「その時の常不軽菩薩は、あに異人(ことひと)ならんや、すなわち我が身これなり」と説き、この不軽菩薩こそ実は過去世の自分であり、人々からバカにされ、杖や棒で殴られ、石や瓦を投げつけられながら、二十四文字の法華経の礼拝行をやりきった功徳によって、仏の悟り、阿耨多羅三藐三菩提(あのくたらさんみょうさんぼだい)を得ることができたことを明かします。

　日蓮大聖人は、流罪地の佐渡から四条金吾に与えられた「呵責謗法滅罪抄」で、「（日蓮は）過去の不軽菩薩の威音王仏の末に多年の間・罵詈せられしに相似たり。而(しか)も仏・彼の例を引いて云く、我が滅後の末法にも然(しか)るべし等と記せられて候」と述べられ、さらにその数年後、同じ金吾に身延から与えら

れた「源遠長流御書」には「（日蓮は）口に南無妙法蓮華経と申せば如来の使に似たり。過去を尋ぬれば不軽菩薩に似たり。現在を・とぶらうに加刀杖瓦石（かとうじょうがしゃく）にたがう事なし。未来は当詣道場（とうけいどうじょう）疑いなからんか」と仰せです。

　また、五十四歳のとき、身延の地から、曾谷入道と大田金吾の二人の在家信徒に与えられた「曾谷入道殿許御書（五綱抄）」には、「今は既に末法に入って、在世の結縁の者は漸漸に衰微して権実の二機、皆悉く尽きぬ。彼の不軽菩薩、末世に出現して毒鼓を撃たしむるの時なり」とあります。

　末法は「上行菩薩」（日蓮大聖人）が出現して南無妙法蓮華経の下種仏法を弘めるときですが、ここでは、その「上行菩薩」を、あえて「不軽菩薩」と呼称し、両者の生命が同一であることを示唆されています。

　つまり、不軽菩薩は、釈尊の過去世の姿であると同時に、現在の大聖人と共通していますから、正法時代の釈尊と末法の大聖人とを結びつける共通項の存在といえるでしょう。

　さらに、弘安元年、大聖人が五十八歳のとき、ある在家信者（一説には四条金吾）に与えられた「檀越某（だんのつぼう）御返事」には、こうあります。
「法華経も・よも日蓮をば・ゆるき行者とはをぼせじ。（中略）あわれ・あわれ・さる事の候へかし。雪山童子の跡をををひ、不軽菩薩の身になり候はん」

　このころ、大聖人の体調は最悪の状態でしたが、それに追い打ちをかけるように、大聖人を再度（三度目）、流罪に処そうとする動きがあったようです。

　それに対して大聖人は、「むしろ望むとこころであり、そうなれば、（鬼の姿で現れた帝釈天に半偈を聞くために身を投げた）あの雪山童子（釈尊の修行時代の姿）の跡を追い、不軽菩薩の修行を実践することになるのだから、なんと素晴らしいことか！」と、上行菩薩（＝末法の御本仏）としての境地を披歴されています。

　第四の相似性は、両者の本地が「自受用身（じじゅゆうしん）」であることです。
　釈尊は「寿量品」で始成正覚（しじょうしょうかく）の迹（しゃく）をはらって久遠実成の本地を顕したのに対し、大聖人は竜の口の「頸の座」で上行菩薩の迹をはらい、本有無作（ほんぬむさ）の三身如来（さんじんにょらい）の本地を顕されました。
　「自受用身」とは三身（法身・報身・応身）相即の報身如来のことで、主観の

智とその対境の真理とが境智冥合した仏身です。

　釈尊の久遠実成について、大聖人はこう記されています。

「釈迦如来、五百塵点劫の当初 (そのかみ)、凡夫にて御坐 (おわ) せし時、我が身は地水火風空なりと知しめして即座に悟を開き給いき」(「三世諸仏総勘文教相廃立」)

　また「百六箇抄」では、釈尊とご自身の関係をこう述べておられます。

「久遠実成 (くおんじつじょう)、直体 (じきたい) の本迹：久遠名字 (くおんみょうじ) の正法は本種子なり。名字・童形の位。釈迦は迹なり。我本行菩薩道、是なり。日蓮が修行は久遠を移せり」

　「直達 (じきたつ) の法華は本門、唱うる釈迦は迹なり。今、日蓮が修行は久遠名字の振舞 (ふるまい) に芥爾計 (けにばかり) も違わざるなり」

　つまり、久遠の釈尊の振舞と末法の大聖人のそれとが相応していて、パラレルの関係にあると仰せです。

　なお、この「自受用身」について、日寛上人は、釈尊を「応仏昇進の（随他意の仏から昇進した）自受用身」とし、大聖人を「久遠元初の自受用身」として、両者を区別されています。

　ただ、これはかなり複雑な話になりますので、ここでは深く立ち入らないでおきます。

　いずれにしても、釈尊は正法・像法時代の仏であり、大聖人は末法の仏です。

　経典には多くの仏が登場しますが、歴史上には、この二人しか仏は存在しません。両者はその仏としての役割（広大な慈悲で一切衆生を自分と同じ仏にすること）を果たすために様々な大難を受けながら、その本懐を遂げました。

　この仏としての振舞を現実世界で示したという相似性は、誰人も否定できない事実です。

　最後に、「大聖人を釈尊の再誕とすると、大聖人は上行菩薩だから、宝塔品の儀式で、お釈迦様から同じお釈迦様に面受付嘱が行われたことになり、矛盾するのではないか」との問題ですが、これはそんなに大きな問題ではないと思います。

　そもそも法華経、とりわけ虚空会の儀式は、釈尊の己心の究極の悟りの世界ですから、通常の物理的な四次元の思考では捉え切れない要素が数多く含まれています。有名な「五十小劫、半日の如し（長遠な五十小劫を仏の神通力によっ

て大衆はわずか半日と思った話）」も、また、地球の三分の一ほどもある巨大な多宝如来の塔が現われ、釈尊が会座の大衆をすべて虚空に引き上げる話も、私たちの時間、空間の概念をはるかに超えたものです。

　この会座には、十方分身の諸仏も集まりますが、分身仏とは釈尊の分身です。つまり、同じ場所と時間に多数の釈尊が存在することになります。

　そのような世界であれば、そこに釈尊の再誕として末法に出世することになっている大聖人（上行菩薩）が釈尊と一緒にいたとしても、なんら不思議ではないことになります。

　ここで描かれているのは、いわば、時間・空間の束縛から解き放たれ、過去と未来が現在の一瞬に包摂され、時間と空間を自由に行き来できる世界です。

　大聖人は、ここの宝塔について、「阿仏房御書（宝塔御書）」で、こう述べておられます。

　「南無妙法蓮華経と、となうるものは我が身、宝塔にして、我が身、又、多宝如来なり。妙法蓮華経より外に宝塔なきなり。法華経の題目、宝塔なり。宝塔、又、南無妙法蓮華経なり。今、阿仏上人の一身は、地・水・火・風・空の五大なり。此の五大は題目の五字なり。然れば阿仏房さながら宝塔、宝塔さながら阿仏房、此れより外の才覚、無益なり。聞（もん）・信・戒・定・進・捨・慚（ざん）の七宝を以って、かざりたる宝塔なり」

　つまり、金、銀、瑪瑙（めみょう）などの七宝で飾られた荘厳な多宝の塔は、実は佐渡の国で信心に励んでいる阿仏房のことであり、その生命は、仏道修行で肝要とされる心（生命）の七つの宝、すなわち、①聞（正法を聞く）、②信（正法を信じる）、③戒（正法を守る）、④定（安心立命）、⑤進（精進）、⑥捨（執情を捨てる）、⑦慚（謙虚に自己を恥じ、さらなる向上の努力を続ける）で飾られていて、阿仏房はすでに多宝如来（仏）であると激励されています。

　大聖人は、日女御前という女性信徒に対しても、同趣旨のご教示をされています。

「此の宝塔品は、いづれのところにか只今ましますらんと、かんがへ候へば、日女御前の御胸の間、八葉の心蓮華の内におはしますと、日蓮は見まいらせ候」

　さらに、この宝塔について、「御義口伝」では、次のように教示されています。

　「第一宝塔の事　文句の八に云く、前仏、已（すで）に居し、今仏、並に座す。当仏も亦（また）然なり、と。御義口伝に云く、宝とは五陰（ごおん、＊生命を構成

する5つの要素）なり。塔とは和合なり。五陰和合を以って宝塔と云うなり」

　ここで引用されている「法華文句」の「前仏（過去の仏）」とは多宝如来で、「今仏」は釈迦仏です。「当仏（未来の仏）」は、涌出品に登場する地涌の菩薩と解せます。

　天台大師は、その地涌の菩薩を「未来（末法）の仏」と規定していますから、ここで彼は、末法における仏（大聖人）の出現を予見しているといえるでしょう。

　生命論の観点から言えば、この宝塔は地涌の菩薩（仏）」の生命です。また、先の阿仏房へのお手紙の結びに、「あまりに、ありがたく候へば、宝塔をかきあらはし、まいらせ候ぞ」とありますから、大聖人ご図顕の御本尊のことでもあります。

　日蓮大聖人は、法華経に予言された大難をすべて乗り越えることによって、地涌の菩薩の手本を示し、さらに末法において誰もが仏になれる絶対的な方途を示してくださいました。

　御書には、「一人を手本として、一切衆生、平等なること是くの如し（「三世諸仏総勘文教相廃立」）、さらに「一念に億劫の辛労を尽せば、本来、無作の三身（法・報・応の仏の生命）、念念に起るなり。所謂 (いわゆる)、南無妙法蓮華経は精進行なり」（「御義口伝」）とあります。

　僕も来年から後期高齢者の仲間入りで、人生の最終章に入ります。

　これからもさらに精進を重ねて、大聖人が示してくださった「無作三身如来」の生命を奮い起こし、地涌の菩薩の使命を果たしていこうと決意を新たにしているところです。

　シゲは、弟からの手紙を読み直し、大聖人と釈尊との関係について、ヒロキが自分と同じように捉えているとの確信が更に深まり、今度、ヒデやマーに会ったら、自分の思いを伝えてあげようと思った。

　また、大聖人が御書で使われている「再誕」の意味は、通俗的なものから仏法上の深遠なものまで、広範囲にわたっていることも再認識できた。

　手紙の中で引用されている御書は、どれも感銘深いものばかりであるが、「下山御消息 (しもやまごしょうそく)」の下記の一節が、彼女にとって特に印象的であった。

我、頚（くび）を刎（はね）られて、師子尊者が絶えたる跡を継ぎ、天台・伝教の功にも超へ、付法蔵の二十五人に一を加えて、二十六人となり、不軽菩薩の行にも越えて、釈迦・多宝・十方の諸仏に、いかがせんと、なげかせまいらせんと思いし故に…。

　この「下山御消息」については、大聖人が念仏宗の元行者であった弟子に代わり、その父親に送られた陳状で、十大部の一つとされる重書であることは、シゲも知っていたが、今までじっくり研鑽する機会はなかった。

　彼女は、この御書について、もう少し知りたいと思い、本棚から『御書全集』（上巻）と『御書辞典』を取り出して、食卓の上に置いた。

　まず、『御書』を開いてみて、驚いた。なんと21ページの長さではないか。

　試みに、最初の2ページほどを、意味を取りながら、ゆっくり音読してみたが、10分近くかかった。このお手紙は、とうてい一気に読める分量ではない。

　今度は、『御書辞典』を手に取り、「下山御消息」の項を開くと、次のようにあった。

建治3年（1277）、日蓮大聖人が五十六歳の時、身延で述作。因幡房（いんばぼう）日永は、念仏の行者であったが、大聖人の説法を聞き、自ら大聖人に帰依し、法華経の行者となった。それを知った父親（一説には主君）の甲斐（山梨県）の下山の地頭・下山兵庫五郎光基（みつもと）は大いに怒り、日永を追放したが、のちに大聖人が代筆された本抄によって、光基も大聖人に帰依した。

　「念仏の強信者が、この一通の書簡で、即座に正法に帰依したのだから、よほど説得力のある内容なのだろう。また、こんな長文のお手紙を、弟子に代わって書かれた御本仏のお心はなんと深く広大なことか！　できれば、この御書を自分も本格的に研鑽してみたい」と、シゲは思った。

　「もし、大聖人の時代、もっと賢明な指導者がいて、中国の天台大師や日本の伝教大師の場合のように、大聖人が強く望まれていた公場対決（公開法論）の機会が与えられていたら、もっと多くの人々が正法に帰依し、もっと早く日本は平和で幸せな社会になったのではないだろうか？」とも、彼女は思った。

しかし、そうならなかったことにも、やはり深い意味があるように、彼女には思えた。

リビングの柱時計を見ると、もう午後6時をまわっていた。
「ヒデとマーは、とっくに家に着いているだろう。よし、きょうの夜は、早く夕飯を済ませて、お題目を心ゆくまで上げよう！」
『御書全集』と『御書辞典』を本棚に戻したあと、シゲは急いで夕食の準備を始めた。

＊最近、鶴舞 (つるまい) 家の本家の土蔵から、なんと「仏説鶴舞菩薩修行奇譚経 (ぶっせつ・かくぶぼさつ・しゅぎょう・きたんきょう)」という経典が発見されました。

パロディ「仏説鶴舞菩薩修行奇譚経」

　ある日、鶴舞 (かくぶ) 菩薩が次のように語ったということです。

　はるか昔のことでございます。釈尊を中心とした法華経の会座が終わり、上行菩薩を上首とする地涌の菩薩たちは、はるか未来の末法時代に法華経 (南無妙法蓮華経) を流布するために霊鷲山を去りました。

　ところが、全員が引き上げたわけではなかったのです。実は、上行菩薩は、弟子の鶴舞菩薩に、「君たちは、参考のために、最初の正法時代も見ておきなさい」と指示されたのです。

　こうして鶴舞菩薩は、眷属の藍青 (らんせい) 菩薩と公林 (こうりん) 菩薩の二人を引き連れ、しばらくの間、正法時代に修行を続けることになりました。

　ところが、この二人の眷属は、たちまちのうちに娑婆世界の悪の道に染まって堕落してしまい、仏道修行を嫌うようになったのです。きっと、あの提婆達多の影響があったのかもしれません。二人は、鶴舞菩薩が諸経典の読誦や瞑想の修行をしていると、頻繁に妨害したのです。
「なんで、そんな難しいことをやってんの？」
「あっ、あそこにビキニの美女たちがいるよ！」
「この酒はウマイなあ、鶴舞菩薩さんも、一杯どう？」
それはそれは、騒がしいものでした。

　しかし、もちろん鶴舞菩薩は、いささかも動じませんでした。

　仏眼を通して、この情景をご覧になっていた釈尊は、こう思われました。
「ああ、これでは、あの二人は必ず無間地獄に堕ちてしまう。可哀そうだ、なんとか救ってやらねば…」

　そこで、釈尊は二人を呼び寄せ、神通力で、無間地獄の様相を彼らに見せました。

　次々と映し出される恐ろしい光景に驚いた二人は、釈尊に尋ねました。

「お釈迦様、これはなんでしょうか？」

　釈尊は、あきれ顔で答えられました。

「まだ分らぬか。これらの地獄こそ、鶴舞菩薩の修行の邪魔をしている汝ら二人が、来世に堕ちていく地獄であるぞよ！」

　二人は驚いて、手を合わせて釈尊に懇願しました。

「許して下さい、助けて下さい！」

　そこで、釈尊は、こうおっしゃいました。

「私がこれまで説いてきた教えは因果の法である。鶴舞菩薩を悩ました汝らの『悪因』はすでに存在する。だから、地獄という『悪果』が現れるのは当然ではないか！」

　二人は必死に頼みました。

「何でもいたします。善行を積みます。善因を作りますから…」

　そこで釈尊は、こう仰せになりました。

「それでは、こうしよう。この鶴舞菩薩は、末法という時代が来たら、この地から東北へ八万由旬あまり離れたところの日本という辺土に生まれることになっている。そこで、正法流布に勤しむだろう。その時、汝らはこの菩薩に仕え、身を挺して正法流布の闘いを支えなさい。今こそ、よろしく誓願を立てる時であるぞ！」

「ハハー」

　それから二千五百年ほどが過ぎました。

　釈尊の予言どおり、鶴舞菩薩は辺土の日本に生まれました。

「菩薩道を貫くための修行だから、最も困難な広宣流布の場で、自身の使命を果たそう！」

そう決意した鶴舞菩薩は、「願兼於業 (がんけんおごう)」の精神で、あえて「右翼の巣窟」として名高いＴ大に入学しました。

　そこで、日本刀などで脅迫を受け、命まで狙われそうになりながらも、「国際文化交流研究会」なるものを組織して、果敢に戦いを進めたのです。

　ある日、ふと彼は、「さて、あの二人はどうしているかな」と思いを巡らしました。

　すると、そこに突然、藍青菩薩が、「学帽・学ラン・マント・高下駄 (たかげた)」

という異様な出で立ちで現れたではありませんか！

　顎髭まで生やしたその様相には、さすがのＴ大の右翼学生たちも、ギョッと驚き、肝をつぶしました。

「毎日、見ていると、あの国際文化研究会は異常だ。あれこそ、みんなが恐れる"極右グループ"に違いない。危ないから、絶対、彼らには近づくな！」

　こうして鶴舞菩薩は、右翼学生から命を狙われる危険を脱することができたのです。

　この善行により、藍青菩薩は大きな福徳を積み、大学を卒業後、上場企業のＫ社（ロボットのセンサー製造・販売等）の営業所長をはじめ、各事業部内の要職を歴任しながら、定年までに巨万の富を蓄積しました。そして、退職後は、正法流布の活動の場をベトナムというもう一つの辺国に移し、ビジネス専門学校の校長として活躍するのであります。

　さて、その後、鶴舞菩薩は、「少し異国の様子も見てこよう」と思い立って、漢土のベイジン大学に活動拠点を移しました。

　ところが、あの文化大革命が終わったばかりのベイジン大学は、教室の窓ガラスも割れて風が吹き抜け、極度に荒れ果てていました。

　極寒と劣悪な環境下での刻苦勉励のために、ついに鶴舞菩薩は健康を損ね、原因不明の激痛に苦しむことになったのです。そして、遂には、自力ではベッドから起き上がれなくなり、「仏・菩薩だから、"少病少悩"は当たり前」などと、呑気なことを言っていられない状態に陥りました。

　しかし、ここでも、また異変が起こりました。

　ある日、日本のＳ大にいた公林菩薩が、忽然とベイジンに現れたのです。

　彼は毎日、鶴舞菩薩をベッドから起こしてあげ、靴下を履かせ、世話をしたのです。

　その後、さらに鶴舞菩薩の病状は悪化して、終には急遽、救急車で病院に運ばれました。

　しかし、そこで、背骨両脇および腰部筋肉の特殊炎症と診断され、注射投薬を受けたあと、次第に病状が改善して、やがて見事に健康を回復したのです。

　公林菩薩は、この時の善行によって、広島に本社を置く大企業のＣ社（船舶や道路・橋梁などのインフラで使用する材料の製造・営業）で活躍し、漢土、

台湾、香港など駐在勤務を続け、やはり巨万の富を蓄積しました。その後、さらにタイやミャンマーの子会社の社長として活躍することになったのです。

　こうして藍青菩薩と公林菩薩は、無間地獄に堕ちる恐ろしい宿命を転換したばかりではなく、人々から尊敬され、鶴舞菩薩からも深く感謝される立場になりました。

　「これぞ宿命転換、真の因果の法だ！」と、二人の菩薩は喜び合いました。

　ところで、有名な中国の逸話に、武将・毛宝が、敵の大軍に追われて逃げ惑って大きな河（揚子江）に飛び込んだとき、突如、かつて彼が少年時代に自分の着ていた衣服と交換に漁師から譲り受けて助けてあげた白い亀が現れ、彼を背中に乗せて河の向こう岸まで運んで、その恩返しをした話があります。

　日蓮大聖人は、その故事を引き、「毛宝が亀は、あを［襖］（衣服）の恩をわすれず」（「開目抄」）、また「白亀（はくき）は毛宝が恩をほうず」（「報恩抄」）と書かれています。

　末法に入って八百年が過ぎた今の時代、「鶴舞菩薩は“学帽・学ラン・マント・高下駄”の恩を忘れず、また“靴下”の恩を報ず」と、多くの人々が語るようになったのは、鶴舞菩薩にまつわる、このような奇譚（きたん）があったからなのです。（完）

7章　自受法楽（じじゅほうらく）

　翌朝、シゲは久しぶりに清々しい気分で目を覚ました。仏間のガラス戸を開けると、心地よい早朝の涼風が入ってきた。洗面を済ましたあと、御本尊にご飯とお水をお供えし、朝の勤行（ごんぎょう）を始めた。そして、心ゆくまで唱題した。

　きのうは、数時間ほどであったが、育ち盛りの孫たちと過ごすことができ、元気をもらい、身も心も軽やかになったような気がして、夜の勤行では深い感謝の題目をあげることができた。

　思えば、ガンが亡くなって、もうすぐ満6年になる。今年の12月8日は七回忌である。シゲにとって、夫に先立たれた「愛別離苦」の悲哀は、思った以上に重く心にのしかかり、耐え難かった。

　ガンの死去の直後、青春時代からの友人の坂本ユキから、「そんな簡単に乗り越えられるもんじゃないわよ。私の場合、3年間かかったから」と聞かされたが、自分の場合は3年どころか、もう6年が経とうとしているのに、心のどこかにぽっかり穴があいているような空虚感がずっと続いていた。

　夫との50年近くの人生を思い返すたびに、「ああすればよかった。こうすべきだった」との後悔と自責の念が湧いてきて、心が痛むばかりであった。

「わたしは、もっと強かったはずなのに、どうして？」と、夫がいない現実に心が萎え、つい弱気になってしまう自分が情けなかった。

　心だけではない。肉体的にも老いの苦しみは容赦なくシゲに迫っていた。長年、腰痛を患い、10年ほど前に大きな手術を受け、成功はしたものの、最近は老いも重なり、少し長い道のりは車椅子が必要な生活となった。

　元来、几帳面で、思ったことをテキパキと行い、自分が納得するまで最後までやらないと気が済まない「完璧主義」の性分であるだけに、頭の回転も遅くなり、動作も鈍くなった自分に、余計に苛立ちを感じるのだろう。

夫の死を受け容れられない女性、迫りくる老いに素直に向かい合えない人

間──そんな悲しい自分がそこにいた。

　しかし、きのう、自分の話に目を輝かせて聞いてくれる元気いっぱいの孫たちに接したからか、夕方の勤行のとき、シゲの心に変化が起こった。

　若いころ、何度も読み、胸に刻んだ御書の一節が、心に浮かんできたのである。

ただ女房と酒うちのみて南無妙法蓮華経と、となへ給へ。苦をば苦とさとり楽をば楽とひらき、苦楽ともに思い合せて南無妙法蓮華経と、うちとな［唱］へゐ［居］させ給へ。

　これ、あに自受法楽（じじゅほうらく）にあらずや。

　日蓮大聖人が心から大事にされ、深い慈愛を注がれた、あの四条金吾に与えられた手紙の一節である。

　この「衆生所遊楽御書」のなかで、「南無妙法蓮華経と唱うるより外の遊楽なきなり」と教えられている。「南無妙法蓮華経」と御本尊に唱えられること自体が、人生の最高の「遊楽」、つまり、喜びであり、楽しみなのだ。

　人生には、必ず苦しみや悲しみがある。しかし、それから逃げずに、しっかりと受け止め、題目を上げ、勇気をもって立ち向かっていけば、その深い意味を理解することができる。その時、それは、もはや単なる苦しみや悲しみではなく、生命の奥底から湧き上がってくる充実感ともいうべき、人生で最も質の高い楽しみ（「自受法楽」）となっていくというのである。

　これは、昔、先輩から教えてもらい、自分も何度も人に語ってきたことである。だが、理屈では当然のこととして理解していたことであるが、この数年、夫の突然の死と迫りくる老いの苦しみで、すっかり「本心」を失ってしまい、観念の次元でしか捉えていなかったことに気づいたのだ。

　ゆうべ、方便品と自我偈の読誦のあと、題目をあげていると、この一節が実感として、心に迫ってきて、心が軽くなり、晴れやかな気分になった。そして、「南無妙法蓮華経」と題目をあげている自分が愛おしく感じられ、夫やその関係者一人ひとりへの感謝の念がふつふつと湧いてきて、急に熱い涙が込み上げてきたのである。

　最初の「ただ女房と酒うちのみて」との一節に、シゲは、「四条金吾さ

んも、きっとお酒がお好きだったのね」と、根っからの「飲ん兵衛」だった夫のことを思い返した。

　無邪気にお猪口（ちょこ）を傾け、至福のひと時を楽しんでいる、あの屈託のない笑顔が心に浮かんできて、思わず微笑んだ。酒を旨いと感じた経験のないシゲは、これまで、夫の酒好きを好ましいとは思わなかったが、なぜか今、楽しい思い出としてよみがえってきたのである。

　考えてみれば、四条金吾と夫のガンの共通点は、酒の話だけではない。

　金吾は武術にも優れていたといわれるが、ガンも剣道５段の腕前であった。

　また、大聖人が金吾に与えられたお手紙を読むと、金吾は、ともすると自分の感情のままを言動に移してしまう「直情径行」の人であったようだが、ガンも人から頼まれれば、あまりその結果を深く考えることなく、すぐ気軽に行動に移すところがあった。

　ある時は、知人の連帯保証人になってあげ、その知人の事業が倒産してしまい、給与の大半が、自動的にその負債の支払いに回されていた苦い経験は、今、思い出しても、ぞっとする。また刑事時代には、偶然、地域に住む青年が車を盗んだのを見つけたが、勤務外であったこともあり、「もと在ったところに返してこい！」」と言って済ましてしまい、それが命取りになり、警察官を辞めることになった。その青年は以前に、もっと重大な罪を犯していることが後で判明したからだ。

　しかし、あの危ういほどの「人の好さ」とフットワークの軽さ、よく言えば「男っぷり」のよさが、多くの人から愛され、慕われた所以（ゆえん）でもあった。

　「金吾さんは、たしか大聖人様より八つほど年下だったけれど、何歳まで生きられたのかしら？」と、シゲは金吾の没年が気になった。

　シゲは、本棚から『御書辞典』を取り出し、「四条金吾」の項を開いた。

しじょうきんご（四条金吾） 寛喜２年（1230）ころ～正安２年（1300）。
建長８年（1256）二十七歳の時、池上兄弟・工藤吉隆などと前後して、大聖人に帰依したといわれる。しかし極楽寺良観の信奉者であった主君の江間氏を折伏したため、領地を減らされるなどされた。…

なんと金吾さんも、夫と同じく、七十歳前後で亡くなっているではないか！　しかも二人とも、二十代で大聖人様の仏法に巡り会っているのだ。
　また、これはある先輩から教えてもらったことだが、あの「二月騒動」（北条時輔の乱、文永9年〈1272〉）の折、たまたま伊豆にいた金吾さんは主君の急を聞いて、馬で箱根の山を一気に乗り越えて鎌倉に帰ったとのことである。だから、金吾さんは武術だけでなく、卓越した馬の乗り手でもあったのだ。あの時代の馬は、今でいえば、自動車に当たるのではないか。この点でも、車の運転が得意であったガンと金吾さんは共通している。
　さらには、かつてシゲはある先輩から、四条金吾は幼少期には病弱だったとも聞いたことがあった。それが、のちに金吾が医療に関心をもち、主君・江間氏や日蓮大聖人の病気を治して喜ばれるほどの優れた医術を身につけた動機の一つでもあったというのである。
　もしそうであれば、この点でも二人は共通している。ガンの妹アケミによれば、ガンも幼いころは薬が手放せないほど病弱であった。剣道を始めたのも、病弱な身体を丈夫にしたいというのが直接の動機であったというのである。
　夫があの四条金吾とこんなにも多くの共通点をもっていたことに、シゲは不思議なものを感じた。そして、そんなガンと夫婦として半世紀も一緒に暮らせたことへの感謝と感動の念が込み上げてきた。
　この『御書辞典』は、弟のヒロキに勧められて使い始めたが、なるほど便利である。『御書』を読んでいて、難しい用語や気になる言葉が出てきたときに取り出して調べてみると、実に的確で、分かりやすい解説があって、すっきりする。
　弟の話では、米国コロンビア大学日本語学科の教授で日本仏教史を専門とするフィリップ・ヤンポルスキー博士（1920-1996）が、初めてこの辞典を見たとき、あまりによくできているので驚いたと、親友のワトソン博士に語ったそうだ。きっと、学術的にも優れているのだろう。
　この辞典には、かつて弟のヒロキが、シゲのために作成してくれた資料が挟んであった。金吾の家族や日蓮大聖人との交流などを簡潔にまとめものである。
　かなり以前に読んだことがあるが、もう一度、読んでみよう思った。

[四条金吾のこと]

　四条金吾の正式名は、四条中務三郎左衛門尉頼基（しじょう・なかつかさ・さぶろう・さえもんのじょう・よりもと）であるが、「左衛門尉」（警護の総括責任者の意）の唐名（からな）が「金吾」であるので、四条金吾と通称された。

　金吾は妻の日眼女（にちげんにょ）とともに生涯、純粋な信心を貫いた在家信徒で、日蓮大聖人より金吾はおよそ八歳、日眼女は二十一歳、それぞれ年下であった。したがって、金吾は日眼女より十三歳ほど年上であったことになり、金吾が再婚であった可能性もある。

　夫妻は大聖人から現在わかっているだけでも四十通近くの手紙をいただいている。

　最初の手紙は「四条金吾女房御書」（別名「安楽産福子御書」）で、日眼女の懐胎の報告に対する返書である。文永8年（1271）5月7日の日付になっており、あの「竜口の法難」の4カ月前になる。そして、翌日の5月8日、日眼女は無事、童女を出産する。日眼女が二十九歳、金吾が四十二歳のころである。

　それを受けて大聖人は同日、お祝いの書「月満御前御書」をしたため、「いそぎいそぎ名をつけ奉る。月満（つきまろ）御前と申すべし」と命名のことまで伝えている。この時期、大聖人は鎌倉を拠点に活動されていたので、同じ鎌倉に住む金吾とは、すぐ連絡が取れたのであろう。

　同年7月12日付の「盂蘭盆（うらぼん）由来御書」では、金吾が母の盂蘭盆供養に寄せて白米や油、銭1貫文を送り、盂蘭盆の由来を質問したのに対し、大聖人は目連（目犍連）が餓鬼道に堕ちた母を救った因縁などを教示したあと、「今月十二日の妙法精霊（亡くなった金吾の母）は法華経の行者なり、日蓮が旦那なり、いかでか餓鬼道におち給うべきや。（中略）あはれ・いみじき子（金吾）を我はもちたりと釈迦仏とかたらせ給うらん」と激励している。

　同年9月21日には相模越智（さがみのえち）から「竜口（たつのくち）御書」を送り、「去る十二日の難のとき、貴辺たつのくちまで、つれさせ給い、しかのみならず、腹を切らんと仰せられし事こそ不思議とも申すばかりなけれ」と、竜の口法難の際の金吾の健気な信心を讃えている。

　流罪地の佐渡からも、大聖人は、「開目抄」は別として、合計6通の手紙を夫妻に送っている。

　翌年、文永9年4月、金吾が佐渡の大聖人を訪ねた直後には妻の日眼女宛に「同

生同名御書」を送り、乱世で物騒なこの時代に夫を佐渡まで遣わした「心ざし」を讃え、「此の事ははや天も・しろしめしぬらん。たのもし・たのもし」と激励している。

その翌月5月2日付「煩悩即菩提御書」では、「此等は、ゆゆしき大事の法門なり。煩悩即菩提(ぼんのうそくぼだい)・生死即涅槃(しょうじそくねはん)と云うも、これなり。まさしく男女交会のとき、南無妙法蓮華経と、となふるところを煩悩即菩提・生死即涅槃と云うなり。生死の当体、不生不滅とさとるより外に、生死即涅槃はなきなり」と、深遠な仏法の法理を卑近な世間の事例に即しながら教示されている。

最後の「八日御書」は、弘安5年(1282)正月7日の日付になっており、夫妻が鎌倉から身延にいる大聖人に正月のお祝いに送り届けた御供養の品(餅と清酒)に対する返書で、大聖人御入滅の9ケ月前である。

したがって、大聖人は五十歳から六十一歳までの約10年間に1年に4通の頻度で夫妻に手紙を送ったことになる。

「ただ女房と酒うちのみて…あに自受法楽にあらずや」の「衆生所遊楽御書」は建治2年(1276)6月27日の日付になっており、大聖人が五十五歳、金吾が四十七歳のころである。

同僚からの讒言(ざんげん)によって主君・江間親時(えま・ちかとき)の不興をかい、領地没収の迫害を受け、命まで狙われていた金吾は、信仰の極意を説いた大聖人からのお手紙に、心が洗われるような感動を覚え、大きな勇気を得たであろう。

なお、この「自受法楽(じじゅほうらく)」は、どんな境界かと考えたとき、すぐ心に浮かぶのは、文永10年(1273)5月、佐渡で著わされた「諸法実相抄」の次の一節である。

「現在の大難を思いつづくるにも、なみだ、未来の成仏を思うて喜ぶにも、なみだ、せきあへず。鳥と虫とは、なけども、なみだをちず。日蓮は、なかねども、なみだひまなし。此のなみだ世間の事には非ず。但、偏(ひとえ)に法華経の故なり。若(もし)、しからば甘露のなみだとも云いつべし」

また、五十四歳のとき、南条時光の母に与えられた「単衣(ひとえ)抄」には次のようにある。

「或(あるい)は弟子を殺され、或は頚(くび)を切られんとし、或は流罪、両度に及べり。二十余年が間、一時・片時も心安き事なし」

大聖人の生涯は、一瞬の油断も許されない、まさに魔軍との連続闘争であったが、どんな苦難の中にあっても、末法の本仏としての自覚と使命感ゆえに、その心は希望と感動に満ち溢れ、常に「自受法楽」の境界であったに違いない。

　大聖人が四条金吾に与えられた数多くのお手紙は、どれも重要であるが、なかでも熱原法難の最中、弘安2年（1279）10月、五十八歳のとき、門下を代表して金吾に与えられた「聖人御難事（しょうにんごなんじ）」は、立宗宣言から27年目に末法に出現した本仏としての目的（出世の本懐）を達成したと述べられている点で、群を抜いている。

　このお手紙で、大聖人は、法華経に予言されている釈尊在世をはるかに超える大難をすべて乗り越えたことを宣言し、今、日蓮門下に襲いかかっている法難に師子王の子（大聖人の弟子）として勇敢に立ち向かうよう、渾身の激励をされている。

　そして、当時、再度の蒙古襲来に備えて九州の戦地にいる人々の運命と対比して、

「我等、現（げん）には、此の大難に値うとも、後生は仏になりなん。設えば、灸治（やいと）のごとし。当時は、いた［痛］けれども、後の薬なれば、いた［疼］くて、いたからず」と述べられ、仏法のゆえに逢う大難は、自己の宿命をも打開させるものであり、たとえ、このために死に至ろうとも、後生には、必ず、仏の幸福境涯が開けて行くのだと励まされている。

　また、「過去・現在の、末法の法華経の行者を軽賤（きょうせん）する王臣・万民、始めは事なきやうにて、終に、ほろびざるは候はず」とご教示されており、このころ、大田親昌や大進房等、大聖人に師敵対した者たちには、すでに厳然と罰の現証（顕罰〈けんばち〉）が出ていた。

　熱原の農民たちを迫害し、神四郎ら三人を斬首した平左衛門尉も、それから14年後、北条貞時への謀反計画を長男から密告され、次男と共に誅殺され、一家断絶の運命をたどっている。

　彼の場合は、その行為と罰の現証との間にかなりの時間差があり、因果関係が分かりにくいので、「冥罰（みょうばち）」ともいえる。だが、むしろ「冥罰」のほうが、誰の目にも明らかな「顕罰（けんばち）」より、罰の程度は重くなるといえるのではないだろうか。

これを裏返せば、御本尊の左脇に「供養する者は、福、十号（仏の十種の尊称）に過ぐ」と明示されているように、大聖人に連なり、妙法流布の聖業に献身する人の功徳は、仏の福徳をも凌駕するほどの絶大なものになると解することができる。

　金吾の父・頼員（よりかず）は、江間氏父子（北条光時と親時）に仕え、建長5年(1253) 3月28日に亡くなっている。大聖人の立宗宣言のちょうど1カ月前で、金吾が二十三歳のころである。江間氏は一時、北条頼時への謀反（むほん）を疑われ、伊豆の江間に流罪されたことから、父の北条光時は江間入道、子の親時は江間四郎と呼ばれた。

　金吾の母は文永7年（1270）7月12日に亡くなっている。金吾が四十歳のころである。金吾は二十七歳のころから大聖人に帰依していたが、文永7年までの十数年間、金吾が大聖人から手紙で激励を受けた記録は残っていない。

　ところが、ちょうど母親の一周忌を迎えるころから、劇的な師弟の交流が始まっている。

　これは単なる偶然とは思われない。もちろん、大聖人の側にも要因があっただろうが、最愛の母の死が金吾の信心の深化をもたらす契機となったとの仮説が成り立つのではないか。

　父亡きあと、女手ひとつで17年間、金吾を含む多くの子どもたちを育ててくれた母への報恩感謝の念が、金吾の熱き求道心を引き起こし、それに応ずる大聖人の慈愛の訓育が頻繁な手紙の交流として現れたのではないだろうか。

　金吾には少なくとも四人の兄弟、一人の妹がいたと考えられている。だが、みんな信心はしていたが、あまり熱心ではなく、金吾との仲もよくなかったようだ。

　大聖人が五十七歳、金吾が四十九歳のころのお手紙「九思一言事」には、このようにある。

「我が母（金吾の母）、こころぐるしくをもひて、臨終までも心にかけしいもうと［妹］どもなれば、失（とが）をめんじて不憫というならば、母の心やすみて孝養となるべしと、ふかくおぼすべし」

　金吾の母が、死の間際まで愛しく思い、心に懸けていた妹や兄弟たちであるから、「たとえ彼らに過失があったとしても、それを許してあげ、大事にしてあ

げなさい。それが母を安心させることであり、まことの母への孝養となるのだ」
と、金吾に指導されている。

　誰人にとっても、母は、生きているときは当然のこと、また亡くなったあとも、
さらに深い次元で偉大な存在となる。金吾の場合も、例外ではなかっただろう。

8章 花彫酒 (はなほりざけ)

　シゲはゆっくり立ち上がり、『御書辞典』を本棚に戻した。本棚の最上段には、これまでナナクサから発刊された本が置かれている。

　彼女は、その中の1冊を取り出した。本の題名は『中国のエニグマと見果てぬ夢―陳警部事件シリーズ』である。

　これは、チュウ・シャオロン（中国名：裘小龍）という上海生まれの作家が英語で書きおろした探偵小説"Enigma of China"の邦訳版（鈴木康雄・美山弘樹共訳）である。

　チュウ氏は、北京外国語大学で英文学を学び、1988年、「フォード基金」研究生として渡米した。あの天安門事件（1989年）が起こったとき、彼はそのままアメリカに留まり、以降、そこを拠点に執筆活動を続けている。本書の英語版は、陳警部シリーズの第9作で、ニューヨークのセント・マーティン社から発刊された。

　邦訳版の発行日は、2017年の7月16日となっている。ガンが亡くなったのが、その年の12月8日だから、5カ月前の出版である。

　そのころ、ヒロキはまだ東大病院に通院しながら、定期的に化学療法を受けていた。

　この本の編集作業の段階で、警察官の経験があるガンは、警察本部の機構や職責の名称などについて、ヒロキから電話で何度か質問を受けたことがあり、シゲも、原稿段階で、この作品についての意見を求められ、かなり力を入れて読んでいた。

　急に懐かしくなって、彼女は、ガンの思い出と重ねながら、小説の内容を思い返した。シゲが手にしている本には、ところどころ付箋が挟んである。

　本の表紙には槍を持って白馬にまたがるドン・キホーテが、はるか彼方の満月に照らし出された高山の前の紫禁城を望んでいる絵が使われている。白馬に乗ったドン・キホーテと中国の権威の象徴ともいうべき紫禁城

の組み合わせも奇異だが、白馬の目が描かれていないのも奇妙である。どうやら白馬は盲目のようである。

　この「陳警部事件シリーズ」の主人公・陳操（ちんそう）主任警部は、いうなれば、一党独裁下の中国社会に送り込まれた著者・チュウ氏の分身であり、上海警察本部の党筆頭副書記（ナンバー・ツー）、上海市党委員会委員（党幹部）、上海作家協会理事（めっぽう英語のよくできる詩人）の三つの顔を持っている

　彼は、シャーロック・ホームズやエルキュール・ポアロほど並外れた頭脳の持ち主ではなく、肉体的にもスーパーマンには程遠く、疲れれば風邪を引いてしまう普通の人間である。彼の強みは、その高潔な人間性と心の優しさゆえに周囲の人々の善意が自然に集まってくることで、それが事件解決の大きな推進力としてはたらく。併せて、詩人特有の直感（インスピレーション）も彼の重要な武器である。

　レイモンド・チャンドラーの推理小説に登場するフィリップ・マーロー探偵は、自分の職業が危険を伴うものなので、独身を貫くが、陳警部も、すでに中年に達した年齢であるが、未婚である。彼が身を固めてくれることが、年老いた母の一番の願いであるが、なかなか願いは叶わない。この第9作でも、漣萍（れんぴょう）という知性と美貌を兼ね備えた年ごろのマドンナが登場して、二人の間にほのかな愛が芽生え、周りの人たちも、なんとかそれを成就させようと世話を焼く。

　実は、この二人の愛が作品全体を貫くテーマの一つとなっていて、それを軸に、わずか2週間余りの間に移り変わる微妙な女性心理を描写しながら、物語は展開していく。

　また、陳警部は人情味の溢れるヒューマニストでもある。その点では、あのピーター・フォークが演じる楽しいキャラクターのコロンボ刑事にも似ている

　──「ユーモアや愛嬌の面では、陳警部よりも、むしろ夫のガン刑事のほうがコロンボ刑事に近いのではないか」と、シゲは思った。

　ホームズには医師のジョン・ワトソン、ポアロには元中尉のアーサー・ヘイスティングズという相棒役が存在するように、陳警部にも兪公明（ゆこ

うめい）という相棒がいる。彼は陳警部が率いる特別事件科の刑事で、多忙な陳警部の補佐役でもある。

　ところが、この第9作の『中国のエニグマ』では、兪刑事は、メインの流れにあまり関係ない場面で数回、登場するだけである。兪刑事に代わって、この作品で重要な相棒役を果たすのは、殺人課の魏（ぎ）という腕利きのベテラン刑事である。

　その理由は、この小説を途中まで読み進めば、判明する。

　この腕利きの刑事は、ある共産党幹部の縊死（いし）事件の担当に任じられ、陳警部は、科は異なるが、その事件の特別顧問として、魏刑事の上司の立場に就く。

　魏刑事は、その捜査中に、何者かによって、交通事故に見せかけ、殺害されるのである。

　もし今回、兪刑事が魏刑事の役割を担って、殺害されてしまえば、この陳警部シリーズの以降の作品は、相棒役がいなくなり、いわば、ワトソン不在のシャーロック・ホームズの探偵小説になってしまう。だから、ここでは兪刑事以外の人物を新しく相棒役に持ってくる必要があったのだろう。

　この作品の冒頭には、この種の小説には珍しく、こんな献辞が付されている。

本書を中国のネチズン（網民）に捧げる。
彼らは、その権威的管理下にもかかわらず、
サイバー空間で、他の領域ではとうてい不可能な、
同国の市民権を求めて闘っている。

　物語は、上海作家協会のホールで講演を聴いている陳警部の場面から始まる。

　講演者は上海社会科学院の法律学研究教授の堯基（ぎょうき）で、講演のテーマは「中国のエニグマ」である。

　「エニグマ」とは、「不可解なもの、謎めいたもの」という意味だが、その言葉を聞いて陳警部は、かつてスペインのマドリードで見た一枚の絵を思い出す。

　それは、シュルレアリスムの代表的画家サルヴァドール・ダリが描いた

『ヒトラーのエニグマ』という絵であった。その絵には、立ち枯れた木、空っぽの皿の上の破れたヒトラーの写真、壊れて涙を垂らした巨大な受話器、そして、コウモリ傘の背後に、影のような人物が描かれていた。

電話の受話器をインターネットの端末機器に置き換えれば、それらが現代の中国社会を暗示しているように陳警部には思えたのである。

講演が終わり、陳警部が上海作家協会の中庭を散策し、池のほとりで一人の女性作家と雑談しているとき、向こうから若い女性が、軽快な足取りでやってくるのが見えた。

真っ赤なシルクのジャケットを身につけ、大きく見開いた目には、「春のさざ波」が揺れていた。古い掛け軸から脱け出てきたような優美な女性であるが、なぜか彼女は最新型のカメラを携帯していた。

これが、この作品のマドンナ・連萍と陳警部との最初の出会いである。彼女は「文匯報」（ぶんわいほう）の記者であった。同紙は党の財政支援を受けている上海の有力紙である。

連萍とは「さざ波と浮き草」との意味だが、実は、彼女の本名ではない。本名（幼名）は李莉（りり）である。この物語は最後にどんでん返しがあるが、この本名が予期せぬ結末のカギを握っている。

二人があいさつを交わしているとき、陳警部の携帯電話が鳴る。

上海警察本部トップの李国華（りこくか）党書記からであった。「周健（しゅうけん）という上海住宅開発委員会の理事長が、昨夜、ホテルで首を吊った」というのである。

周理事長は、2週間ほど前、「人肉検索」の標的にされ、数多くの汚職が暴かれ、党規律検査機関による「双規」（そうき）に付されて、取調べを受けていた。

その「人肉検索」の発端となったのは、あるウェブフォーラムに投稿された1枚の写真であった。その写真には、その周理事長の席に置かれた超高級タバコ「九五之尊（きゅうごのそん）」が写っていた。このタバコは1カートンが、当時の中国の公務員の月給をはるかに超えるもので、一介の公務員がなぜそんな高級タバコを吸うことができるかということになり、「人肉検索」が始まったのである。

「人肉検索」とは、本来、警察が行なう人物調査を、多数の網民（インター

ネット・シチズン）が、人海戦術で行なう調査である。「人肉」の肉とは、そうして集めた情報によって個人の人物像を「肉づける」という意味である。

　「双規」は、党の規律検査機関が行う超法規的な勾留で、警察権の及ばない領域である。名称の原義は「二つの規定」で、犯罪または汚職の容疑をかけられた党官僚を、党が定めた「特定の場所」（第一の規定）に、「特定の期間」（第二の規定）だけ勾留することができるというものだ。

　李党書記は、この事件については、殺人課の寥（りょう）課長とベテラン刑事の魏が捜査に当たるが、さらに陳警部を特別顧問として捜査チームに加えると伝えてきた。

　物語は、二つのエニグマの真相を求めて展開する。

　一つは、前述の「人肉検索」の発端となった写真を墨竜（ぼくりゅう）という青年が運営するウェブフォーラムに投稿した人物の割り出しである。

　この写真は、「飛馬（ひば）」というネットカフェのコンピューターから送られたことは簡単に突き止められたが、極めて巧妙なやり方で送信されていて、当局の専門家も、結局、袋小路に突き当たってしまい、投稿者の真相は解明されないまま、最後まで進む。

　党の幹部がこうした「人肉検索」の標的になり、その悪事や腐敗が暴かれていくことは、党のイメージを傷つけ、国家の安定を揺るがしかねない。そこで、この問題の解決のため、北京の国家安全省から盛（せい）というコンピューターが専門の捜査官が上海に派遣されるが、彼もやはり手詰まり状態になる。そこで彼は、有効な情報を得るため、陳警部を自分の滞在しているホテルの部屋に招くのである。

　二人の間で、こんな会話を交わされる。

「陳主任警部、そちらの捜査では何か新たな進展がありましたか？」と盛は、ついに核心を突いてきた。

「そうですね。『盲目の馬に乗って、闇夜を底知れぬ湖に向かっている盲目の男』というところです」と陳は答えた。

「さすが、著名な詩人だけあって、言うことが〝詩的誇張〟に溢れていますね！」

実は、邦訳版の表紙に使われている紫禁城を望む湖畔で白馬にまたがるドン・キホーテの図案は、この陳警部の言葉から着想を得ている。陳警部が「盲目の男」と言ったとき、彼がどんな人物をイメージしていたかは、最終章（26章）で明らかになる。

　もう一つのエニグマは、周健の縊死（いし）である。

　はたして自殺なのか、それとも犯罪のからんだ他殺なのか？

　「保身の権化」ともいうべき上海警察本部トップの李党書記は、空気を読むことに長けた"忖度（そんたく）人間"で、最初から「結論ありき」で、「自殺説」である。

　この事件のために殺人課のトップとベテラン刑事を担当に就け、さらに特別顧問として陳警部まで引っ張り出す物々しい体制を敷くが、それは世間を納得させるためのジェスチャーに過ぎない。

　ところが、担当に就いた魏刑事は、空気など意に介さない、まさに"職人気質（しょくにんかたぎ）の塊"のような人物である。しかも陳警部も舌を巻くほどの腕利きで、刑事としての鋭い嗅覚で、すぐ犯罪の匂いを感じとり、どんどん真相に迫っていく。

　「双規」の取調べは、上海でも有数の高級ホテルであるモラー・ヴィラ・ホテルの一室で行われていた。その取調官の任に当たっていたのは、江克（こうこく）という上海市政府副局長と党規律検査委員会の劉徳華（りゅうとくか）の二人である。

　もし自殺説に立つならば、上海の住宅建設委員会理事長にまで昇りつめながら、突如、「人肉検索」に曝されて社会から非難され、人生に絶望したから、との動機は成り立つ。

　では、他殺説に立った場合はどうか。まず動機は何か。周健はその立場上、利害が衝突し、彼に恨みを持つものは多く存在する。しかし、「双規」にかけられ、社会から追放されそうな者を、大きな危険を冒してまで殺す必要があるだろうか。

　また、たとえ動機が成立したとしても、党が管轄して出入りを厳重にチェックされるホテルの部屋に入って、自殺に見せかけた形で縊死させることなど、物理的に可能だろうか。

　他殺説に立った場合、犯人として一番、可能性が高いのは、やはり二人

の取調官である。

　事件発生から数日後、陳警部は疲労が重なったためか、体調を崩して発熱し、週末から月曜日にかけ自宅のベッドに横たわっていた。

　捜査を開始して１週間後の火曜日の朝、そんな彼に思いもかけないニュースが飛び込んでくる。魏刑事が前日、交通事故に遭い、死亡したというのだ。

　場所は、モラー・ヴィラ・ホテルに近い交差点付近で、魏刑事の妻によると、彼はその日の朝、正装して家を出た。おそらく、刑事とはわからない服装で、このホテルに行こうとしていたものと思われる。

　ここから、物語は俄然、緊迫度を増す。それまでは、周の縊死事件は、陳警部にとって、さほど重要なものではなかった。たとえ、それが他殺であったとしても、所詮は悪人たちの仲間割れの域を出ない事件だからだ。

　しかし、部下の刑事が死亡したとなると、話は違ってくる。おそらく魏刑事は、他殺であるとの証拠となるものに手が届く寸前まで捜査を進めていたのではないか。そのことに気づき、脅威を感じた者たちが、捜査を阻むために卑劣な手段に出た可能性が高い。

　陳警部の胸には、「なんとしても魏の無念を晴らさずにはおくものか！」との怒りの炎が赤々と燃え上がる。彼はまだ熱っぽく、体調は完全ではなかったが、その日の朝からすぐ全力で捜査を開始する。

　現場に向かう途中、彼は上海作家協会に立ち寄り、守衛の包（ほう）青年と出会う。
「陳先生、きょうは、摘んだばかりの信陽茶があるのです。一杯、いかがですか？」

　包は陳を呼び止め、守衛室に招き入れる。そして、独特の香りが立ちのぼる緑茶を差し出すのである。

　──シゲは、このくだりを読んで、「信陽茶」が中国で有名な銘柄であることを初めて知った。２章で触れた中国人観光客とライターの話だが、ガンはサービスエリアで働いていて、ゴミ箱にライターを無造作に捨てた中国人観光客を見て注意したら、その中国人は感情を害すどころか、かえって感謝し、一箱の茶をガンにプレゼントしてくれた。

ガンが家に持ち帰った箱には「信陽茶」と印刷されていた。その時は、単なる中国茶との認識しかなかったが、それが小説に出てくるほど有名な銘柄であると知り、彼女は少なからず驚いたのである。

魏刑事が“事故”に遇った現場は、陝西路（せんせいろ）と威海路の交差点の近くだった。

事故を担当した交通警官によると、彼は陝西路から折れて威海路に入り、東へ歩いているときに車に撥ねられた。彼を撥ねた車は茶色のSUV（スポーツ用多目的車）で、この車は現場から威海路を1ブロックくだった道路脇に駐車していた。そのSUVは、突然エンジンをかけ、西に向かって急発進し、魏刑事を撥ね、逃走したというのだ。

陳警部は、事故現場近くの麺の屋台に立ち寄り、客を装って、店主から、その日のことを聞き出す。店主の話は、先の交通警官の報告とほぼ一致していた。

「茶色のSUVでした。それがあそこの角で男を撥ねたのです。

運転していた奴の落ち度だね。ベロベロに酔っていたにちがいねえ。この辺で停まっていたのはあの車だけでした。2時間は停まっていたでしょう。

最初に気が付いたのは、10時半ごろで、あっしが、ちょっと休みをとったときです。運転手は車内で仮眠しているようでした。

あそこで2時間も寝たあとで、なんで泥酔しているわけがあるのだろうと、今になって思うんですがね…」

屋台をあとにした陳警部は、もう一度、事故現場のほうに歩きながら、上海警察本部の李書記に電話を入れる。こんな会話が交わされる。

「陳主任警部、何か新しいことが判ったかね？」
「私から伝えることは特にありません。ところで、きのう、魏は党書記に連絡をとりましたか？」
「昨日か一昨日、電話してきた気がする。魏はいい同志だったな」
「当日の自分の予定を何か言ってなかったですか？」
「いや、何も言ってなかった。経過報告をしてきたまでだ。陳主任警部、この事

件の特別顧問は君だぞ。私じゃないぞ！」

　李の話し方は、どこかあいまいで、用心深く、イライラしているようであった。

　李党書記は、その後、「魏刑事の死は公務中の事故と認めるわけにはいかない。彼はあの近くの夜間学校で学ぼうと考え、その下調べに行ったのではないか」と主張する。

　魏の死亡に犯罪が絡んでいるとなれば、周事件をめぐる状況はいっそう複雑化し、党の利益を損ねかねないからだ。さらには、党の上層部に魏刑事の行動予定を忠実に報告していた自分に捜査の矛先が向けられる可能性も出てくる。だから、魏刑事の死は「公務外の事故」として処理することが、自分を守るためにも一番の得策なのだ。

　だが、もし魏刑事が単なる事故で死んだのであれば、公務災害補償金は出ない。これについては、当然、陳警部は抗議する。魏の妻は病気がちで、現在、失業中であり、ひとり息子は、まだ中学生である。

　だが、李党書記はこう回答する。

「規則は規則だ。あの時、彼が交差点にいたのは事件捜査のためだったことを証明できなければ、警察本部としては公務災害補償金を出すわけにはいかない！」

　──このくだりを読んだとき、シゲは、かつてガンを退職に追い込んだ警察署長のことを思い出し、やるせない気持ちになった。

　「どの時代、どこの世界でも、保身に汲々として、部下への配慮など眼中にない無慈悲な上司はいるものだ…」

　ここまで来ると、第二のエニグマ、つまり周の縊死事件の全貌がほぼ明らかになる。

　これは他殺であることは、ほぼ間違いない。その延長線上に、捜査に当たった魏刑事の死という痛ましい事件が起こったのである。

　ところが、捜査を続ける中で、陳警部は、もう一つのエニグマが存在していることに気づく。江たちは、必死に何かを探しているのだ。

その後、彼らが捜しているものが極めて重要であることを示唆する出来事が起こる。

それは、周理事長の元秘書・方芳（ほうほう）の失踪であった。

突然、江から陳警部に、興奮した声で、こんな電話が入る。

「陳主任警部、方が姿をくらましてしまったのだ！」

陳警部は、その秘書については、魏刑事からの報告で、彼女が周のプチ秘書（愛人秘書）であることも知っていたが、彼女には犯罪の動機がないとの理由から、彼としては今回の縊死事件の容疑者からは除外していて、今まで一度も会っていなかった。

しかし、市政府の江取調官らは、彼女を何度も執拗に事情聴取をしていて、彼女はその過酷な追及に耐えかねて失踪したようだ。

江はさらに、こう付け加えた。

「彼女を今の職場に入れたのは周だ。彼女は英国に３年間留学した。今も有効なパスポートとビザを所持していて、英国やヨーロッパに行くことができる。彼女が国外に脱出するのを防がねばならない。すでに税関には連絡し、彼女の写真も送ってある」

まるで、彼女が国家機密を持ち出して国外逃亡をしたかのような騒ぎようである。

たしかに彼女は、周の隠された悪事について多少のことを知っていたかもしれないが、どう考えても、江がパニックに陥るほどのことではないはずだ、と陳警部は思った。

だが同時に、彼女が極めて危険な状況にあることは事実である。江たちは、自分たちの探している物の情報を得るためには、どんな手段でも使える立場にあり、最悪の場合は、彼女が上司の周と同じ運命をたどる危険性があるからだ。

陳警部は、ふと思いついて、急いで書類カバンからフォルダーを取り出した。魏刑事の調査報告書である。ぱらぱらとページをめくると、こんなことが書かれていた。

昨年、周健理事長は紹興 (しょうこう) を２回、訪問。彼は紹興生まれで、七歳までそこで暮らしたあと、父親の転勤で上海に移った。それから昨年まで、周は一度も故郷の紹興を訪れたことはなかった。

　魏刑事が集めた情報は極めて詳細だった。周がここ数年に出かけた旅行の日程、行き先、目的、面会した地元の党官僚や自治体の役員たちの名前がすべて記されていた。

　ところが、紹興訪問だけは日程も面会者も記載されていない。つまり、彼は何か表には出せない個人的な用件で紹興を訪れたと考えられるのだ。

　書類フォルダーのなかに１枚のメモが入っていた。そこには「紹興には周健名義の不動産は一件もない」と書かれていた。

　この報告書を読み、陳警部は、これといった目算があるわけではなかったが、とにかく紹興に行こうと決める。

　ちょうどよいタイミングで、前日、漣萍から電話で、紹興で「文学フェスティバル」があり、彼女が新聞記者として招待されているので、もし可能なら、詩人の立場で一緒に出席してくれないかとの誘いがあったばかりであったのだ。

　これからの捜査は、ますます危険になるから、魏刑事の二の舞を踏まないよう慎重を期す必要がある。陳警部は、今回の紹興行きの目的を「文学フェスティバルへの参加」とし、その旨を李書記に連絡を入れる。

　そして翌朝、上海を出発し、紹興に向かう。紹興は、列車で１時間ほどのところである。列車の中で彼は、紹興警察本部の湯 (とう) 刑事に電話を入れる。

「悪いが、亡くなった周理事長の二度の紹興訪問や、その際に連絡を取った人物などの情報を集めて、紹興駅まで持って来てくれないか？」

　湯刑事は数年前、困難な事件を抱えていたとき、陳警部に助けてもらい、事件を解決したことがあり、陳警部に恩義を感じていた。

　陳警部は、紹興駅で湯刑事と落ち合い、彼の用意した資料に基づき、周が二度の紹興訪問で会った人物への聞き込み調査を開始する。

　その結果、それが「故郷に錦を飾る」類いのものであったこと、また、

女性秘書が一緒であったとの話も聞き出すことができた。その秘書とは、方芳であっただろう。

　さらには、周が紹興での住宅価格は依然として低いことを話題にしていて、東湖の近くの別荘の話をしていたとの話も聞き出すことができた。

　そこで、陳警部は湯刑事に電話し、こう依頼する。

「方芳の名義で。場所は東湖の近く。物件は別荘だと思う。おそらく昨年に取引が行われているはずだ」

　そのあと、陳警部が「魯迅故里（ろじんこり）」からあまり遠くない脇道を歩いていると、白い顎鬚を蓄えた学者風の行商人が彼を呼び止める。

「紹興の書の掛け軸はいかがかな？　魯迅の詩だよ！」

　掛け軸の書は、雄渾な書体の七言絶句の詩だった。

「悼楊銓」　　　　「楊銓（ようせん）を悼む」

豈有豪情似旧時　　どうして往年の情熱を取り出すことができようか
花開花落両由之　　花が咲こうが散ろうが　もう気にならなくなった
何期涙灑江南雨　　誰が思ったであろうか　江南の雨の降りしきるなか
又為斯民哭健児　　また　祖国のため　命を捧げた若者に涙する私がいようとは

　これは魯迅が、1933年に暗殺された友人の楊銓（楊杏仏）に捧げた詩である。陳警部は、この掛け軸を魏刑事の思い出として、自分の執務室の壁に飾ろうと決める。

　彼がひと休みしようと、近くの居酒屋に入り、黄酒を注文して思いに耽っていたとき、湯刑事から電話がかかってくる。

「主任警部、方芳の名義で登記されている物件がありましたよ。魯迅故里の近くです。

　住所をメールで送ります。その別荘には、2、3日前に女性がやってきて、滞在中とのことです。おそらく、方芳でしょう」

8 章　花彫酒 (はなほりざけ)　151

　別荘の住所は魯迅故里から 2 ブロックほど離れたところだった。陳警部はそこに出向く。

　すぐ近くには、「孔乙己 (こういっき) 酒店」があった。それは魯迅の小説『孔乙己』に出てくる居酒屋「咸亨 (かんきょう)」とは様変わりした、モダンなレストランだった。

　彼はレストランに入り、そこの個室を注文する。そこでメモを入れた封筒と寛大なチップをウエートレスに渡し、その封筒に書かれた住所の人に届けてくれるよう依頼する。

　メモにはこう書かれていた。

私が何者か心配しなくていい。
あなたがトラブルに見舞われていることを承知しており、あなたを助けたい。
今、私がいるレストランまでお出かけください。
個室101です。お待ちしています。

　20分ほどして、方芳が個室にやってくる。彼女は陳警部を信頼し、自分の家族のことなど詳しく話し、こんなことまで打ち明けた。

「ある日、理事長が私に話してくれたのです。彼が私に好意的なのは、昔、彼が私の家の近くに住んでいたころ、私がとても彼に優しかったからだというのです。彼が身も心も落ちこんでいた青年時代のある日、まだ幼かった私が、彼にすてきな笑顔を向けたらしいのです。

　そのころは、彼は近くの生産工場で日給 1 元にも満たない安賃金で働いていて、全く光の見えない真っ暗なトンネルの中のような人生だったと言っていました」

　彼女は、そのあとも、いろいろと話しつづけた。だが、目新しいことは、何も出てこなかった。陳警部には、彼女が知っていることすべてを話してくれたとは思われなかった。

　そこで、「彼女が心の中で依然として閉ざしている部分をこじ開けなければならない」と考え、彼は、前述の周事件の発端となったウエブフォーラムの運営者の墨龍からもらった封筒を取り出して、彼女に手渡す。墨龍は、ハッカーとしても凄腕であった。

封筒には、住宅開発委員会のオフィスの一室で彼女が周と秘め事をしている露わな姿を隠し撮りした写真が何枚も入っていた。

　陳は、それらの写真が住宅開発委員会ナンバー２の蕩（とう）副理事長のコンピューターの中にあったものだ、と彼女に明かす。

　その時ようやく、彼女は、これと同じ写真が自宅のポストに送られてきたこと、そして、その同じ日に江取調官と彼の部下たちがやってきて、「協力しないなら、取り返しのつかないことになるぞ」と脅したこと、また、その夕方には、蕩副理事長から、「いい加減にあきらめたらどうだ。もし、言うとおりにしなかったら写真を公表するぞ」と責められたことを、陳警部に打ち明けるのである。

　これによって、重要なことが明快になった。それは、江取調官らが彼女に圧力をかけているのは、周理事長に不利となる証言を引き出すためではなく、周が彼女を信頼して渡したと思われる何かを彼女から取り返すためだったのだ。

　彼は、彼女のために用意した携帯電話を渡し、しばらくは両親を含め、知人への電話は控えることなど、細かな注意事項を伝えたあと、最後にこう言う。

「その間に、何か理事長のことや彼が残した品物について思い出したら、どんな些細なことでもいいから知らせてほしい。私の携帯電話の番号を教えておきます。

　しかし、電話をするときは、必ず公衆電話から、それも、この近辺ではないところからするんだよ」

　その日の夕刻、陳は漣萍と一緒に、書聖と称された王羲之および南宋第一の詩人・陸游とそれぞれゆかりのある蘭亭と沈園（しんえん）を訪れ、短時間、二人だけの時間を過ごす。

　二人が沈園にある歌碑の近くの東屋で話しているとき、突然、陳警部の携帯電話が鳴る。

「ごめん。どうしても出なくちゃいけないのだ。華東病院の医師からなのだ」と言って、彼は立ち上がり、東屋の外に出て、彼女から少し離れたところで話し始める。

この華東病院の医師とは、侯滋東（こうじとう）である。華東病院は党幹部らも使う超高級病院であるが、侯は同病院の院長でもある。かつて彼は前途有望な若手医師として期待されていたが、ある時期にCIA（米中央情報局）と関係があるとされる米国人医師と接触したことから、いつのまにかブラックリストに載せられてしまっていた。その時に、陳警部が、得意の英語力を駆使して、侯医師の嫌疑を晴らしてあげたのである。

そのことに恩義を感じている侯は、陳の役に立つことがあれば、いつでも喜んで行動に移した。前述の墨竜の母が、肺がんで早期入院が必要なことを知った陳が、電話で格別の配慮を依頼した際も、侯は二つ返事で引き受けた。

墨竜が、陳警部のために、そのハッカーの能力を使って蕩副理事長のパソコンに入り込み、前述の周理事長と方芳の秘事写真を入手したのは、その恩返しでもあったのだ。

だが、侯医師が、この時に陳警部に伝えてきた内容は、ここでは読者に明かされない。

そのあと、陳警部は漣萍と一緒に魯迅故居での「文学フェスティバル」の夕食会に出席する。そして、彼は一人、その夜、紹興のホテルで一泊して、翌日、早朝の列車で上海に戻り、そのまま警察本部に出勤し、その日の午後、前述の国家安全省の盛捜査官のホテルを訪ねるのだ。

ここから事態は急展開し、一気に終結へと向かう。

盛捜査官の部屋で話しているとき、盛の電話が鳴る。陳警部が立ち上がり、タバコを吸おうとバルコニーに向かって歩き始めたときである。

電話で話している盛の口から、「方」という名前が出てきた。さらに断片的に「紹興、もしくは紹興のちかく…公衆電話…彼女の両親は何も知らない」などの言葉が聞こえたのである。方芳には、両親に電話をするのは危険なので控えるように言っておいたのだが、やはり彼女は、孤独に耐え切れず、電話をしてしまったのだ。

陳警部は、盛捜査官と別れてホテルを出ると、すぐ公衆電話ボックスに入り、方に、こう伝える。

「両親の電話は盗聴されているのだよ。もう当局は君の所在が紹興だと絞り込ん

だ。だから、その別荘にたどり着くのは時間の問題だ。即刻、そこから移動しなければいけない」

　だが、この時の電話の最後に、方は「周理事長に関して、実は、あることを思い出したのです」と、いきなり話し出した。そして、周が「双規」取調べに連行される前夜および当日の朝の様子を詳しく陳警部に打ち明けるのである。

　その話には、江と彼のチームが理事長室を捜索して、コンピューターや書類を含め、洗いざらい押収していったこと、さらには、その1週間後、ちょうど周の縊死事件の直後に、再びやってきて、そこを捜索したことなどが含まれていた。

　陳警部が特に興味を惹かれたのは、周が「双規」取調べに連行される前夜、彼女を理事長執務室の奥にある小さな寝室に呼んで、「舞を舞って欲しい」と要望したことであった。

　あの楚の項羽が、漢の劉邦との最後の決戦となる「垓下（がいか）の戦い」に出陣する前、寵姫（ちょうき）の虞美人に宮廷の舞を舞うように所望した話を思い出したからである。

　虞姫（ぐき）は舞を舞ったあと、楚王の足手まといにならないように自害するが、その時に流れた血が、のちに虞美人草（ヒナゲシ）になったとの伝説がある。

　きっと周は、楚王と同じく、破滅の運命が近づいていることを知りながらも、それに身を委ねることを拒んだのだ。あの晩、周は、完敗から自分を救ってくれるはずの何かを手に持って、楚王のように最後まで徹底抗戦するつもりでいたのではないだろうか——。

　そこで、陳警部は、理事長室、なかんずくそれに隣接している寝室に行ってみようと思い立つ。そこはすでに徹底的に捜索されていたから、何か決定的な手がかりとなるものを発見できるとは考えられない。だが、彼はそこに行って、何かをしなければならない衝動に駆られるのである。

　その日の午後遅く、陳は上海市政府ビルに行き、午後5時半になるのを待って、エレベーターで住宅開発委員会のオフィスがある5階まで昇る。

8章　花彫酒 (はなほりざけ)　155

　彼は部屋の隅々を探しまわるようなことはしないで、いきなり隣接している寝室のドアを開ける。部屋の中にはレザーの回転椅子があった。
　彼はそこに座って、あの夜、この椅子に座っていた周の心の中を想像してみた。
　しかし、いくら努力しても、踊りを舞う方の姿ばかりが心に浮かんできた。おそらく、これが最後になると悟った虞美人が、自害する前に王のために舞を舞う物語はあまりにも劇的で、その残像を振り払うことができなかったからだろう。
　彼もまた、あの夜の周のように、タバコを吸いたくなり、タバコを取り出すが、ライターがないことに気づく。玄関の検問ゲートのところに置き忘れてしまったのだ。
　何気なく部屋を見渡すと、机の上に鮮やかな赤色のライターがあった。松明のような形で、「一点の火が大草原を焼き尽くす」との毛語録からの言葉が金文字で刻まれていた。
　彼は、そのライターを手に取り、火を点けようとする。だが、発火しない。さらに力を込めて試みたが、やはり点かなかった。
　「これは"室内禁煙"のお告げかな？」と彼は肩をすくめ、再び、どっかと回転椅子に腰を落とす。そして、「周理事長は、何だって使い物にならないライターを執務室に置いていたのだろう…」と、独り言をつぶやく。
　その時、直感めいたものが閃くのである。彼は立ち上がり、机の上にライターを置き、ポケットから愛用のスイス・アーミーナイフを取り出し、ライターの底をこじ開ける。
　底の蓋がポロリと落ちて、中に物体が見えた。それは、燃料用のブタンのガスだめではなく、なんとフラッシュメモリー（記憶装置）であったのだ。
　ついに、行方の知れなかった決定的な物件が現れたのだ。これこそ周が残した秘密情報であり、江らが恐れ、必死に追いかけていたものであったのだ。
　――このくだりを読んで、シゲは、また、あの中国人観光客がサービスエリアでゴミ箱に捨てたライターと一箱の「信陽茶」の話を思い出した。「ここでも、やっぱり、ライターが重要な役割を果たすのね！」と、不思

議な一致に思わず彼女の頬が緩んだ。

　この時点で、陳警部にとって、周の縊死事件から始まる一連の事件は、その真相がすべて明らかになる。だが、まだ読者には語られていない事柄がいくつか残っている。

　一つは、周の破滅をもたらした「人肉検索」の発端となった高級タバコ「九五之尊」の写真を墨竜のウェブフォーラムに送った人物は誰であったかである。

　また、沈園で漣萍とランデブーを楽しんでいたときに侯医師からかかってきた電話の内容は何であったのか。さらには、読者が最も楽しみにしているのは、わずか2週間余り前に陳警部と漣萍との間に芽生えたロマンスの行方ではないだろうか。

　これらは、最後の3章（24、25、26）で明らかにされる。

　24章は、こんな場面から始まる。

　漣萍は陳警部からの誘いを受け、上海の高級レストランの優雅な個室で彼を待っている。窓からは、東シナ海に面した呉淞口（ごしゅうこう）を出入りする船舶も一望できる。

この数日の間に信じられないほどの大きな出来事が起き、彼女（漣萍）の心は揺れ動いていた。それが間違いなく起きたことを証明する確固たる証拠が一つあった。

　彼女の指に輝いているダイヤの指輪である。向からプロポーズされ、それを受け入れたのだ。

　向は、大手不動産企業グループ「紫城」の総帥の息子で、漣萍はしばらく彼と交際していたが、彼は深圳（しんせん）に出張したまま、この1カ月ほど全く連絡もなかった。ところが、先日、上海に戻ってきて、いきなり彼女に求婚したのだ。

　その時、漣萍が待つ個室に、党員の制服を着た陳警部が、笑みを浮かべながら現れる。

「遅くなって、ごめん。市政府との話し合いが思ったより時間がかかったんだ。着替える間もなくってね」

　二人の会話が始まったあと、彼女はすぐ、向からプロポーズされたことを陳警部に打ち明ける。だが、その時の陳警部の表情は、彼女には判読不可能で、彼女が予想していたいずれの反応（落胆または安堵？）とも違っていた。その理由は、あとで明らかになる。

　その直後、このレストランのオーナーで、「新世界グループ」の会長でもある顧が部屋に入ってくる。彼もまた陳警部に恩義を感じている一人である。

　顧会長は、陳警部と漣萍が結ばれることを願っていて、二人に慇懃にあいさつしたあと、陳警部のためになるのではないかとの思いから、漣萍に向かって一気に話し始める。

　まず、彼の運営する「新世界」が大成功したのは設立当初の米国投資家からの融資のおかげであり、それを可能にしたのは、陳警部が「新世界」の事業計画を見事な英語に翻訳してくれたからであること、また、先月、華東病院に入院していた陳警部の母に自分が見舞金として渡したギフト券（2万元）を、陳警部はそっくり魏刑事の未亡人に贈呈したこと、さらには、向が総帥を務める「紫城グループ」は経営が行き詰まり、破産寸前の状態に陥っていて、先日、向が彼に緊急融資を頼んできたなどの裏情報まで、滔々と語るのである。

　次の25章では、顧会長が去り、二人きりになった部屋で、陳警部は漣萍を相手に今回の一連の事件の謎解きを始める。

　まず、二人が沈園にいたとき、突然、華東病院の候医師からかかってきた電話の内容を打ち明ける。実は、彼は本気で漣萍との甘い未来も考えていたが、この電話で、自身に大きな危険が迫っていることを知り、彼女を同じ危険な運命の道連れにしてはいけないと決めたというのである。

「君も知っているとおり、あそこに来る患者のほとんどは共産党の高級幹部で、ときには大金持ちの連中も来る。共産党の最高幹部専用の特別病棟もある。実は、あの電話があった朝、K医師は回診のため、強宇（きょうう）（上海共産党委員会第

一書記）のいる特別病室に入った。

　K医師が、ちょうど診察を始めようとしたとき、強宇の携帯電話が鳴り、強宇は電話の応対のためバルコニーに出た。K医師は、部屋の中で待っている間、ファックス機の横に紙が一枚、むき出しのまま置かれているのに気が付いた。驚いたことに、そこには僕の名前が書かれてあったのだ。その文書は、強宇の提案書であり、僕を上海警察本部の現在の職責を解任し、北京の全国人民代表者会議の広報責任者に任命するというものだった。

　しかし、その新しいポストは飾りにすぎない。彼らにとって、まずこうしておいて、そのあと僕を完全に消し去るのは、いとも簡単なことだ」

　そのあと、陳警部は、魏刑事の交通事故死の真相について語り始めるが、その時、ウエートレスが部屋に入ってくる。

　そこで陳は、紹興酒の「花彫酒（はなほりざけ）」を注文する。

　ウエートレスが十八年物の花彫酒の壺をテーブルに置いたあと、陳は花彫酒の民間伝承について語る。

「昔から、女の子が生まれると、そこの家では、紹興酒の壺を地中に埋め、何年もあと、その子がお嫁に行く日に、その壺を掘り出すんだ。まさに特別な酒なのだ」

　——シゲは、この民間伝承に強く心を打たれた。自宅の床下には、ガンの父ミツアキが生前に造ってくれた梅酒が一升瓶で３本、長年、保存してある。６年前、ガンが亡くなったあと、床下から取り出してみると、一番古いものは、もう飴のようになっていた。

　また、彼女は、〝十八〟という数字にも心を動かされた。六人の孫のなかで最年少のリリカは、その年、五歳であったから、彼女が、「鬼も十八、番茶も出花」といわれる娘盛りの十八歳になるのは2030年である。その年に、あの梅酒を取り出して、リリカのお祝いすることを一つの目標にして生きようと、その時、シゲは心に決めたのである。

　あれから、もう６年が過ぎ、あと７年である。その年には、シゲは、八十七歳で他界した母トモエと、ちょうど同じ齢になるのだ。

そのあと、陳警部は魏刑事の話に戻り、「これは周到に計画された殺人であるが、それを『事故死』に見せかけるには、多くの人的・物質的資源が必要である。だから、江取調官よりさらに強力な人物、つまり、具体的には上海市トップの強宇 (きょうう) 党第一書記が関与していただろう」と推理する。

　さらに、魏刑事の当日の行動予定を彼らに漏らしていたのは、上海警察本部の李党書記であったこと、ただ、李はこの陰謀に直接には関与しておらず、また、その情報がどのような結果を招くとは、彼にはわかっていなかったのだろうと推理する。

　また、周理事長の縊死事件については、陳警部はこう語る。

「周の住宅開発の不正取引は、彼の単独行動ではなく、もっと上の人物たちの後ろ盾を得てやったことであり、周は汚職仲間たちが自分を窮地から救ってくれると期待していたはずだ。

　だが、『人肉検索』が解き放った証拠内容はあまりに強烈だった。しかも、ちょうど北京の共青団派が上海閥を一掃しようと手綱を引き締めたときに、それが露呈されたため、汚職仲間の他の連中は周を見捨てざるを得なくなったのだ」

　そのほか、警備の厳重なモラー・ヴィラ・ホテルで、自殺に見せかけて縊死させることがどうして可能であったかなどの謎解きを終え、陳警部は、一息つく。

　「これで事件の真相が解明されたのですね。おめでとうございます！」と、漣萍が弾んだ声で言ったとき、

　「いや、まだすべての謎が解き明かされたことにはならない」と、陳警部は意味深な返事をする。そして、話はどんでん返しを含む最終章の26章へと移る。

　陳警部が語る謎解きの最後は、一連の事件の発端となった周理事長と高級タバコ「九五之尊」の写真を墨竜のウェブフォーラムに送付した人物が誰であったかである。

「僕がこれから話そうとすることは、この事件の一つの側面であるが、それは多

くの推測を含んでいるだけでなく、僕や君が知っている人たちをも巻き込むことになるかもしれない。それでも、今夜、その話をしたいと思ったのだ。ただし、警察官としてではなく」

　この「警察官としてではなく」の一言が重要となる。

「国家安全省をはじめ、捜査関係者たちは、社会的安定の維持の名のもとに、この騒動を起こした"厄介者"を処罰することに焦点を定めていた。しかし、この人物は頭がよく、結局、彼らは送信人物を割り出すことはできなかった」

　ここから、トーンが一変する。
「僕はただの語り部にすぎない。君もまた空想化された脚本に耳を傾けている聞き手にすぎない」と前置きし、彼は自分のことをC、漣萍をLと呼び、話を進める。
　それは、漣萍が受けるショックを少しでも和らげるための配慮であった。そして、こう結ぶのである。

「Cは、Lから来ていたEメールをネットカフェで受信しようとしたとき、偶然、ネットカフェに関する新規則に抜け穴があることを発見した。そこから、Cは、最初にあの写真を送った人物が、あろうことか、実はLにほかならないことを知り、唖然とした」

　そう言ったあと彼は、ネットカフェの利用者登録簿から切り取ったページの入った封筒を漣萍に手渡す。そのページには彼女の幼名「李莉」という名前が記されていた。
　つまり、漣萍こそが、一連の事件の発端となった「九五之尊」の写真を飛馬インターネットカフェから墨竜のウェブフォーラムに送付した人物であったのだ。

　すべての謎を解明した陳警部は、次にどんな行動に出るのだろうか。
　党幹部そして警察官としての彼は、捜査の進展状況を上司の李党書記または上海共産党規律検査委員会に報告する義務がある。その報告のなかには、当然、問題写真を投稿した人物（漣萍）の名前も含まれる。

さらに重要なのは、周理事長が残した上海市党第一書記の強宇一味の秘密情報を収めたフラッシュメモリーの扱いである。

　問題写真の投稿者については、彼の方針は最初から決まっていた。

　李党書記のように党の利益だけを考えるのであれば、その人物を捕らえて、見せしめに犯罪者に仕立てる選択もある。だが、彼は、墨竜や漣萍に代表される網民（ネチズン）の活動に共感し、見守っている立場である。

　陳は、漣萍が問題写真の投稿者であることは自分の胸に収め、逆に、唯一の裏付け証拠であるネットカフェの登録簿の彼女の本名が記されたページを彼女に渡したのである。

　もう一つ、周が残した秘密資料の扱いは、陳警部が最も悩んだ問題であったと思われる。常識的な選択は、それを北京の党中央規律検査委員会に提出することである。

　そうした場合、彼らはそれに基づいて行動を起こすかもしれない。しかし、それが彼らの政治的利益に適っていないと判断すれば、何もしないだろう。

　もし、そうなれば、魏刑事を“犬死に”させることになってしまう。

　そこで、彼は極めて困難かつ大胆な任務（ミッション・インポッシブル）を漣萍に託すのである。それは、この秘密情報を誰の仕業か分からない方法でネット上に流すことであった。ちょうど、彼女が高級タバコ「九五之尊」の写真を墨竜のウェブフォーラムに投稿したように――。

「漣萍さん、僕は君との友情を大切にしたい。そこで、君に一つ、お願いがあるんだ。もちろん、断ってもいいだよ」と前置きしたあと、こう語る。

「たとえ、僕のドン・キホーテ的な試みが、海底に音もなく沈んでいく岩のような結末になったとしても、必ず真実が明らかになるようにするためだ。卓越したネット技術の君なら、きっと、それを効果的かつ安全にできると思うのだ」

　それに対して、漣萍は、

「あなたが望むことなら、どんなことでもします」と、答える。

「それも、絶対に発覚しない方法でね。きっとだよ、漣萍さん」と、彼が念を押すと、

「任せてください。どうすればよいか心得ていますから」と、彼女は力強

く答える。

　だが、この任務は大きな危険をはらんでいる。もし失敗すれば、漣萍の人生の破綻を招くだけでなく、彼自身も反逆者の烙印を押され、警察官を含む、すべての社会的立場を失うことになるからだ。

　しかし、この任務の依頼は、陳警部の漣萍への深い信頼を示すものであり、さらには、この状況下で彼のできる、彼女への唯一の愛情表現であったのではないだろうか。

　そのあとの描写はこうなっている。

彼女は、そっと手を差し出し、彼の手を握った。窓から夜空の星影がカーテン越しに射しこみ、そのカーテンが一瞬、一度、たった一度だけ、さらさらと揺れた。キャンドルの灯りがつくる二つの人影が背後でゆらめいていた。
She reached across to clasp his hand. The starry night came streaming through the curtain that rustled once, and once only. The candle-projected shadows flickered in the background.

　さて、漣萍がその秘密情報をネットで流した結果はどうなるのだろうか。それについて、本作品は語っていない。

　本書発刊の2年後（2015年）、作者は、「ニューヨーク・タイムズ」紙のインタビューに答えて、こう述べている。

「上海のトップを務めて、のちに失脚した人物がいました。陳良宇 (ちんりょうぅ) です。彼は、私が『中国のエニグマ』の着想を得た一人です」

　陳良宇（1946―　）は、2006年に「社会保障基金の不正使用」などの嫌疑で、党委書記など上海市の一切の職務を免職され、2008年に、懲役18年を言い渡されている。

9章　ひなた

　シゲは、手にしていた『中国のエニグマと見果てぬ夢』を本棚に戻した。
　その本棚の同じ段に、父ナオおよび母トモエのそれぞれの七回忌に、子どもたちで費用を出し合って出版した2冊の文集が並べて置いてあった。（母の文集『万歳！　われらのトモエさん』については、すでに2章で触れた。）
　何度も読んだ文集であるが、また懐かしくなって、彼女は、その2冊を取り出した。
　発行日は、それぞれ2000年11月19日および2007年6月4日となっている。出版社名は、戦後の食糧難の時代に七人の子どもを貧困のなか必死に育ててくれた親への感謝を込め、「ななガキ出版」（七人の腹を空かした子どもたちの出版社）となっている。
　これらの文集は2冊とも次兄のヒロツグが表紙デザインと写真ページを担当した。
　その時ふと、昨年の春（3月22日）、八十歳で他界した次兄の嫁ミチコのことが心に浮かんだ。次兄は、その2年前の秋（10月29日）、同じく八十歳の生涯を閉じていた。
　ヒロツグは小学校に上がる直前、脊髄カリエスを患い、歩行が困難な身体になったが、その大きなハンディを乗り越え、誰も想像できなかった見事な勝利の人生を生き切った。それを可能にした最大の要因が妻ミチコの存在であったことは、シゲを含め、家族の誰もが認めるところである。

　父の文集『ナオさんの想い出』は、20年以上も前に出版したものである。その表紙には、奈良県の片田舎で一家が住んだ藁 (わら) ぶきの家の絵が使われている。トシオが描いた作品である。
　この質素な家が建った2年後の昭和26年（1951）、末っ子のトシオが生まれ、子どもは七人になっていた。大阪に移り住むまでの16年間、一家は、ここで暮らした。

シゲは、まず目次のページを開いた。次兄のヒロツグは「何でも叶えて
くれた、優しい父」のタイトルで手記を寄せていた。
　その手記のページを開くと、一家が移り住んだ四つの地域ごとに、「大
阪に居るころ」から始まり、「上之郷村 (かみのごうそん) 大字 (おおあざ) 和田（現・
桜井市和田）のころ」、「上之郷村大字笠（現・桜井市笠）のころ」、「大阪
市城東区のころ」まで、父ナオとの思い出が時系列でつづられていた。

[大阪に居るころ]
父は「さしもの大工」だったが、父の仕事が終わったあと毎日、自転車に乗せ
てもらって治療に通った。また、一日がかりで遠い病院に行ったことも何度か
あった。そんなことが、空襲の始まるまで続いた。

[奈良県の上之郷村・和田]
空襲で家族は父の田舎（和田）に移り、疎開生活が始まった。（中略）おやじは
頑固で短気な気性だったが、僕が病気のため床の中で、「痛い、痛い」と言って
泣いていたときも、暗い顔も、怒り声も出さなかった。今から考えれば、随分、
耐えていたのだと思う。

[奈良県の上之郷村・笠]
小学校３年生のころ、この地での生活が始まった。最初は母方の祖母の家（田畑）
の一室を借りて生活したが、のちに小さいながらも新築して我が家で生活でき
た。当初、飲み水は近所からもらっていたが、おやじは、飲み水を確保するため、
敷地内に井戸を掘り当てた。
　僕は体が不自由だったので、おやじは通学用に小学校から三段階にわけて、
スケート、三輪車、自転車と買ってくれた。
　「おやじは何でもしてくれる！」そんな印象が強かった。（中略）
　僕が原付自転車で弟のヒロキを乗せて桜井に行ったとき、長谷でお巡りさん
に捕まってしまった（無免許運転、二人乗りの乗車違反）。
　あとで奈良家庭裁判所に、おやじと一緒に行ったが、その時も、一言の文句も、
叱りの言葉もなかった。何処かへ遊びに行くような雰囲気だった。
　おやじが子供に怒った記憶としては、キヨシゲ兄が家で勉強していたら、「学

校で勉強して、家に帰ってまで勉強するな。家の用事をしろ！」と言って、よく兄を叱っていたことを覚えている。その点、僕は勉強嫌いで、学校にカバンを忘れて帰るくらいだったから、「勉強するな」と叱られることは、百パーセントなかった。

　おやじの建具職人の腕前に、僕は幼いころから憧れていた。「僕もおやじのような自慢できる技術を身につけたい！」そんな願望が脳裏から離れなかった。

　僕が中学校に通うころ、キヨシゲ兄が買ってくれたホームラジオ（五級スーパー）で、よく家族一緒にラジオ番組を聞いた。（中略）その後、僕もラジオに興味が湧き、部品を買ってきて、「高周波一段増幅五級スーパー」を組み立てた。その時、おやじは凄く喜んでくれた。

　僕が兄に買ってもらったカメラに興味を持って写真に熱中したときも、おやじは、やりたい放題させてくれた。その成果として、中学生のとき、読売新聞の「写真コンクール」の西日本の部で入選した。

［大阪市城東区］
キヨシゲ兄に学費を出してもらって大阪の難波にあった無線学校に行き、その卒業間際に、たまたま街の風呂屋で南無妙法蓮華経の信心をしている人に出会って、入信した。

　１年間、信心して自分で納得したから、家族を折伏しようと決めた。

　頑固なおやじは、ふたつ返事で入信してくれた。

　おやじは、この信心をしていることを誇りに思い、あまり話はうまくなかったが、自分の兄弟姉妹（ヒロツグの伯・叔父や伯・叔母たち）によく自慢げに語っていたことが記憶にある。

　この文集は、もう一つの母の文集もそうだが、シゲにとって不思議な本である。読むたびに、新たな発見と感動があるのだ。

　今回も例外ではなかった。兄のヒロツグは、文章を書くのはあまり得意でなかったはずだが、今、読み返すと、ハンディを背負った息子への父の無条件の深い慈愛と、息子の父に対する純粋な全幅の信頼が、これまでにない迫力で、ひしひしと伝わってきた。

ヒロツグは手記の中で「僕は勉強嫌いで、学校にカバンを忘れて帰るくらいだった」と書いており、たしかに学校の成績はそれほどよくなかったが、器械類の理解や技術に関しては、非凡な才能を持っていた。

　手記にあるように、中学生のときにはラジオに興味を持ち、「高周波一段増幅五級スーパー」という高度なラジオを組み立てて、両親を驚かせた。

　その話を聞いた奥野長太郎という奈良県磯城郡の郡長を務めたこともある村の名士が、そのラジオをかなりの値段で購入してくれたのである。

　母のトモエは散髪の技術を持っていて、定期的に、その人の自宅に赴き、散髪をしてあげていたのだが、その元郡長は、「こんなラジオを作れるお子さんなら、床の間にある、長らく止まったままの置時計も直せるのではないか」と、その舶来の金時計の修理を依頼してきたのである。

　母親は気安く引き受けたが、ヒロツグは今まで時計の修理などしたことはないのだから、ちょっと"無茶な話"である。彼は直せる自信などなかったが、それでも、「母さんの期待を裏切ってはいけない」と自分に言い聞かせ、その邸宅に出向いた。

　床の間の置き時計は「黄金の塊」のようで、彼は圧倒され、しばらく見とれていたが、気を取り直し、腹を決めて修理に取り掛かった。そして、故障の箇所を突き止め、壊れた部品を取り外して、国産の腕時計の部品と取り換えたところ、見事、動いたのである。

　「そうだ、あれはヒロツグ兄ちゃんが三輪車で小学校に通い始めたときだった」

シゲの胸に、小学校に入ったばかりの幼いころの記憶がよみがえってきた。

　それまでは、同じ鷲峰小学校に通う兄のキヨシゲが、ヒロツグを自転車に乗せて一緒に登・下校をしていた。ヒロツグが3年生になった年、キヨシゲは小学校を卒業して、上之郷中学校の1年生になった。キヨシゲの通う中学校は家の東方向にあり、小学校とは反対側に位置していた。それでもキヨシゲは、しばらくは中学校に登校する前に、弟を自転車で小学校まで送り届けていた。

　そのころ、上之郷村は、県道も、まだ舗装されていなかった。ある日、キヨシゲが弟を小学校に送り届けたあと、中学校に遅刻しそうになったの

で、右側が崖になっている下り坂の県道を猛スピードで走っていたら、新しく敷かれた砂利の石ころをはねてしまい、自転車が崖側に横転して、数十メートル下の谷底に落ちてしまったのである。

　自転車が崖から落ちる瞬間、とっさに自転車から飛び降り、彼自身はかろうじて道路の端に留まることができた。あとで父のナオが谷底から引き上げた自転車は、車体が折れ、もはや使い物にならない無惨な状態になっていた。

　そんな事故もあって、ヒロツグは、これ以上、兄に負担をかけたくないと思ったのだろう。少し乗れるようになった三輪車を使って、自分で通学したいと申し出たのである。

　そこで、その年に小学校に入学したばかりのシゲが一緒に通学することになった。自宅から小学校までは、普通なら歩いて30分ほどの道のりだが、三輪車は遅いうえに、途中の近道は勾配が急なので、遠回りの県道を通らなければならない。だから、１時間あまりもかかった。

　ヒロツグの三輪車通学が始まって間もない、ある日の朝であった。

　二人が遠回りの県道の緩やかな坂を上り切ったとき、県道と急勾配の近道が出会う地点から数十メートル手前で数人の男生徒が立っていた。そこは、ちょうどキヨシゲが自転車事故を起こした地点を少し過ぎたところである。

　シゲは、一瞬、彼らが兄の通学を手伝うため、待ってくれているのかと思ったのである。だが、全く反対であった。

　彼らは、二人の前に立ちはだかり、通せん坊をして、取り囲んだのである。口々に、あざけりや揶揄（やゆ）の言葉を浴びせ、さらには、その中の一人が、おどけて、兄のびっこの歩き方を真似て二人の周りを歩き出したので、ほかのみんなは、どっと笑った。

　シゲは、いたたまれなくなり、半分、泣き出しそうになりながら、兄のほうを見た。

　だが、兄は全く動揺せず、澄んだ眼差しで、平然と彼らの一人ひとりを見ていた。体は不自由ではあるが、心は、彼らよりはるかに強靭に思える兄を見て、シゲは驚いた。きっと、数年間、大病の苦しみに耐え抜いたため、心が鍛えられたのだろうと思った。

「おい、遅刻するぞ！」

その中の一人が叫んだので、みんな一斉に学校のほうに走って行った。

彼らが去ったあと、ヒロツグはシゲに言った。

「このことは、お父さんやお母さんには、絶対、言うなよ！」

おそらく、告げ口をされたら、きっと彼らは、もっと悪質ないじめに出ると、兄は考えたのだろう。あるいは、こんなことで、両親を悲しませたくなかったのかもしれない。

悪ガキたちの嫌がらせは、その後も数日おきに続いた。珍しい三輪車通学と、あどけない付き添えの少女の組み合わせは、彼らには格好の〝いじめ材料〟だったのだろう。

幼いシゲには、その精神的苦痛は、やはり耐え難かった。

もはや我慢の限界に達しかけたころである。ある日、六年生の細田マサオが、たまたま、その現場を通りかかった。彼は学校で多くの生徒たちから慕われ、教師たちも一目を置く存在であった。

「こら、お前たち、何している！　やめろ！」

その一喝で、悪ガキたちは、慌てて、そこから逃げ去った。

マサオはその近くに家があり、いつもは、県道が上り坂になる手前を右に折れ、獣道（けものみち）を通って登校していたのだが、その日は、たまたまヒロツグたちと同じ県道を通ったのである。

それ以降、悪ガキたちの嫌がらせは、ピタリとなくなった。

だが、いじめがなくなった後も、シゲは、兄の言葉を守り、父や母の前では、その体験を一切、口にしなかった。

「あの時のお礼を、いつか伝えたい」と、シゲは思っていたが、マサオは、その後まもなく中学校に通い始めたため、その機会はなかった。

それから十数年後、社会人となり、大阪に移り住んでいたシゲが、奈良県田原本町に嫁いだばかりの小・中学校時代の同級生の佐々木ミノリを訪ねた折であった。

田原本は奈良盆地の中央に位置し、米作のほか、イチゴなどの蔬菜類の栽培が盛んで、シゲの住んでいた大阪市東部の鴫野からは電車を乗り継いで2時間ほどのところである。

ミノリの家の近くまで来て、道を聞こうと近所の米屋に立ち寄ったとこ

ろ、その店の主人がなんとなく見覚えのある顔立ちであり、店の看板には「細田米店」と書かれていた。

「もしかしたら？」と思って、確認すると、あのマサオであった。

「あの時は、本当にありがとうございました！」と、シゲは声を弾ませて言った。

「そんなことが、ありましたかね？」と、マサオは、ほとんど忘れてしまっていたようだが、シゲは、長年ずっと抱いていた願いが、思いがけず叶えられ、感動を抑えることができなかった。

この父の文集には、ヒロツグの妻・ミチコは手記を寄せていないが、彼女が編集者に語ったエピソードが、ヒロツグの手記のあとに紹介されている。

［編集者・註］

ヒロツグの結婚が決まり、父のナオがミチコの実家（山脇家）に挨拶に行ったときのことである。ミチコの父が謙遜して、「貧乏な中で育てた娘で、至らぬところが多いかと思いますが…」と言ったが、それに対してナオは、「ハスは泥水の中で育つと言いますから」と答えたそうだ。

そばで聞いていたミチコは、その含蓄のある言葉に感動したという。ナオは、法華経の「如蓮華在水 (にょれんげざいすい)」（「従地涌出品」第十五）の法理に基づき、恵まれない厳しい境遇のほうが、かえって立派な人格と美しい心の人が育つことを訴えたかったのだろう。

「ミチコさんは、あの時点で、ともすれば短気で誤解されがちな父ナオの長所を、清らかな心と深い教学力で鋭く見抜いていてくれていたのだ」

シゲは、義姉への感謝と尊敬の念を新たにした。

シゲは、もう一方の母の文集を手に取った。表紙デザインには、彼女が撮った琵琶湖の写真が使われている。この写真は、母トモエが亡くなって翌年の2002年11月2日、母の八十九歳の誕生日に、偶然、シゲが琵琶湖のほとりにいて、そこに架かった、この地域に特有の湖面に対して水平に広がる虹をカメラに収めたものである。

この文集には、ミチコも手記を寄せていた。タイトルは「私たちの幸せを、心から喜んでくれた義母（はは）」となっている。

主人（ヒロツグ）は、お見合いを済ませたその帰り、西田辺（阿倍野区播磨町）に住んでおられた主人の両親のもとに私を連れて行ってくれました。それが初めてのトモエお義母（かあ）さんとの出会いでした。その時のなんとも言えない嬉しそうな、また優しそうな顔が、今もって私の心にしっかりと残っています。今思えば、それまでお付き合いもしていなかった主人との結婚への意思が固まったのも、この時、一目見て、好印象だった義母トモエさんのことが、少しは関係しているのかもしれません。

　書き出しの文章を読んだ途端、シゲは深い感動に襲われた。
「やっぱり、そうだったのだ。あの母の笑顔が決め手だったのだ。そこには母の深い祈りと慈愛の心が映し出されていたのだ。それを、一瞬の出会いで鋭く感じとったミチコさんは、それに応えようと心を決めてくださったのだ！」
　身体障害者を夫とすることには、少なからず戸惑いもあっただろう。しかし、その戸惑いを吹き払う力が、その時の母の笑顔にはあったのだ。
　母の深い祈りと慈愛は、その後、二人の結婚、子どもの出産、そして子どもたちの成長の節ごとに、その喜びと感謝を示す具体的な行動として現れた。こう、つづられている。

主人には特に幼少のころより世話がかかった分、私たちのことに対しては、何ごとにおいてもお義母さんは、大変喜んでくださいました。

　しかし、そんなミチコとヒロツグの間にも、一度だけ危機があったようだ。それは結婚して二十数年後のことだ。ちょうどトモエがクモ膜下で倒れたあと、滋賀のガンとシゲの家で暮らしていた時期と重なる。ミチコは、もう五十代の後半であっただろう。

そんな私ですが、今もって後悔していることがあります。主人との仲がうまくいかなかった時期があり、私の心がお義母さんからも離れかけていたことがありました。そのため、しっかりとお義母さんの看病ができなかったのです。

そして、その二人の間の危機を救ったのが、やはり母トモエの存在であったようだ。

本当に申し訳なかったと思います。でも、今は残った私の人生を、トモエお義母さんが大切に育ててくださった主人と子供たちを大切にしていくことで、トモエお義母さんへの報恩感謝としていきたいと、心から思い、決意している昨今です。

　母は、死という最も峻厳な手段を用いて、二人の危機を救ったのだ。無言の、しかし、自分の心を届ける最善の伝達手段をもって——。
　二人は、その後の二十数年間、周囲の人々が羨むような、仲睦まじい生活を送り、それぞれを襲った晩年の病苦を何度も乗り越え、八十歳という、釈尊と同じ歳まで生き抜いた。ヒロツグは、医師からあと数カ月の命と宣告された肺がんも見事乗り越え、その後の数年間も明るく生きつづけた。
　ヒロツグ兄が亡くなる少し前に、ミチコがシゲに語ってくれたことがあった。
　兄は、老化とともに次第に嚥下（えんげ）の力がなくなり、食事もままならぬほど体力が弱っていったが、ミチコが外に出かけたときは、帰るころを見計らって、いつも家の前の道路まで出て、ひとりでミチコを待っていたというのである。
　それは、おそらく兄にとって自分ができる妻への感謝と誠意の精一杯の表現であったのだろう。
　「義母への報恩」の約束を果たし、夫の最期を見届けて、１年半遅れで霊山に旅立ったミチコの生涯に思いを馳せ、シゲの心は深い感動と感謝に満ち溢れた。

　もう10年以上も前のことだが、ミチコがシゲに、こんな体験を語ってくれた。
　それはミチコとヒロツグの結婚式の仲人を務めてくれた畑山タケヨシ夫妻の話である。
　タケヨシの職業は大工で、ミチコの独身時代、タケヨシ夫妻は、彼女と同じ地域（大阪市平野区）に住んでいた。

その結婚式から10年後、ヒロツグ夫妻が三重県の名張に家を建てた折、彼らは、夫妻で新築祝いに名張まで来てくれた。

　だが、その時、夫人が、新居の居間の本棚に並んでいる仏法関係の書籍を見ながら、妙なことをつぶやいた。

「このたくさんの本も、もう使わなくなるのね…」

　その言葉が気になって、ミチコが、後日、かつて住んでいた平野区の友人・河村ユキに連絡を取ったところ、やはり危惧したとおり、タケヨシ夫妻はこの信心から離れ、大阪の住之江区のほうに引っ越していた。

　ユキは、細かな住所は分からないが、一度、訪問したことがあるので、行き方は分かるとのことであった。教えてもらったとおりに行ったら、そこは大きな団地であった。

　やっと目的の住居を探し当てたが、留守であった。表札がなかったので、念のため、隣の住民に確認したら、間違いなくタケヨシ夫妻の家であった。

　２回目に訪ねたときも、やはり留守であった。しかし、しばらく待っていると夫人が帰ってきて、会うことができた。だが、その時、彼女の口から出た言葉は、

「帰って！　関係ないから」であった。

　その後も、何回か訪問し、ある時は、夫のヒロツグと一緒に訪ねたこともあったが、

「なにしに来たの？　関係ない！」の一点張りだった。

　それから数年近くが経ち、もう半分、諦めていたが、１年前（2011年10月）、久しぶりに地域の二人の婦人たちと一緒に訪問した。

　だが、あいにく留守だったので、置き手紙をドアのノブに掛けようとしていたら、主人のタケヨシが帰ってきた。

　彼は、ミチコの顔を見るなり、こう言った。

「いやー、あんたは、ちっとも変わらないな。顔色もいいし…」

　そこでミチコは、今まで何度も来たが、夫人とインターホンでしか話すことができなかったことなど、いろいろとタケヨシに報告し、同伴の二人の婦人も交え、ゆっくりと対話ができた。

　最後に、タケヨシはこう言ってくれたのである。

「そうか、わかった。俺は、もう邪宗の寺には、絶対、行かないからな！」

シゲは、そんな話を思い出し、縁した人をどこまでも大切にする義姉の強靭な意志に、「やっぱり、ミチコさんはすごいな！」と、義姉への尊敬の念を深くした。

ヒロツグとミチコは三人の子どもを儲けた。

かつて、ミチコがシゲに、こんなことも話してくれたことがあった。

結婚の翌年、長女のノリコが生まれた。その出産のとき、分娩室から出てきた看護師に、ヒロツグは真っ先に、「赤ちゃんは、脚に異常はないですか？」と訊ねたそうだ。

彼の脚の障害は先天的なものではないから、遺伝などしないのだが、やはり心配でしかたなかったのだろう。

「大丈夫ですよ」との看護師の言葉に、彼は心から喜んだとのことであった。

その長女ノリコも、文集に「おばあちゃんは無名の庶民の偉大な母」の題で手記を寄せていた。彼女がこれを書いたのは、短大を卒業し、社会人になって間もないころである。

「ノリちゃん、大きくなって！」

「まぁ、おおきに」

振り返ってみても、おばあちゃんに怒られたような覚えはなく、優しかった、こんなおばあちゃんの声が真っ先に思い出されます。

私たちの住む名張の家にも何度か遊びに来てくれました。特に、近くの林で蓬 (よもぎ) や蕨 (わらび) を見つけて、うれしそうに、また懐かしそうに摘んできたおばあちゃんの姿は、とても印象的でした。

短大１年生のときに、幸運にもアメリカ・ロサンゼルスで、初めてローザ・パークスさんにお会いさせていただく機会がありました。

第一印象は、小柄で、おとなしい、素敵なおばあさまでした。まさか、この方がアメリカの歴史に残る「バスボイコット運動」のきっかけになった、黒人差別に対して「ＮＯ！」と言った、教科書で学んだあの女性とは聞いても信じられませんでした。

２年後、パークスさんが来日された折、八王子で再会させていただくことが

できましたが、やはり、とてもとても物静かで、柔和な笑顔の方でした。

　このローザ・パークスさんにお会いして、私はなぜか、トモエおばあちゃんを思い出さずにはおられませんでした。お二人は年齢が近かったから？　もしかしたら、それだけかもしれません。でも、おばあちゃんもローザ・パークスさんも、立場・国は異なっても、無名の庶民の偉大な母であったことに違いはないと思うのです。

　時代を経て、様々な苦労を経験し乗り越えてきたと思いますが、多くの家族・子ども・孫・ひ孫たちに囲まれたおばあちゃんは、とても幸せ者だったと、私は思っています。

　ノリコは幼いころは、シゲの眼には普通の女の子であったが、社会人になったころから、会うたびに、女性として羨ましくなるほど美しくなっていった。

　ある時、ガンと一緒に名張の家を訪ねたときは、目の前に立っているノリコの息をのむほどの美しさに、思わず「まぁ、きれい！」と声を出してしまったことがあった。

　しかし、彼女は、なぜか今も独身のままである。

　一つ年下の弟のマサヒロは大学を卒業後、市役所に就職し、二人の子どもを儲け、近くに住んでいる。もう一人の弟のシュウジは彼女より三つ年下で、現在、仕事の関係で京都に住んでいる。

　「もしかしたら、ノリちゃんは両親を見送るまでは結婚しないと心に決めていたのではないかしら？」とシゲは思った。

　ヒロツグの葬儀のときも、妻のミチコではなく、ノリコが喪主を務めた。また、ミチコの葬儀のときも、長男のマサヒロではなく、やはりノリコが喪主を務めている。シゲはそこにノリコの固い意思のようなものを感じたのである。

　プロポーズされた男性も一人や二人ではなかっただろう。シゲは、幼いころ絵本で読んだ『竹取物語』のかぐや姫にノリコを重ねて、いろいろと想像をめぐらした。

　かぐや姫は、五人の貴公子からの求愛を、釈迦が使ったとされる「仏の御石（みいし）の鉢（はち）」や「竜の首の珠（たま）」を見つけることなど、およそ

不可能な難題をそれぞれに与えて、うまく拒否するが、ノリコはどんな理由をつけて断ったのだろうか。

意中の人もいたのではないだろうか。だが、両親はそれらを超える存在だったのだ。

かぐや姫は、年老いた翁（おきな）や媼（おうな）の嘆きをあとに、迎えの天人たちとともに８月15日の満月の日、月の世界に行ってしまう。

ノリコは、いつまでも娑婆世界（忍土）に残りつづけ、自分を育ててくれた両親を霊山に見送った。シゲの想像はどんどん膨らんでいった――。

気を取り直して、シゲはノリコのすぐ下の弟マサヒロの手記に目を移した。タイトルは「おばあちゃん、お小遣い、ありがとう」である。

おばあちゃんに会うというと、いつも正月に家族で一緒に大阪の父の実家に行って会ったというイメージしかありませんが、実は、僕が小学生のときに、何回か、おばあちゃんが名張まで来てくれたことがありました。

おばあちゃんが家に来たときのことで、一番印象に残っているのは、弟のシュウジと僕が二人で２階の自分たちの部屋にいると、おばあちゃんが突然、２階まで上がってきました。

少しびっくりしていると、
「勉強、頑張っている？」と聞かれました。

僕がファイルに綴じてあったテストを渡すと、おばあちゃんはパラパラめくり、
「ようがんばってるなぁ。お小遣いあげなあかんな」と、うれしそうに言ってくれました。

僕はその時、思いがけず、お小遣いをもらえることに、かなり喜んだのを覚えています。

おばあちゃんが帰ったあとに、母からそのお小遣いを受け取りましたが、僕と弟にそれぞれ１万円ずつもらいました。まさかそんなにもらえるとは思っていなかったので、うれしさは、もちろんありましたが、むしろ驚きのほうが大きかったです。

今、社会人になり、結婚して、お金の大切さを身に染みて感じていますが、

その時、ちゃんとお礼を言ったかどうか、あまりよく覚えていません。そのころ、僕は恥ずかしがり屋だったので、小声で、ぼそっと言ったぐらいだったと思います。

　改めて、ここで言います。

「おばあちゃん、ありがとう！」

　素直で純朴な性格がにじみ出ている手記である。「しっかり者のお姉さんを持つ男の子は、母親が二人いるような環境で育つので、少し内気で、やさしい性格になることが多い」と誰かが言っていたが、マサヒロ君もそんな感じかな、とシゲは想像した。

　次のページには、次男のシュウジが「トモエおばあちゃんの思い出」の題で、手記を寄せていた。

僕にとって、おばあちゃんと言えば、お正月の播磨町（はりまちょう）でした。いつも、孫の僕たちにやさしく、笑顔の絶えないおばあちゃんでした。

　そんなおばあちゃんの思い出は、たくさんあるけれど、なにより記憶に残っていることは、やはり、おばあちゃんが、くも膜下出血で倒れたときに、その場に僕が居合わせたことです。

　その年の年末、僕は無理を言って、キヨシゲ伯父（おじ）さんの経営する割烹・鮨店「やま」でアルバイトをさせてもらっていました。

　僕は播磨町の家に泊めていただいていたので、その日も、ケイタ君といっしょに家に戻りました。ケイタ君は別な家に住んでいましたが、その時は、たまたま播磨町の実家に寄ったのです。

　みんなで話をしていると、おばあちゃんが急に立ち上がり、

「なんかスッキリしないから」と、顔を洗いに行きました。

　それでも、すっきりしないため、おばあちゃんは横になりました。その時、激しい頭痛を訴え、吐いたのです。

　これはおかしい、とみんなが判断し、ケイタ君が急いで救急車を呼び、おばあちゃんは病院に搬送されました。僕はなにもできず、ただただ無事を祈るだけでした。

　なんとか、おばあちゃんは一命をとりとめましたが、それ以来、おばあちゃ

んの元気な姿は見られなくなりました。

　こんな言い方は、いけないかもしれないけれど、あの場に僕が居合わせたのは、おばあちゃんのしてくれたことかなと思いました。
「おばあちゃんが、あの場に僕を引き寄せてくれたのかな」と。

　翌年、僕の父（ヒロツグ）が、同じように脳内出血で倒れました。しかし、その時、救急車を呼んだのは僕でした。父が倒れたわけですから、僕はかなり動揺していたはずです。でも、おばあちゃんが倒れたときに居合わせていたこと、ケイタ君が救急車を呼んだのを見ていたことなどが、どんなに役に立ったか、言葉では言い表せません。

　小さい時から大病を患い、おばあちゃんにとって特別な存在であった父だったので、きっと、おばあちゃんが助けてくれたのだと思いました。もちろん、おばあちゃんにとって、どの子どもも、どの孫も、ひ孫も、みんな平等にかわいかっただろうし、平等にかわいがってくれました。ただ、やっぱり僕の父親のことは、特に心配だっただろうし、その子どもである僕たちの成長や健康な姿を、とても喜んでくれていたように思います。

　母のトモエがくも膜下出血で倒れたとき、シュウジはまだ中学3年生であった。シゲは、その観察力と洞察の深さに、改めて驚き、心打たれた。
　シゲは、その場にはいなかった。ちょうど腰痛に悩まされ始めたころで、播磨町の実家からも、少し足が遠のきがちな時期であった。
　手記は、それから9年後、トモエが亡くなる前日にシュウジが見た神秘的な夢で締めくくられている。

おばあちゃんが亡くなる前日に見た夢のことです。
　家への帰り道、道路の端に立っている人がいました。誰かは、はっきりわからなかったけど、僕は今でも、それは、おばあちゃんだったと思っています。
　おばあちゃん、いろいろと、ありがとう。

　「文は人なり」との言葉があるが、三人の子どもたちの手記には、それぞれの個性や、やさしい人格がにじみ出ていて、シゲは涼風が吹き抜けるような爽やかさを覚えた。
　その時、ふと、「シゲちゃん、シゲちゃん」と、ずれ落ち加減の眼鏡の

上から上目づかいにのぞき込むようにして、にこやかに話しかけてきた懐かしい顔が心に浮かんできた。

次兄のヒロツグが手記のなかで「たまたま街の風呂屋で南無妙法蓮華経の信心をしている人に出会って、入信した」とつづっている、あの信心の恩人・松田キスミである。

彼は洋服の仕立て職人であったが、若いころ事故に遇い、片脚の膝から下は義足であった。立ったり座ったりするたびに、カチカチと音がした。

そのキスミは、父の文集にも、また母の文集にも、それぞれ「どこまでも子供を信頼された人」および「トモエさん、そしてナオさんの想い出」とのタイトルで、心のこもった手記を寄せてくれていた。

特に母の文集への手記は、かなりの長文で、話題がぎっしり詰まっていた。

その冒頭には、こう記されている。

顧みれば、平成12年（2000）12月24日、トモエさんが不自由なお身体にも拘わらず、車で、ヒロツグさん、イワオさん、シゲさんと一緒に、わざわざ遠路、ここ大阪市城東区中浜３丁目まで、私たち夫婦に会いたいとのことで来られたとお聞きし、有難くて、懐かしくて目頭が熱くなりました。ふと、実母の思い出がよみがえり、胸が熱くなりました。一生忘れることのできない思い出です。これがトモエさんとの最期のお別れでした。

「そうだ、あの時も夫の運転する『広布号』で、滋賀からヒロツグ兄の住む名張を経由して大阪の城東区まで行ったのだ。

ちょうどトモエ母の亡くなる半年前だった。よくぞ、あの時に行くことができたものだ。もし行ってなかったら、きっと一生、後悔していただろう」

シゲは、それを可能にしてくれたみんなの協力と時の巡り合わせに、不思議な因縁のようなものを感じた。

手記の中ほどには、姉カズコのことにも触れていた。

カズコさんは、子供を産むのが無理だと言われたお身体でありながら、三人のお子さんに恵まれ、そのお子さんたちも広布の後継者に成長されたのを見届け

られ、亡くなる1週間前には、医師から外出許可を得て、友人と仏法対話をし、機関紙の啓蒙もやり遂げ、娘の見舞いに来たトモエさんに、「お母さん、私を産んでくれて、ありがとう」とお礼を言って、握手をして、見事な成仏の相で霊山に旅立たれたとお伺いしました。なんと素晴らしいお話でしょう!

　その時、シゲの脳裏に二十数年前の記憶が鮮明によみがえった。

　姉のカズコは、平成11年（1999）6月15日に亡くなっている。
　その2日前の6月13日、草津のガン一家と一緒に暮らしていた母のトモエが、その朝、起きるなり、シゲに訊いてきた。
「カズコ、元気にしてるやろか？」
「元気やと思うけど、どうして？」
「元気やったらいいけど…。でも会いたいな」
「じゃ、今から行こう！」
　ガンの運転で、シゲたちは滋賀の草津市からカズコの入院先の大阪の病院に向かった。
　病院に着き、カズコの病室に入ると、そこには、夫のケンジをはじめ、長男のマサジ、長女のミドリと次女のヒロミおよびその家族たちが来ていた。
　シゲたちを見て、みんな驚いた様子である。
「誰からの電話で来たの？」と、ミドリがシゲに訊いてきた。
　実は、カズコは昨夜、みんなの前で、
「お母ちゃんに会いたいな。お母ちゃんに会いたいな。この前の鳥取の家族旅行の帰り、草津に寄ればよかったのに…」と、しきりに言っていたのである。
「そんなに会いたいなら、電話でおばあちゃんを呼ぼうか？」とマサジが尋ねると、
「電話までして、わざわざ遠いのに呼ばんでいい」と、カズコが言った。
だから、誰も電話はしなかったのである。
　にもかかわらず、突然、シゲたちがトモエ母と一緒に現れたので、びっくりしたとのだ。

高齢で、くも膜下の後遺症もあったトモエには、長女の病気のことは伝えていなかった。しかし、きっと娘の心の叫びが聞こえたのであろう。トモエは自ら娘のところに赴き、娘が言いたかった最後の言葉を聞いてあげたのである。

「お母ちゃん、遠いところ来てくれて、ありがとう。ウチをここまで育ててくれて、本当にありがとう。そのお礼を言いたかったんや！」

　そう言ったあと、カズコは母の手を固く握りながら、いつまでもその手を放そうとしなかった。

　その２日後、姉は六十三歳の生涯を閉じた。がんを患っていた病人とは思えない白い肌で、手もピンク色だった。

「マニキュアしてあげたの？」

シゲがミドリに、そう尋ねたほど、指の爪も美しい色だった。

　娘との永遠の別れの日、その顔をじっと見つめるトモエの目に、涙はなかった。

　その母の姿は、病弱だった娘に、夫のナオと自分が交互に直接、輸血したころを思い出し、「よくぞ、ここまで育ち、生き抜いてくれた！」と、拍手を送っているように、シゲには思えた。

　キスミの手記は、次のように結ばれていた。

私ごとですが、私たちにも子供（男一人、女一人）がいます。男の子は、今、男子青年部、女の子は四人の子供がいます。二人がまだ幼いときに、「生涯、母を忘れるな」との思いを込め、短歌を詠みました。

　　広宣の　旅路に咲きし　花々に　水やる人の　母を忘れじ

平成19年（2007）２月10日、夜10時、『ナオさんの想い出』を開きながら書きました。

　キスミがこの手記を書いたのは七十七歳のときである。それから５年後（2012年６月30日）、彼は霊山に旅立った。享年八十三であった。

　キスミの訃報はスミコ夫人からヒロツグに入ったが、その時期、ヒロツグは少し体調を崩していたので、長男のキヨシゲが一家を代表し、葬儀に参列した。

少し早めに会場に到着したキヨシゲは、葬儀が始まる前、そっと棺（ひつぎ）に近づき、キスミの顔を覗き込んだ。だが、その時、思わず二、三歩、後ずさりをしてしまった。

　そこには、まるで生きた高僧のような人が横たわっていたからである。その威厳に圧倒されてしまったのだ。気を取り直して、その額を触ってみたが、特に化粧などした形跡はなかった。キヨシゲは、今まで数えきれないほどの葬儀に出席し、多くの遺体にも接してきたが、そのような感動と衝撃を受けたのは、この時が初めてであった。

　弟のヒロツグを正しい仏法の信心に導き、わが一族の宿命転換を可能ならしめた恩人の最期の姿に接し、キヨシゲの心は打ち震えた。

　その翌日、シゲはキヨシゲから葬儀の様子を電話で聞いた。兄の声は、いつになく興奮気味であった。そして、その数日後、今度は、東京のヒロキから電話があった。彼も兄から葬儀での体験を聞かされたようで、話題は亡くなったキスミのことであった。しかし、弟の話には意外なことが含まれていた。

　ヒロキは高校1年生のとき、次兄ヒロツグの勧めで信心を始め、大学を卒業して就職のため東京に移り住むまで、様々な面でキスミ夫妻にはお世話になり、感謝の気持ちは、みんなと変わらない。だが、一つだけ、ずっと心に懸かっていたことがあった。

　彼は、こんな体験をシゲに語った。

　それはヒロキが高校に入学して間もない、ある晴れた日であった。ヒロツグは彼に自分の交際しているフィアンセを紹介してくれた。もう50年以上も前の話で、すでに記憶も薄れ、場所は彼の通っていた近鉄線の八木駅近くの公立高校の構内であったか、それとも、それよりひと駅離れた橿原神宮の境内であったか、今では定かでない。

　フィアンセはヒロツグが脚の手術を受けた奈良県橿原市にある総合病院の看護師であった。名前も、もう忘れてしまったが、長い髪の、ふっくらとした顔立ちで、物静かで、器量のレベルはともかくとして、モナリザのような優雅な雰囲気の持ち主であった。

　1時間ほど、三人で構内（または境内）を雑談しながら散策したが、話

の中身はもう何も覚えていない。

　それから１年ほどして、ヒロツグがヒロキに、この女性のその後について話してくれた。

　ある機会に、その女性がキスミに、ヒロツグとの今後のことで相談したというのである。その女性は、自身の判断で相談したのか、それともヒロツグの依頼でそうしたのかは、はっきりわからない。

　その時、キスミは、意外にも二人の結婚に反対したというのである。どのような理由で反対したかなど、ヒロツグは詳しいことは話さなかった。だが、とにかく強く反対したことは確かで、その反応にヒロツグも驚いたようだった。しかし、ヒロツグは、そのキスミの意見を素直に受け入れ、それ以降、その女性との交際を、きっぱり止めた。

　その話を聞いたとき、ヒロキは、なぜキスミが反対したのかよく理解できなかった。

　たしかに、その女性の将来を考えれば、まだまだ可能性がある若い女性が、あえてハンディを背負った夫とともに苦労することはないだろうと判断するのは当然かもしれない。だが、ヒロツグの側に立てば、その苦労も厭わないという、願ってもない奇特な女性が現われたのである。それを喜び、二人を結びつけてあげようと思うのが人情というものではないか。そんな思いが、無意識の状態で、長年、彼の心の底にずっとあったというのである。

　しかし、今回、長男のキヨシゲからキスミの葬儀の話を聞き、またヒロツグのそれまでの生涯に思いを馳せたとき、自分のあの時の思いは、あまりにも浅はかであったことに気づいたというのだ。キスミ自身、同じ身体障害者であり、ヒロツグの気持ちは誰よりもよく分かっていたはずだ。また、自身の手で仏法に導いた弟のような存在であり、可愛くないはずがない。キスミはヒロツグより十歳ほど年上で人生の先輩であり、信心の面でも、数年、先達の立場でもあった。だから、きっと、最良の判断ができるようにと、真剣勝負で、その女性の相談に乗ったに違いない。私情を交えず、ひたすら二人の幸福を願って、まさに仏から遣わされた仏子の自覚で臨んだだろう。その判断が正しかったことは、その後のヒロツグの人生が証明しており、今回、キヨシゲから聞いた話で、その確信はさらに深まっ

たというのである。

キスミは、いつもにこやかに人に接し、庶民の中の庶民として生き抜いた人であった。

彼の自宅は長屋の一角にあった。そこでは、誰もが思いきり題目をあげることができた。かなり大きな声で唱題する者もいたから、壁ひとつ隔てた隣りの家から苦情が出ないのが不思議なくらいであった。おそらく、キスミ夫妻には、何度か苦情があったのだろうが、みんなを萎縮させてはいけないと思って、あえて伝えなかったかもしれない。

「それにしても、なぜ、キスミはヒロツグと看護師の女性との結婚に反対したのだろうか？」と、シゲはいろいろと想像をめぐらした。

夫婦は運命共同体であり、片方だけが幸せであったり、片方だけが不幸であることはありえない。また、結婚は、男女の双方が相手を必ず幸せにするとの強い意思と、それを裏付ける最小限の客観的条件が存在しなければ、到底、成功は望めない。その条件がそろっていないと判断したのだろうか？

そのモナリザのような雰囲気をもつ看護師は、きっと人にやさしく、弱者をいたわる心は人一倍強かったに違いない。しかし、憐憫の情から発する愛は、時の経過とともに、はかなく崩れ去ってしまうことを心配したのだろうか？

あるいは、そんな世間一般の次元の理由ではなく、もっと奥深い、直感的なものがはたらいたのかもしれない。

それから時が流れ、ヒロツグがこの信心を始めてから11年後、ミチコが現れるのである。そして、1973年の春、二人は新しい人生に船出する。ヒロツグが三十三歳、ミチコは三十一歳であった。

数年前、キヨシゲと妻のミスズが名張のヒロツグの家を訪ねて、ゆっくり懇談した折、ミチコが昔を振り返りながら、ヒロツグとの結婚を決意した理由について、初めて語ってくれたそうだ。

その一番大きな理由は、ヒロツグが両親をはじめ、兄弟姉妹をみんなこの信心に導いた事実を知ったとき、「この人なら信頼できる」との確信が湧いたというのである。

この時、ヒロツグは、もはや憐れみを受ける弱者の存在ではなく、一人

の女性が生涯の伴侶として信頼できる力強い男性になっていたといえる。

　思えば、1960年初めから1970年初めの10年余りの間に、日本社会も大きく変化した。福祉を政策の中心に掲げる新しい政党も誕生し、ハンディを背負った人たちが、気兼ねなく元気に活躍できる社会状況が徐々に整い始めたのである。障害者には、一般のドライバーが駐車できない場所にも駐車が許可され、ヒロツグも自分の体に合わせて改造した自家用車を運転し、普通の人以上に、広い区域を仕事や活動に自在に動き回っていた。

　そのころ、ヒロツグは服部時計店（セイコー社の前身）の技術部門で主に時計の修理に携わっていた。やがて多くの従業員のいる会社や法人は、一定の割合以上の障害者を雇用することが法律で義務付けられた。シゲには、まるで次兄のために時代が大きく動いているようにさえ感じられることもあった。

　一個の人間の生命と大きな時代の流れは、どこかで密接に関係し合っているのかもしれない。「時を知り、時をつくり、時を待つ」との言葉があるが、ヒロツグやキスミの人生は、それを表現した一編のドラマのように思えた。それは、暗く重苦しい「日陰」の人生から晴れやかな「ひなた」の人生への転換劇である。

　法華経には、八歳の竜女が蛇身（畜生の身体）のままで仏身を成就して南方無垢世界に赴き、そこの衆生を教化する話が出てくる。日蓮大聖人は、これを「即身成仏」の現証であると教示されている。

　ヒロツグらの人生は、この「即身成仏」の法理を体現していると言えるかもしれない。別言すれば、どんなハンディを背負った人であっても、生命変革の信仰に励むことによって、ネガティブに思われる「宿命」を、その人にのみ与えられたユニークな「使命」へと変換できることを実証しているように、シゲには思えた。

　6年前、ガンの突然の訃報を受けた兄が、電話の向こうで、自分より七歳も若い義弟の死を惜しみ、悼んでくれた慈愛の声が、シゲの心に、また、よみがえってきた。
「なんで、俺より先に逝ってしまったんや…」

　さらに、ぱらぱら文集のページをめくっていると、ガンが大好きだった

洲澤シュウイチの詩「琵琶湖のほとり」が目にとまった。

　シュウイチは、香港で日本人の父と中国人の母の間に生まれ、高校卒業
と同時に日本に留学し、大学卒業後、長年、ガンやシゲが尊敬する仏法指
導者の中国語通訳者として活躍した人である。

　これは、シュウイチが大阪に出張した折に、忙しい仕事の合間を縫って、
わざわざ滋賀まで足をのばし、ガン夫妻を訪ね、同居中のトモエを車椅子
に乗せて、琵琶湖畔の公園道を散策した思い出を一編の詩にしたためたも
のである。

なんて広いのだろう　海辺育ちの私は感嘆した

これが琵琶湖だ

金波銀波の水面　太陽の暖かさを反射して

なんと穏やかな午前のひと時

なんて軽いのだろう　車椅子を押しながら思う

そこに座っている母　皺 (しゎ) いっぱいの顔

大宇宙のぬくもりを受けながら

なんと幸せな微笑み

でこぼこの　この公園道のような　決して平たんでない一生

それでも　まわりを　広く　深く　慈愛で包み込み

世界で一番　平凡　そして　尊貴な

母という人生

　弟のヒロキから聞いた話では、中国語の通訳者としてレジェンドのよう
な立場を築いたシュウイチにも、やはり苦しい時期があったようだ。

　日本人の父はかなり早く他界したこともあり、彼は家庭でも日本語を話
す機会はほとんどなかった。日本語は、高校卒業後、日本に来てから本格
的に学んだ、いわば“外国語”であった。

　中国語については、香港では広東語が話されているが、彼が通訳を担当
した相手側は、みんな中国大陸の人で、北京語を話す。広東語と北京語は、
同じ中国語でも、方言レベルの違いではなく、発音に関しては別な言語ほ
どの違いがある。シュウイチはその北京語を日本に来てから独学で学んだ。

　つまり、シュウイチにとっては、実質的には二つの外国語を使っての通

訳であったのだ。だから、当初は、緊張と苦労の連続であったそうだ。

　先方の中国側には、自分より日本語がはるかによくできる中国人もいて、彼が少し言葉に詰まると、冷やかな笑いを浮かべたり、同情の目を向ける者もいて、泣きたくなるほど悔しい思いをしたこともあった。

　しかし彼は、決してみじめな姿をさらすようなことはなかった。

　彼が香港の幼稚園に通っていたときの話だが、あまり理不尽なことを言う園長に対して、彼は抗議し、その園長を謝らせたことがあった。それほど、生来、負けん気の強い性格で、絶対、途中で投げ出すことはなかった。歯をくいしばって人一倍、努力して、日本語と北京語の二つの言語に精通し、やがて誰もが認める名通訳者へと成長するのである。

　シゲは、仏法指導者と中国の要人との間で通訳しているシュウイチの写真が機関紙・誌に載っているのを見つけるたびに、まるで自分のことのように喜んでいたガンの姿を思い起こした。

　シュウイチは、ガンの葬儀には来られなかったが、告別式の当日、東京から心のこもった弔電を送ってくれた。

　母の文集の最後には、あのワトソン博士が英文で手記を寄せていた。

　博士の手記は、次のように始まっている。

トモエさんの想い出として一番よく覚えているのは、彼女の長男が経営する大阪の素敵な料理店で食事をし、酒を飲んだ日のことである。

My chief memory of Tomoe-san dates from an occasion when I was dining and drinking at the wonderful restaurant operated by her eldest son in Osaka.

　そして、こう続く。

料理は、いつもながらとびっきり美味しく、夏であったので、私は仲間と一緒に、日ごろから飲みなれている燗酒 (かんざけ) ではなく、冷酒 (ひやざけ) を飲んでいた。いつの間にか酒を飲みすぎてしまい、どう見ても、店（大阪・阿倍野区）から私の住居（守口市）まで帰れる状態ではなかった。

　キヨシゲさんの親切な助けを得て、私はやっと近くのキヨシゲさんのご両親の家の２階まで辿り着き、そこで寝かせてもらった。

翌朝、あまりにもひどい状態であったので、私は、こっそりと家を抜け出そうとした。しかし、玄関でトモエさんに出会ってしまったのである。

　彼女は、私を引き留め、朝食を取るように強く勧めてくれた。私は、食事を楽しめる状態でないことを懸命に説明し、辞退した。そして、そこをすり抜け、玄関を出ようとしたが、彼女は強く言い張った。

「朝ごはんも食べてもらわないで帰ってもらったら、息子に叱られます！」

　息子さんがトモエさんを叱ることはないだろうし、少なくとも彼女が言うほど厳しく叱ることはないことは、私にはよく分かっていた。また、彼女の親切を受け容れれば、美味しい大阪の朝食のもてなしを受けられることも分かっていた。

　しかし、あの時の私は二日酔いで、どんな素晴らしい朝食でも心に描くことすら耐えられない状態であったのだ。

　博士の手記はこう結ばれている。

今、あの時のことを思い返し、親切な勧めを断ってしまったことで、彼女があまり気分を害されなかったことを祈っている。

I hope she was not too deeply offended by my refusal of her kind invitation.

　おそらくワトソン博士にとって、これが最初で最後のトモエ母との出会いであっただろう。あの大学者の、自分を飾らない素朴な人柄と、やさしい心根を彷彿とさせる一文である。

「もしかしたら…」

そう思って、シゲが文集の初めのほうに収録されている写真のページをめくってみた。

　そこには、博士が料理と数本の徳利が置かれたテーブルの前でくつろいで談笑している写真があった。

　これは、まさしく「やま」の一室である。その隣りには、同じく楽しそうに笑っているガンの姿があった。

　夫はかなり早い時期から、頭髪が薄くなるのを気にしていたが、この写真では、額はかなり広くなっているものの、まだ頭髪はしっかりとしている。

手前には右手にヒロキが、そして、その左手に、彼の上司の滝山マスオが座っている。
　「この日のことを博士は手記に書いたのだろうか？」
　しかし、手記では、「冷酒」と書いているので、写真に写っている燗酒用の徳利はちょっと違和感がある。これとは別の日かもしれない。
　だが、いずれにしても、ワトソン博士とも、こうして酒の好きな者同士で、一緒に酒を楽しんだのだ。
　シゲは心の中でガンに呼びかけた。
「あなたは、この世に生まれてきて、金吾さんにも負けないくらい、つらいことも楽しいことも、いっぱい経験し、考えられないほど多くの素敵な人々と出会ったのね。
　きっと前世に、人一倍頑張って、たくさん善根を積んできたからでしょうね。今世のあなたは、みんなを『ひなた』へ連れて行く、お日様のようだったわよ！」

　その時、シゲは、また６年前の葬儀のことを思い返した。
　日曜日の夜の通夜にも、また月曜日の告別式にも、予想をはるかに超える多くの弔問者が膳所（ぜぜ）の葬儀場まで足を運んでくれた。
　通夜では、焼香をする人が長蛇の列をつくり、なかなか終わらないので、導師を務めた弟のヒロキは、何度も後ろを振り返り、唱題を終了するタイミングを待った。だが、焼香する人の流れはいつまでも続いていた。
　また告別式では、前日の参列者の数を考慮して、かなりの椅子が増加された。
　だが、それでも多くの参列者が、立ったまま儀式に臨まなければならなかった。
　あの葬儀でシゲが一番驚いたのは、司会者の非凡な力量であった。
　三十代後半の女性であったが、テレビの司会者も顔負けの流暢で格調の高い、しかも、心に沁みる話し方であった。事前に自分や弟たちに取材した故人の生涯のなかでも特に参列者に興味があると思われる情報を巧みに織り交ぜながら話すので、彼女も感動しながら耳を傾けた。
　あまり感動したので、式が終わったあと、彼女は、その司会者のところ

に行き、記念に司会原稿のコピーをいただけないかと尋ねた。だが、司会者の手にあるのは、ちょっとしたメモだけで、あとはすべてアドリブで話したとのことであった。

シゲは、また、あの屈託のないガンの笑顔を思い浮かべた。
「あんな名司会者に当たったのも、あなたの福運だったかもしれないわね」

思えば、病気の発症から8日後の旅立ちは、たしかに短い猶予期間であったが、それが山上医師から宣告された6日後でなく、2日間、延びたことで、どれほど心が救われたことだろう。あの12月8日になって、彼女はようやく心の整理ができたのである。

そのお陰で、親しい友人や知人も三々五々、病室に集まってくれ、東京から娘婿のヨシオや弟のヒロキも駆けつけ、夫の旅立ちを見送る状況も整った。

まさに、諸天の演出があったのだ。それは、多くの人々の祈りと具体的な尽力の賜物でもあったといえるだろう。

桜花が散るような、あまりにも潔い最期ではあったが、横死や非業の死といった類いのものではなく、その対極であり、遺された人々に感動と勇気を与えるものであった。

「そうそう、一つだけお願いがあるんだけど…」と、また、シゲはガンに呼びかけた。
「庭先の柿の木、主人がいなくなったせいか、元気を失くしたみたい。あなたがいなくなった次の年から、ピタリと実がならなくなったのよ。

元気を出せって、柿さんに、ちょっと活（かつ）を入れてあげて欲しいんだけど…。

『主（あるじ）がいないからと言って、春や秋が来るのを忘れたりしたらいけないよ！』とね。もし柿の実がなったら、いつも、あなたがしていたように、近所の子どもたちにも分けてあげたいから」

家の庭先には、さらに大きくなった柿の木が2本、夏の太陽に向かって葉を茂らせていた。だが、シゲには、今年も実がなってくれそうな気配は感じられなかった。

「でも、柿さんに要求していてばかりじゃダメね。こっちも頑張らないと」

と、シゲは思い直した。

「『一日一善』との言葉もあるけれど、1日でできなかったら1週間で、1週間でできなかったら1カ月で、何かひとつ、人が喜び、自分も喜べることをして、残り少ない今世の人生を、今日から精一杯、頑張ってみるから。あなたの大好きなトモちゃんを見習ってね！」

そう心に誓って、シゲは仏壇の前の椅子に座った。

仏壇も大きく立派であるが、その前の鈴（りん）と鈴棒（りんぼう）は、さらに立派である。これは、娘のユミが独身時代に、初めてもらった自分の給料で買ってくれたものだ。

あのころの娘の信心への意気込みが感じられ、さらに心が軽くなったシゲは、重い鈴棒を握りしめ、御本尊に向かい、ゆっくりと鈴を打ち鳴らし、南無妙法蓮華経の題目を力強く、朗々と唱え始めた。

10章　患者道（後書き）

　本書は主人公のガンさんが亡くなった2017年12月8日の直後から準備を開始し、できれば7回忌に当たる2023年の師走に上梓したいと考えていた。だが、その年の春、当方の濾胞性リンパ腫が再発したため、その願いは叶わなかった。

　本書の1章と3章で触れたが、私のリンパ腫の最初の発症は、ガンさんが亡くなる1年前（2016年）で、今回で4度目の発症であった。この病気は再発を繰り返し、最初の発症時のころは、統計的には3年間の生存率が20パーセントと言われていた難病である。

　今回は4回目の発症ということもあり、CAR-T療法という最新療法を受けることになった。これは自身の体内から免疫細胞（白血球の一種であるT細胞）を取り出し、それにがん細胞を攻撃する遺伝子を導入してCARと呼ばれる特殊なたんぱく質を作り出して改変・培養したもの（「キムリア」）を再度、体内に入れる療法である。この療法は、数年前に国の認可が下りたもので、東大病院としても、まだ珍しいようであった。

　2023年10月19日の午後、私の病室で担当の野上綾沙看護師が「キムリア」投与の準備を始めると、もう一人の看護師がやって来て、「スマホで、記録を撮らせていただくことになっておりますが、よろしいでしょうか？」と、私に確認した。

　その後、担当医の安永愛子医師がやって来て、高さ80センチほどの重厚な金属の容器から、かなりの時間をかけて「キムリア」の入った小さなビニール袋を取り出し、それを点滴台から私の右側の頸静脈に挿入されたカテーテルを通して体内に投入する際には、さらに数人の医師・看護師らが病室に集まってきて、興味深げに見守っていた。

　昨年の5月中旬の検査入院から始まり、CAR-T療法の準備処置としての化学療法R-ESHAP（3コース）および本番のCAR-T療法を経て11月中

旬に退院するまで、6回の入退院を繰り返し、自宅待機期間を含めると、延べ7ヶ月におよぶ闘病生活となった。

今回、私は、ある決意を秘めて、この治療に臨んだ。

ガンさんは幼いころ、薬が手ばなされないほどの病弱な体であり、それが剣道を始めた動機であったようだが、その病弱な体質を克服して、見事、剣道5段の腕前になった。

一方、私は東大病院にお世話になり始めて、もう7年になる。
「よし、今回の入院で、"患者道"なるものを見極めてやろう！」
そんな決意を、最初の検査入院からR−ESHAP化学療法（3コース）までの5回の入院生活の担当に就いてくれた大薗理恵看護師に話したら、彼女は、こう言ってくれた。
「では、私も、"看護師道"の得道を目指して、頑張ります！」

しかし、長期の入院生活で、今回もそれなりの修行は積んだが、人生の「四苦」の総仕上げとなる「老苦」と「病苦」を相手にする"患者道"は、やはり奥が深く、私の場合、ガンさんの剣道5段のレベルには、まだまだ遠く及ばないと実感している。

本書は、一応、小説の形をとっているが、9割は事実である。それは、読者に楽しんでもらうよりも、できるかぎりガンさんのありのままの姿を後世に残すことを目的としたからである。

通常、人は歴史に名を残したり、マスコミが騒ぐ人物については興味を示すが、無名の庶民への関心は低い。しかし、無名でありながらも、少し光を当ててみると、その生き様に、人間としての大きな価値や意外な真実が見えてくる人がいる。ガンさんは、そんな人である。

本作品に登場するバートン・ワトソン博士（1925−2017）は、3章で述べたように、司馬遷の『史記』を世界で初めて本格的に英訳し、中国・日本の古典作品の研究と英訳作業をとおし、それらの真髄を西洋に紹介する上で多大な貢献をした学者である。ガンさんは、そうした人とも気さくに交流し、長年、仕事でお世話になった私などよりも、はるかに深く心が通じ合った、不思議な人柄の持ち主であった。

そんな主人公の人柄を示すものとして、本作品に含めなかった、ささや

かな余話を一つ記しておきたい。

　それは70年安保の年で、私は大阪外国語大学（英語学科）の４年生であった。

　構内ではゲバ棒を持った革マル派らが暴れまわり、教室の窓ガラスはほとんど割られてしまい、およそ勉学に励む雰囲気ではなかった。

　そのころ、私は、ある仏教団体に所属し、その学内組織の活動の一環として学生運動にも参画していた。

　その年の夏、その団体の関連機関（世界語学センター）が主催する第１回「海外サマーセミナー」が開催されることになった。会場はアメリカのUCLA（カリフォルニア大学ロスアンゼルス校）である。

　私は英語を専門にしている学生であったから、在学中に一度は海外に行き、本場の英語に接してみたい願望はあった。だが、参加費用の30万円は、当時の貧しい我が家の経済事情では、到底、無理な金額である。ちなみに、当時、私の通っていた大学の授業料は、年間１万２千円であった。

　この話を、たまたま会った姉（作品ではシゲで登場）に、軽い気持ちで、打ち明けた。もちろん、何かを期待していたわけでなかったが、姉から意外な反応が返ってきた。そのお金を工面できるよう努力してみるというのだ。そして、数日後、なんと、その金額の入った白封筒を私に渡してくれたである。

　姉は、ちょうどその１年前の1969年の秋にガンさんと結婚したばかりであった。彼は私と同年齢の1947年（亥年）生まれであるから、大阪府警に就職して数年後のころである。この金額は、おそらく、彼の給料の数倍の額だったのではないだろうか。
（私は翌年、この団体の職員に採用されたが、初任給は４万円ほどであったと記憶している。）

　そのころ、私とガンさんは、まだ交流はなく、よく知らない間柄であった。彼は、そんな姉の"我が儘"ともいえる願いを、すんなりと聞き入れたのである。

　今、改めて振り返ると、このサマーセミナーへの参加は、私のその後の人生にとって、様々な面で極めて大きな意味があった。

上述のように、当時、私は仏教団体に所属していて、夜遅くまで活動することが多く、どうしても午前の早い授業は欠席しがちであった。ファリシーというアメリカ人による英会話の授業は、その一つであった。

　新学年の開始以来、欠席が続いていて、もう、この授業の単位は取れないだろうと半分諦めていた。だが、この単位を落とせば、単位数がギリギリ状態となり、もし、もう一つ別な科目で不合格点が付けば、卒業できなくなってしまう。だから、この単位を取っておくことが重要かつ安全だと感じて、なんとかならないものかと、その対策を考えた。

　当時、海外から帰国の際、洋酒は2本まで無税だったので、私も、ウイスキーのジョニ黒（ジョニーウォーカーの黒ラベル）とブランデーのナポレオンを各1本、土産に購入していた。

　ふと、一つのアイデアが心に浮かんだのである。

「そうだ、このジョニ黒を持って、ファリシー先生に頼み込めば、もしかしたら後期から授業を受けさせてもろえるのではないか！」

　私は元来、気弱な性分で、普通なら、そんな大胆な発想は出てこないのだが、UCLAのサマーセミナーに参加して気分が高揚していたこともあり、さらに手元に洋酒があったので、ちょっと強気になれたのだろう。

　早速、恐る恐る大学のすぐ近くにある教授の住居を訪ねた。

　教授は笑顔で応対してくれ、楽しい会話もでき、その場で、後期からの授業への出席を快諾してくれたのである。

　この英会話の単位を取得できたことが、いかに貴重であったかは、卒業の間際に判明した。実は、自分としては得意と思い、授業にも比較的熱心に出席していた哲学科目の単位が、取れなかったのである。

　それはベルクソンの著作を教材とした授業であったが、最後に筆記試験があり、その哲学科の教授は、なぜか及第点をくれなかったのだ。だから、もしファリシー教授の科目の単位が取れていなかったら、この哲学科目の不合格が致命傷となり、1年間を棒に振るところであった。

　ちなみに、もう一瓶のナポレオンについては、親戚の女性（静代ママ）が、「マヤ」というスナックバーを経営していたので、その店に贈呈した。

　ところが、彼女がそれを店の棚に並べておいたら、客のなかに警察官がいて、棚に高級な洋酒があるのを見て、怪しみ、「不正なルートで入手し

たのでなないか？」と、嫌疑をかけられてしまったのである。

　彼女は慌てて、私に電話をかけてきた。

「海外の土産だと、いくら説明しても信用してくれないのよ。悪いけど、パスポートを持って来て、お巡りさんに証言してくれない？」

　１ドル＝360円の固定為替相場の時代で、日本でまだ洋酒が珍しかった、半世紀余り前の“古き良き時代」”の話である。

　リンパ腫の治療の話に戻るが、今回は、これまでの３回の治療にはなかった腎瘻（じんろう）造設という、もう一つ厄介な要素が加わった。これは、がんによって左の尿管が侵されて尿の流れが悪くなり、腎盂に尿が溜まる水腎症（すいじんしょう）を起こしていたためで、背中から腎盂にカテーテルを差し入れ、直接、尿を外に出す処置である。

　水腎症については、すでに第２回目のリンパ腫発症のとき（2019年）、確認されていた。だが、その際は、私の体力が極度に低下していたため、水腎症の処置をしているよりも、すぐ化学療法を始めたほうが、リスクは少ないだろうとの判断であった。

　幸い、２回目の「G-B療法」と呼ばれるガザイバとベンダムスチン（トレアキシン）の組み合わせによる化学療法の効果で、その後、水腎症も改善したようであった。

　初回と２回目の発症は、いずれも、まず首の左側の同じ部位のリンパの腫れで確認され、そこから細胞を摘出して生体検査が行われた。

　ところが、３回目の発症（2022年）の際は、首の腫れは現れなかった。その再発の診断は、CT検査による水腎症の確認が決め手であった。そのため、新たな化学療法を開始するにあたって、どうしても尿管の細胞の生体検査が必要となった。その検査用の細胞を採取する際、尿管の壁を傷つけて破れる恐れがあるので、たとえ破れても左の腎臓からの尿の流れを確保するため、尿管にステントを入れることになったのである。

　この手術は、人生で初めて経験する全身麻酔で行われた。尿管が、がんに侵されて詰まった状態であったため、ステントの挿入には時間がかかったが、なんとか成功した。

　そして、翌日、尿管を含め、数か所から細胞が採取され、それらの細胞

の生体検査では、がんの悪性化は見られなかったので、予定されていた化学療法が実施されたのである。

この3回目の治療は、「2R療法」と呼ばれるもので、リッキサンとレブラミドの2種類の抗がん剤による化学療法で、前者は点滴投与で、後者は飲み薬である。この治療は、第1回目のR-CHOP（アールチョップ）と呼ばれる5種類の抗がん剤を使っての化学療法や、前述の第2回目のG-B療法と比べると、極めて副作用が少なく、脱毛や味覚障害、食欲不振などで苦しむこともなかった。

だが、その治療効果は長続きせず、わずか1年半で、今回の発症となったのである。

今回の入院にあたっては、"想定外"のいくつかのハプニングに見舞われた。

まず、昨年（2023年）の5月16日に入院したが、生体検査のためのCTを使っての細胞摘出の予約がしばらく満杯であることが判明し、一旦、退院して、約1週間の自宅待機を余儀なくされた。そして、5月24日に再入院して、翌日、生体検査用の細胞摘出処置をして、5月26日に一時退院し、18日間の自宅待機のあと、6月13日に再入院となったのである。

結局、当初のスケジュールより約1ヶ月も遅れたことになる

やっと、実質的な治療が始まると思っていたら、今度は、さらにショッキングな話が主治医の徳重淳二医師から伝えられた。

先の生体検査のためのCT撮影で、また左の腎臓に水腎症が確認されたのだ。つまり、1年半前に設置した尿管ステントは、もはや効果を発揮していないことが判明したのである。

そのため、前述の、より効果的な腎瘻の造設が必要になったのである。その造設手術が6月19日の夜に行われた。

これら二つの予期せぬ出来事は、その時は、ただ苛立たしさや落胆などのマイナス面しか感じられなかったが、今、振り返ると、それぞれ大きな意味があったように思う。

まず入院の遅延については、それによって、二つの貴重な体験をするこ

とができた。

　一つは、アメリカから来日したパメラ・ロバートソン女史との再会を果たすことができたことである。

　彼女は、4章で触れたように、私が勤務していた法人の仏法指導者を心から尊敬していて、その年の6月6日の自身の八十歳の誕生日を、ある特別な意義を込めて日本で迎えたいと、5月末から6月初旬の来日を計画していたのである。

　もし、私が当初のスケジュールどおりに入院して治療を受けていたら、彼女とは会えてなかっただろう。当初の入院日程をメールで伝えたとき、彼女は、病院まで行ってでも会いたいとの返事をくれたが、東大病院では、当時、コロナ対策が緩和されて面会は可能となっていたものの、面会時間は30分と決められていた。だから、たとえ彼女が病院まで来てくれても、ゆっくり話すことはできなかっただろう。

　入院の遅延が幸いし、余裕をもって日程がとれ、私たちは、自宅待機中の6月1日に、拙宅で妻も交え、楽しく有意義な懇談ができた。2018年にサンフランシスコ郊外の彼女の自宅で会って以来、実に5年ぶりの再会を果たすことができたのである。

　もう一つの経験は、がんの再発を発症したある一人の知人を、ささやかであるが、励ますことができたことである。

　パメラとの再会と前後して、5月29日、友人の吉村晧一氏から長文のメールが入った。

　吉村氏はドイツ語が極めて堪能で、二十数年間、ドイツの大手総合電器メーカーのシーメンス社に勤務したあと、先端技術をもつ日本のエルメック社の部長を務めた人である。

　定年後、氏は友人の中村康佑氏と「環境未来研究会」という社団法人を起ち上げ、そこで常務理事を務め、私も数年間、一緒に活動した間柄であった。

貴兄が未曽有の闘いに勝利されますことを毎日ご祈念致しております。

　一つ、たってのお願いがあります。私のシーメンス時代からの友人であり、

同志でもある根本幸雄氏のことです。

　彼は３年前に肺がんの摘出手術をして、その後、順調に推移していたのですが、先月の定期健診で再発が発見されました。まさかの再発と言われ、今度はかなりショックなようです。

　医者からは「再発となると良くなることは望めないので、２年でも３年でも長く生きられるように頑張りましょう」などと言われ、余計にガックリ来ているようです。（中略）

　私はこれまで大病を患った経験が無いために、癌の再発と言うものが如何に強い病魔であるかを実体験として知りません。もし貴兄の体調が許すのであれば、激励のメールを送ってやって戴ければと思い、このメールを書いております。

　根本氏とは、私はそれほど親しい間柄ではなかったが、氏は「環境未来研究会」の勉強会や他の会合でも私の姿を見かけ、氏自身は私のことをよく知っているとのことであった。

　このメールを受けとり、「果たして、今の自分に、メールで激励などができるだろうか」と、一瞬、たじろぐ心が頭をもたげた。

　だが、「友人からのたっての願いである。ともかく全力で対応しよう！」と、腹を決めた。

　幸いにも、その数日前、長年の同志である山崎杉夫氏が、私の入院を知って、自宅まで見舞いに訪ねてくれ、これまで自分で切り抜いてきた機関紙・誌などからの病気に関する大量の記事を１セット、コピーして贈呈してくれていたのである。

　そこで、その中から特に感銘した記事をスキャンしてメールで吉村氏に送って、根本氏に転送してくれるように依頼した。

　そして翌日（30日）、根本氏に、直接、下記のメールを送付した。

吉村さんから、お話を伺い、このメールを書いております。（中略）

　今回、治療の開始時期がずれ込んだ形になり、私としては自分の体力が持つか心配であったのですが、これも御仏意であると決め、さらに真剣に唱題に励んだ結果、皆さんからのお題目の応援も得て、むしろ体調は以前より安定した感じがしております。

　少し前置きが長くなってしまいましたが、今朝、お題目をあげていて思いつ

いた日蓮大聖人の御書の一節と、それに関する先生のご指導をお贈りします。

〇毒薬変じて薬となり、衆生変じて仏となる。故に妙法と申す。（「新池殿御消息」）
Just as poison turns into medicine, so do ordinary individuals change into
Buddhas. Accordingly we call it the Wonderful Law.（*The Writings of Nichiren
Daishonin*, p.969）

最愛の家族を亡くした門下へのお手紙である。妙法の功力は無量無辺だ。ゆえに、
生老病死のどんな苦しみも、必ず変毒為薬できる。どんな宿命も転換し、絶対
に共に成仏できる。悩みや悲しみを越え、今、踏み出す一歩こそ、皆を永遠の
幸福境涯へ導く道程の出発なのだ。何があっても、題目を唱えぬいて、前へ！

こちらからも、さらにお題目を送ります。お互いに、勝利の姿でお会いできる
ことを楽しみにしております。

　それに対して、翌日（31日）、根本氏から吉村氏と私の二人に下記の返
信が届いた。

はじめに、私の肺がん克服のためにあらゆる方面から本気でサポートを頂いて
いる吉村さんに、衷心より感謝申し上げます。本当に有難うございます。
また、リンパ腫で闘病中の美山さんからの数々の心強いご指導を頂き、感謝の
気持ちで一杯です。本当に有難うございます。（中略）
吉村さんからのご説明のとおり、私は肺ガンが再発し、5月10日入院し5月16
日に化学治療を受け、本日退院しました。
今後3回の化学治療が予定されており、それに向かって闘っております。
今後の詳細につきましては、追ってご報告させていただきます。
どうぞ、今後とも宜しくお願い致します。

　それから1か月後の7月1日、吉村氏から下記のメールが入った。

その後、如何お過ごしですか？
昨夜、根本幸雄さんが霊山に旅立たれました。
先週、千葉県の病院にお見舞いに行ってきました。
話が弾んで、1時間半も、楽しく歓談してきました。

貴兄の激励が大変嬉しかったと語っていました。

七十八歳でした。

ありがとうございました。

厳しい夏が続きます。コロナも広がっています。どうかご自愛ください。

　根本氏が死去された 6 月30日は、奇しくも私の七十六歳の誕生日であった。私の治療は、R-ESHAP療法の第 1 コースが開始され、すでに数日が経過していた。

　同氏の訃報は悲しく、残念でならなかったが、吉村氏をはじめ、ご家族やご友人の方々の真心とお題目に包まれ、きっと晴れやかな旅立ちであったに違いないと確信している。

　もう一つの腎瘻の造設については、カテーテルの脱落の不安や尿を受けるバッグ（昼と夜の 2 種類）の扱いの煩わしさのほか、特にカテーテルの挿入部分の背中の痛みに悩まされた。

　抗がん剤の影響で免疫力が低下しているためか、感染しやすい体質になっていて、カテーテルの入口部分の皮膚がすぐ炎症を起こし、周囲が赤く腫れたり、黄色く膿んでしまい、時には、動くたびにズキズキと痛むことがあった。

　そんな時、身体の大きなハンディを背負いながら、信仰によって見事な勝利の人生を生き切り、 3 年前に八十歳で他界した次兄ヒロツグの記憶がよみがえった。

　 9 章で触れたが、次兄は、小学校に入学する直前に脊髄カリエスを発症して、「痛い、痛い」と泣きながら幼い日々を過ごした。そのため、 1 年間、遅れての入学となった。

　「あの辛さと比べれば、今、大人の私が経験している痛さなど、『九牛の一毛』に過ぎないのではないか！」

　そう自分に言い聞かせると、不思議と痛みも和らぎ、「よし、これで今回の患者道の修行をさらに深いものにできるぞ」と、前向きに捉えられた。

　考えてみれば、あの次兄の存在があり、幼いころからその生き様をそばで見てきたからこそ、私は、高校 1 年生のとき、次兄に勧められて、自分

も驚くほど素直に、この日蓮仏法の信仰に入ることができた。

その法脈は、本作品の主人公ガンさんまでにも流れ、さらにガンさんを起点に、大きく広がった。そのことへの感謝の心を忘れてしまわないために、この腎瘻の煩わしさや痛みがあるのかもしれない。日々、そう感じながら過ごした闘病生活でもあった。

なお、「患者道」で、もう一つ思い出したことがある。それは姉のシゲが語ってくれた母トモエの話である。

１章および２章で詳しく述べたが、母は、平成４年（1992）の暮れ、七十九歳のとき、クモ膜下出血で倒れ、阪和記念病院で５年間、入院生活を送った。

ある日、シゲが母の病室にいるとき、一人の看護師が、目に涙を浮かべて、泣きながら入ってきた。また、婦長（看護師長）に厳しく叱られたようである。

母はその女性の肩をそっと抱きながら、彼女の話を聞いていた。

「きょうこそ、ここの仕事を辞めてしまおうと思うんだけど、トモちゃん（母）のところに来ると、なぜか気持ちが落ち着いて、ほっとするの。そして、やっぱり、トモちゃんのために、もうしばらく頑張ろうと、元気が出てくるの。

だから、トモちゃん、この仕事が続けられるように、これからも私を励ましてね！」

母は、決して特別な才能や技能の持ち主ではなかったが、努力家で、辛抱強かった。

とりわけ、人の喜びを自身の喜びとする精神が旺盛で、そのために自分のできることがあれば、なんでも進んで行動に移した。きっと、その看護師は、日ごろの仕事のなかで、そんな母の心根と人柄を感じ取っていたのだろう。

そばにいるだけで、心が折れそうになった若い看護師をそこまで元気にできたとすれば、母の「患者道」は、当時すでに"名人"の域に達していたのではないか、と今にして思うのである。

幸い、私は、昨年（2023年）11月14日（火）、無事、退院できた。だが、また予期せぬドラマが待っていた。

　退院して6日後の11月20（月）、CT検査を受けた。そして翌週の月曜日（11月27日）、外来診察で、主治医の徳重医師からその検査結果が伝えられた。

　だが、それは厳しいものであった。腫瘍は、ほとんど縮小していなかったのである。

　徳重医師は、その場ですぐ、より精密なPET検査を、3日後の11月30日に受ける手配をしてくれた。

　そのあと、同医師は、少し困惑気味に、こう付け加えた。

「もしPET検査で同じ結果であれば、次の治療法を考えなければなりません。でも、今回のCAR-T療法以上のものは、現在ではないし…」

　翌週の月曜日（12月4日）、私は、覚悟して診察に臨んだ。

　診察室に入ると徳重医師は、机上のパソコン画面に目をやり、PET撮影技師からのレポートを読んでいた。そして突然、「なに！」と、驚きの声を上げた。

　レポートには、「胸などに炎症箇所はあるものの、がん細胞はすべて消えている」と書かれていたのである。

　先のCT検査で映っていたのは、死滅したがん細胞だったようだ。今回の治療は成功だったのだ。

　もちろん、濾胞性リンパ腫は根治が難しく、再発を繰り返す病気であるから、この治療が最終的に成功したかどうかは、これから数年間の経過を見なければならない。

　だが、がん細胞がきれいに消え、こうして「後書き」を書けるまでに体力が回復したのも、きっと宇宙のどこかで、ガンさんや母、次兄たちが、この世やあの世の善意の人たちと一緒に、祈り、応援してくれているからに違いない、と私には思えるのである。

2024年8月
（ガンさんの七十七歳の誕生月に）

参考資料「日蓮の言葉」

　読者の参考として、本書に出てくる日蓮の遺文を一覧にした。
※括弧内の「全」、「新」、「日」は、それぞれ『日蓮大聖人御書全集』、『日蓮大聖人御書全集　新版』、本書『ひなた』の略称。数字は各該当ページを示す。

【5章】

＊其（それ）につきても、母の御恩、忘れがたし。胎内に九月（ここのつき）の間の苦しみ、腹は鼓をはれるが如く、頚（くび）は針をさげたるが如し。気（いき）は出づるより外に入る事なく、色は枯れたる草の如し。臥（ふせ）ば、腹もさけぬべし、坐すれば、五体やすからず。

かくの如くして、産も既に近づきて、腰はやぶれて・きれぬべく、眼はぬけて、天に昇るかとをぼゆ。かかる敵（かたき）をうみ落しなば、大地にも・ふみつけ、腹をも、さきて捨つべきぞかし。さはなくして、我が苦を忍びて、急（いそ）ぎいだきあげて、血をねぶり、不浄をすすぎて、胸にかきつけ、懐（いだ）き、かかへて三箇年が間、慇懃（ねんごろ）に養ふ。母の乳をのむ事、一百八十斛三升五合なり。

（「刑部左衛門尉〈ぎょうぶさえもんのじょう〉女房御返事」　全1398、新2071、日81）

＊一に「父母の恩を報ぜよ」とは、父母の赤白二渧（たい）、和合して我が身となる。母の胎内に宿る事、二百七十日。九月（くかつき）の間、三十七度、死（しぬ）るほどの苦みあり。生落（うみおと）す時、たへ［堪］がたしと思ひ、念ずる息（いき）、頂（うなじ）より出づる煙り、梵天に至る。

さて、生落されて乳をのむ事、一百八十余石。三年が間は父母の膝に遊び、人となりて仏教を信ずれば、先づ此の父と母との恩を報ずべし。

父の恩の高き事、須弥山（しゅみせん）、猶（なお）ひき［低］し。母の恩の深き事、大海、還（かえ）って浅し。相構えて、父母の恩を報ずべし。

（「上野殿御消〈四徳四恩御書〉」　全1527、新1851、日81）

＊過去・現在の末法の法華経の行者を軽賤（きょうせん）する王臣・万民、始めは事

なきやうにて、終に、ほろびざるは候はず。
(「聖人御難事」　全1190　新1619、日85)

＊寿量品の自我偈に云わく、「一心欲見仏　不自惜身命」云々。日蓮が己心の仏
界を此の文によって顕すなり。その故は寿量品の事の一念三千の三大秘法を成
就せること、この経文なり。
(「義浄房御書」　全892、新1197、日89)

＊御義口伝に云く、霊山一会儼然未散の文なり。時とは感応末法の時なり。我
とは釈尊・及とは菩薩・聖衆を衆僧と説かれたり。倶とは十界なり。霊鷲山と
は寂光土なり。時に我も及も衆僧も倶に霊鷲山に出ずるなり。秘す可し秘す可し。
本門事の一念三千の明文なり。御本尊は此の文を顕し出だし給うなり。
(「御義口伝」　全757、新1054、日90)

＊今、阿仏上人の一身は地水火風空の五大なり。此の五大は題目の五字なり。
然れば、阿仏房さながら宝塔・宝塔さながら阿仏房、此れより外の才覚無益なり。
聞・信・戒・定・進・捨・慚の七宝を以てかざりたる宝塔なり。
(「阿仏房御書」　全1304、新1733、日91)

御義口伝に云く、過去の不軽菩薩は今日の釈尊なり。釈尊は寿量品の教主なり。
寿量品の教主とは我等法華経の行者なり。さては我らが事なり。今、日蓮らの
類は不軽なり云々。
(「御義口伝」　全766、新1067、日94)

＊善人は、設ひ七尺八尺の女人なれども、色黒き者なれども臨終に色変じて白
色となる。又、軽き事、鷲毛 (がもう) の如し。輭 (やわらか) なる事、兜羅綿 (とろめん)
の如し。
(「千日尼御前御返事」　全1316、新1745、日100)

＊第一譬喩品の事　文句の五に云く、譬とは比況なり。喩とは暁訓なり。大悲、
息 (や) まず、巧智無辺なれば更に樹を動かして風を訓え、扇を挙げて月を喩すと。

御義口伝に云く、大悲とは母の子を思う慈悲の如し。今、日蓮等の慈悲なり。
(「御義口伝」 全721、新1005、日100)

＊衣とは柔和忍辱の衣・当著忍辱鎧、是なり。座とは不惜身命の修行なれば空座に居するなり。室とは慈悲に住して弘むる故なり。母の子を思うが如くなり。豈、一念に三軌を具足するに非ずや。
(「御義口伝」 全737、新1028、日100)

【6章】
＊月氏・漢土・日本、一閻浮提の内に、聖人・賢人と生るる人をば、皆、釈迦如来の化身とこそ申せども、かかる不思議は未だ見聞せず。
(「四条金吾許御文〈八幡抄〉」 全1196、新1628、日110)

＊（聖徳太子は）南岳大師の後身なり。救世（くぜ）観音の垂迹なり。
(「和漢王代記」 全608、新964、日110)

＊（法然を）勢至の化身と号し、或は善導の再誕と仰ぎ、一天四海になびかぬ木草なし。
(「念仏無間地獄抄」 全100、新753、日110)

＊其の時、邃和尚（ずいおしょう）は、返って伝教大師を礼拝し給いき。「天台大師の後身」と云云。
(「一代聖教大意」 全402、新344、日110)

＊子を思う金鳥（こんちょう）は、火の中に入りにき。子を思いし貧女は、恒河に沈みき。彼の金鳥は、今の弥勒菩薩なり。彼の河に沈みし女人は、大梵天王と生まれ給えり。何に況や今の光日上人は子を思うあまりに法華経の行者と成り給ふ。母と子と倶に霊山浄土へ参り給うべし。
(「光日上人御返事」 全934、新1267、日111)

＊日蓮が慈悲曠大ならば南無妙法蓮華経は万年の外・未来までもながる［流布］

べし。日本国の一切衆生の盲目をひらける功徳あり。無間地獄の道をふさぎぬ。此の功徳は伝教・天台にも超へ、竜樹・迦葉にもすぐれたり。
（「報恩抄」　全329、新261、日112）

＊三には、日本・乃至漢土・月氏・一閻浮提に人ごとに有智無智をきらはず一同に他事をすてて南無妙法蓮華経と唱うべし。此の事いまだ・ひろまらず。一閻浮提の内に仏滅後・二千二百二十五年が間一人も唱えず。日蓮一人、南無妙法蓮華経・南無妙法蓮華経等と声もおしまず唱うるなり。例せば、風に随って波の大小あり、薪によって火の高下あり。池に随って蓮の大小あり、雨の大小は竜による。根ふかければ枝しげし、源遠ければ流ながし。
（「報恩抄」　全328、新261、日112）

＊根ふかきときんば、枝葉かれず、源に水あれば、流かはかず、火はたきぎ・かくれば、たへぬ。草木は大地なくして生長する事あるべからず。日蓮、法華経の行者となって、善悪につけて、日蓮房・日蓮房とうたはるる此の御恩、さながら故師匠・道善房の故にあらずや。日蓮は草木の如く、師匠は大地の如し。
（「華果成就御書」　全900、新1210、日112）

＊根ふかければ枝さかへ、源遠ければ流長しと申して、一切の経は根あさく流ちかく、法華経は根ふかく源とをし。末代・悪世までもつきず、さかうべしと天台大師あそばし給へり。
（「四条金吾殿御返事〈源遠長流御書〉」　全1180、新1615、日112）

＊我、頚（くび）を刎（はね）られて、師子尊者が絶えたる跡を継ぎ、天台・伝教の功にも超へ、付法蔵の二十五人に一を加えて二十六人となり、不軽菩薩の行にも越えて、釈迦・多宝・十方の諸仏に、いかがせんと、なげかせまいらせんと思いし故に、言をもおしまず、已前にありし事・後に有るべき事の様を平の金吾に申し含めぬ。
（「下山御消息」　全356、新290、日112）

＊然るに、月氏（インド）より漢土（中国）に経を渡せる訳人（やくにん）は、

一百八十七人なり。其の中に羅什三蔵一人を除きて、前後の一百八十六人は純乳に水を加へ、薬に毒を入たる人人なり。
（「諫暁八幡抄」　全577、新732、日113）

＊羅什三蔵の云く、「（中略）但し、一つの大願あり。身を不浄になして妻を帯すべし。舌計り清浄になして、仏法に妄語せじ。我、死なば必（かならず）やくべし。焼かん時、舌焼けるならば我が経をすてよ」と常に高座にして、とかせ給しなり。上一人より下万民にいたるまで、願じて云く、「願くは、羅什三蔵より後に死せん」と。終に死し給う後、焼きたてまつりしかば、不浄の身は皆、灰となりぬ。御舌計り、火中に青蓮華（しょうれんげ）生（おい）て、其の上にあり。
（「撰時抄」　全268、新178、日113）

＊涅槃経に云く、一切衆生の異の苦を受くるは悉（ことごと）く是れ如来一人の苦と云云。日蓮が云く、一切衆生の異の苦を受くるは悉く是れ日蓮一人の苦なるべし。
（「御義口伝」　全758、新1056：「諫暁八幡抄」　全587、新745、日114）

＊我等が本師・釈迦如来は在世八年の間、折伏し給ひ、天台大師は三十余年、伝教大師は二十余年、今、日蓮は二十余年の間、権理を破す。其の間の大難、数を知らず。仏の九横（くおう）の難に及ぶか及ばざるかは知らず。恐らくは、天台・伝教も法華経の故に日蓮が如く大難に値い給いし事なし。
（「如説修行抄」　全504、新603、日114）

＊（日蓮は）妻子を帯せずして、「犯僧（ぼんそう）」の名、四海に満ち、螻蟻（ろうぎ）をも殺さざれども、悪名、一天に弥（はびこ）れり。恐くは、在世に釈尊を諸の外道が毀（そし）り奉りしに似たり。
（「四恩抄」　全936、新1214、日115）

＊又、九横の難、一、一に之在り。所謂（いわゆる）、瑠璃殺釈（るりさつしゃく）と乞食空鉢（こつじきくうはつ）と寒風索衣（かんぷうさくい）とは、仏世に超過せる大難なり。
（「法華行者逢難事」　全967、新1303、日115）

＊（釈尊は）三十の御年に仏にならせ給いて、父、浄飯王を現身に教化して証果の羅漢となし給ふ。母の御ためには、忉利天（とうりてん）に昇り給いて摩耶経を説き給いて、父母を阿羅漢（あらかん）となしまいらせ給いぬ。
（「刑部左衛門尉女房御返事」　全1400、新2073、日115）

＊故に仏、本願に趣いて法華経を説き給いき。而るに法華経の御座には父母ましまさざりしかば親の生れてまします方便土と申す国へ贈り給て候なり。
（「刑部左衛門尉女房御返事」　全1400、新2074、日115）

＊されば日蓮、悲母をいのりて候しかば、現身に病をいやすのみならず、四箇年の寿命をのべたり。
（「可延定業御書」　全985、新1308、日116）

＊い［射］るや［矢］は、ふ（降）るあめ［雨］のごとし。う［討］つたち［太刀］は、いなづま［雷］のごとし。弟子一人は当座にうちとられ、二人は大事のて［手］にて候。自身もき［斬］られ、打れ、結句にて候いし程に、いかが候いけん・うちもらされて・いままでいきてはべり、いよいよ法華経こそ信心まさり候へ。
（「南条兵衛七郎殿御書」　全1498、新1831、日116）

＊但、法華経計りこそ女人成仏・悲母の恩を報ずる実の報恩経にて候へと見候いしかば、悲母の恩を報ぜんために此の経の題目を一切の女人に唱えさせんと願（がん）す。
「千日尼御前御返事」　全1311、新1739、日116）

＊かかる不思議の日蓮をうみ出だせし父母は日本国の一切衆生の中には大果報の人なり。父母となり其の子となるも必ず宿習なり。（中略）釈迦・多宝の二仏、日蓮が父母と変じ給うか。
（「寂日房御書」　全902、新1269、日117）

＊（日蓮は）過去の不軽菩薩の威音王仏の末に多年の間・罵詈せられしに相似

たり。而 (しか) も仏・彼の例を引いて云く、我が滅後の末法にも然 (しか) るべし
等と記せられて候。
(「呵責謗法滅罪抄」　全1129、新1535、日117)

＊（日蓮は）一身凡夫にて候えども、口に南無妙法蓮華経と申せば如来の使に
似たり。過去を尋ぬれば不軽菩薩に似たり。現在を・とぶらうに加刀杖瓦石 (か
とうじょうがしゃく) にたがう事なし。未来は当詣道場 (とうけいどうじょう) 疑いなからんか。
(「四条金吾殿御返事 〈源遠長流御書〉」　全1182、新1617、日118)

＊今は既に末法に入って、在世の結縁の者は漸漸に衰微して権実の二機、皆悉
く尽きぬ。彼の不軽菩薩、末世に出現して毒鼓を撃たしむるの時なり。
(「曾谷入道殿許御書 〈五綱抄〉」　全1027、新1393、日118)

＊今度ぞ三度になり候。法華経も・よも日蓮をば・ゆるき行者とはをぼせじ。
釈迦・多宝・十方の諸仏・地涌千界の御利生・今度みはて候はん。あわれ・あ
われ・さる事の候へかし。雪山童子の跡ををひ、不軽菩薩の身になり候はん。
(「檀越某 (だんのつぼう) 御返事」　全1295、新1718、日118)

＊釈迦如来、五百塵点劫の当初 (そのかみ)、凡夫にて御坐 (おわ) せし時、我が身は
地水火風空なりと知しめして即座に悟を開き給いき。
(「三世諸仏総勘文教相廃立」　全658、新720、日119)

＊久遠実成 (くおんじつじょう)、直体 (じきたい) の本迹：久遠名字 (くおんみょうじ) の正法は
本種子なり。名字・童形の位。釈迦は迹なり。我本行菩薩道、是なり。日蓮が
修行は久遠を移せり。
(「百六箇抄」　全862、新2208、日119)

＊直達 (じきたつ) の法華は本門、唱うる釈迦は迹なり。今、日蓮が修行は久遠名
字の振舞 (ふるまい) に芥爾計 (けにばかり) も違わざるなり。
(「百六箇抄」　全863、新2210、日119)

＊南無妙法蓮華経と、となうるものは我が身、宝塔にして、我が身、又、多宝如来なり。妙法蓮華経より外に宝塔なきなり。法華経の題目、宝塔なり。宝塔、又、南無妙法蓮華経なり。今、阿仏上人の一身は、地・水・火・風・空の五大なり。此の五大は題目の五字なり。然れば阿仏房さながら宝塔、宝塔さながら阿仏房、此れより外の才覚、無益なり。聞 (もん)・信・戒・定・進・捨・慚 (ざん) の七宝を以って、かざりたる宝塔なり。
（「阿仏房御書〈宝塔御書〉」　全1304、新1732、日120）

＊此の宝塔品は、いづれのところにか只今ましますらんと、かんがへ候へば、日女御前の御胸の間、八葉の心蓮華の内におはしますと、日蓮は見まいらせて候。
（「日女御前御返事〈嘱累品等大意・法華経二十八品供養事〉」　全1249、新2096、日120）

＊第一宝塔の事　文句の八に云く、前仏、已 (すで) に居し、今仏、並に座す。当仏も亦 (また) 然なり、と。御義口伝に云く、宝とは五陰 (ごおん) なり。塔とは和合なり。五陰和合を以って宝塔と云うなり。
（「御義口伝」　全739、新1031、日120）

＊一人を手本として、一切衆生、平等なること是くの如し。
（「三世諸仏総勘文教相廃立」　全564、新714、日121）

＊一念に億劫の辛労を尽せば、本来、無作の三身、念念に起るなり。所謂 (いわゆる)、南無妙法蓮華経は精進行なり。
（「御義口伝」　全790、新1099、日121）

＊毛宝が亀は、あを［襖］の恩をわすれず。昆明池の大魚は命の恩をほうぜんと明珠を夜中にささげたり。畜生すら猶、恩をほうず。如何にいわんや大聖をや。
（「開目抄」　全204、新75、日128）

＊夫れ、老狐は塚をあとにせず、白亀 (はくき) は毛宝が恩をほうず。畜生すら、かくのごとし。いわうや人倫をや。

（「報恩抄」　全293、新212、日128）

【7章】
＊ただ女房と酒うちのみて南無妙法蓮華経と、となへ給へ。苦をば苦とさとり、楽をば楽とひらき、苦楽ともに思い合せて南無妙法蓮華経と、うちとな［唱］へゐ［居］させ給へ。これ、あに自受法楽（じじゅほうらく）にあらずや。
（「四条金吾殿御返事〈衆生所遊楽御書〉」　全1143、新1554、日130）

＊懐胎のよし承り候い畢んぬ。それについては符の事仰せ候。日蓮相承の中より撰み出して候・能く能く信心あるべく候。たとへば秘薬なりとも毒を入れぬれば薬の用すくなし。つるぎなれども・わるびれたる人のためには何かせん。就中、夫婦共に法華の持者なり。法華経流布あるべきたね［種］をつぐ所の玉の子出で生れん。目出度覚え候ぞ。色心二法をつぐ人なり。争か・をそなはり候べき。とくとくこそ・うまれ候はむずれ。
（「四条金吾女房御書〈安楽産福子御書〉」　全1109、新1510、日133）

＊若童（わらわべ）生れさせ給いし由承り候。目出たく覚へ候。殊に今日は八日にて候。彼れと云い此れと云い、所願しをの指すが如く、春の野に華の開けるが如し。いそぎいそぎ名をつけ奉る。月満（つきまろ）御前と申すべし。
（「月満御前御書」　全1110、新1511、日133）

＊今月十二日の妙法精霊は法華経の行者なり、日蓮が旦那なり、いかでか餓鬼道におち給うべきや。定めて釈迦・多宝仏・十方の諸仏の御宝前にましまさん。これこそ四条金吾殿の母よ母よと、同心に頭をなで、悦びほめ給うらめ。あはれ、いみじき子を我はもちたりと釈迦仏とかたらせ給うらん。
（「四条金吾殿御返事〈盂蘭盆（うらぼん）由来御書〉」　全1112、新1515、日133）

＊去る十二日の難のとき、貴辺たつのくちまで、つれさせ給い、しかのみならず、腹を切らんと仰せられし事こそ不思議とも申すばかりなけれ。
（「四条金吾殿御消息〈竜口（たつのくち）御書〉」　全1113、新1516、日133）

＊人の身には同生・同名と申す二のつかいを天、生まるる時よりつけさせ給いて影の身にしたがうがごとく須臾もはなれず、大罪・小罪、大功徳・小功徳すこしもおとさず、かわるがわる天にのぼて申し候と仏説き給う。此の事は、はや天も・しろしめしぬらん。たのもし・たのもし。
（「同生同名御書」　全1115、新1519、日134）

＊此等は、ゆゆしき大事の法門なり。煩悩即菩提（ぼんのうそくぼだい）・生死即涅槃（しょうじそくねはん）と云うも、これなり。まさしく男女交会のとき、南無妙法蓮華経ととなふるところを煩悩即菩提・生死即涅槃と云うなり。生死の当体、不生不滅とさとるより外に生死即涅槃はなきなり。
（「四条金吾殿御返事」〈煩悩即菩提御書〉」　全1117、新1521、日134）

＊満月のごとくなるもちゐ二十、かんろのごとくなるせいす（清酒）一つつ、給び候い畢わんぬ。春のはじめの御悦びは月のみつるがごとく、しおのさすがごとく、草のかこむがごとく、雨のふるがごとしと思しめすべし。
（「八日御書」　全1198、新1630、日134）

＊現在の大難を思いつづくるにも、なみだ、未来の成仏を思うて喜ぶにも、なみだ、せきあへず。鳥と虫とはなけども、なみだをちず。日蓮はなかねども、なみだひまなし。此のなみだ世間の事には非ず。但、偏（ひとえ）に法華経の故なり。若（もし）しからば甘露のなみだとも云いつべし。
（「諸法実相抄」　全1361、新1792、日134）

＊或（あるい）は弟子を殺され、或は頚（くび）を切られんとし、或は流罪、両度に及べり。二十余年が間、一時・片時も心安き事なし。頼朝の七年の合戦もひまやありけん。頼義が十二年の闘諍も争か是にはすぐべき。
（「単衣（ひとえ）抄」　全1514、新1848、日134）

＊此の郡の内清澄寺と申す寺の諸仏坊の持仏堂の南面にして午の時に此の法門申しはじめて今に二十七年・弘安二年太歳己卯なり。仏は四十余年・天台大師は三十余年・伝教大師は二十余年に出世の本懐を遂げ給う。其中の大難申す計

りなし先先に申すがごとし。余は二十七年なり。
（「聖人御難事」、全1189、新1618、日135）

＊我等、現（げん）には、此の大難に値うとも、後生は仏になりなん。設えば、灸
治（やいと）のごとし。当時は、いた［痛］けれども、後の薬なれば、いた［疼］
くて、いたからず。
（「聖人御難事」　全1190　新1620、日135）

＊過去・現在の末法の法華経の行者を軽賤（きょうせん）する王臣・万民、始めは事
なきやうにて、終に、ほろびざるは候はず。
（「聖人御難事」　全1190　新1619、日135）

＊大田の親昌・長崎次郎兵衛の尉時綱・大進房が落馬等は、法華経の罰のあら
わるるか。罰は総罰・別罰・顕罰・冥罰・四候。日本国の大疫病と大けかちと
どしうちと他国よりせめらるるは総ばちなり。やくびやうは冥罰なり。大田等
は現罰なり、別ばちなり。各各師子王の心を取り出して・いかに人をどすとも、
をづる事なかれ。師子王は百獣にをぢず。師子の子・又かくのごとし。彼等は
野干のほうるなり。日蓮が一門は師子の吼るなり。
（「聖人御難事」　全1190　新1619、日135）

＊我が母、こころぐるしくをもひて、臨終までも心にかけしいもうと［妹］ど
もなれば、失（とが）をめんじて不憫というならば、母の心やすみて孝養となるべ
しと、ふかくおぼすべし。
（「四条金吾御書〈九思一言事〉」　全1176、新1600、日136）

【9章】
＊地涌の菩薩を現証と為す事は、経文に如蓮華在水と云う故なり、菩薩の当体
と聞たり。
（「当体義抄」　全514、新620、日169）

＊一、不染世間法如蓮華在水従地而涌出の事　仰に云く、世間法とは全く貪欲

等に染せられず、譬えば蓮華の水の中より生ずれども淤泥（おでい）にそまざるが
如し。此の蓮華と云うは、地涌の菩薩に譬えたり。
（「御講聞書」　全833、新1160、日169）

＊伝教大師の秀句に云く、「能化の竜女、歴劫の行無く、所化の衆生も歴劫の行
無し。能化所化倶に歴劫無し。妙法経力・即身成仏す」
（「女人成仏抄」　全473、新522、日184）

＊八歳の竜女、既に蛇身を改めずして南方に妙果を証す。況や人界に生を受け
たる女人をや。只、得難きは人身、値い難きは正法なり。
（「聖愚問答抄」　全491、新568、日184）

＊夫れ先ず法華経の即身成仏の法門は竜女を証拠とすべし。提婆品に云く、「須
臾の頃に於て便ち正覚を成ず」等云云。
（「妙一女御返事〈事理成仏抄〉」　全1261、新2133、日184）

【10章】
＊毒薬変じて薬となり、衆生変じて仏となる。故に妙法と申す。
（「新池殿御消息」　全1437、新2059、日199）

七草書房の既刊書

新版『チャイナ・アト・ラースト 三〇余年の中国研究と1983年の初旅』
著者：バートン・ワトソン、訳者：山口弘務
ISBN978-4-906923-00-7 定価：1800円＋税

英語版『チャイナ・アト・ラースト』
CHINA AT LAST: Thirty – some Years of Study and A Three – week Visit
著者：バートン・ワトソン（Burton Watson）
ISBN978-4-906923-50-2 定価：1600円＋税
※中国語版（『我的中国夢』、胡宗鋒訳）が陝西師範大学出版総社から発刊。

詩集『音の蛹』
A Chrysalis of Sound: 36 Poems with 12 English Translations
著者：セリザワケイコ（英訳：山口弘務、英訳監修：バートン・ワトソン）
ISBN978-4-906923-01-4 定価：1500円＋税

『ワトソン博士の中国古典教室　墨子』
原著者：バートン・ワトソン、邦訳：美山弘樹
原著：*Mozi: Basic Writings* by Burton Watson, Columbia University Press
ISBN978-7-906923-02-1 定価：1800円＋税

『ロンアンの蓮華　日本人になったベトナム青年の物語』
著者：三城久男（ベトナム名：レ・タイ・ホアン・ハイ）
ISBN978-7-906923-03-8 定価：1350円＋税

『陳警部　事件シリーズ　中国のエニグマと見果てぬ夢』
原著者：チュウ・シャオロン、訳者：鈴木康雄、美山弘樹
原書：*Enigma of China* by Qiu Xiaolong, St. Martin's Press
ISBN978-4-906923-04-5　定価：1600円＋税

『新　牧口常三郎伝　日本の夜明けに躍り出た教育革命の獅子』
著者：上藤和之
ISBN978-7-906923-06-2 定価：1800円＋税

美山 弘樹（みやま・ひろき）

1947年　奈良県磯城郡上之郷村（現・桜井市）に生まれる。
1966年　奈良県立畝傍高校卒。
1971年　大阪外国語大学（現・大阪大学外国語学部）英語学科卒。
団体職員として国際出版業務に従事。
訳著に、『チャイナ・アト・ラースト』（原著：*China at Last*）、ワトソン博士・中国古典教室『墨子』（原著：*Mozi* by Burton Watson）、『中国のエニグマと見果てぬ夢』（原著：*Enigma of China* by Qiu Xiaolong〈裘小龍〉）などがある。
日本ペンクラブ会員。

ひなた
──ガン爺の雑記帳から

2024年12月8日　初版第一刷発行
著　者　美山弘樹
発行者　山口弘務
発行所　㈱七草書房
　　　　〒115-0043　東京都北区神谷1 - 3 - 3 -310
　　　　TEL 03-3913-8811　URL http://seven-grasses.com
発売元　㈱文苑堂
　　　　〒101-0051　東京都千代田区神田神保町1 -13　CONVEX神保町2 F
　　　　TEL 03-3291-2143　FAX 03-3291-2140
印刷所　日本ハイコム株式会社
©Hiromu Yamaguchi 2024
ISBN 978- 4 -906923-06- 9　C0093　Printed in Japan

定価はカバーに表示してあります。
落丁本・乱丁本は、送料小社負担にてお取り替えします。